DANCER

柴田哲孝

祥伝社文庫

目次

○キメラ（Chimera）

二個以上の胚に由来する細胞集団から形成された個体。

ギリシャ神話に登場する伝説の生物キマイラを語源とする。

キマイラは頭が獅子、上半身が山羊、下半身が蛇の怪物で、神が創造した異種同体の生き物とされる。勇士ベレロポーンは王の命令によって、ペガサスを駆り、キマイラを退治したと伝えられる。

第一章　残像

1

嵐の夜は素敵だ。

荒れ狂う風が、肌を愛撫する。

たたきつける雨が、心を濡らす。

闇を裂く稲妻が遠い記憶を呼び覚まし、雷鳴が熱い身体を突き貫ける。

エレナ・ローウェンは明かりを消した研究室の窓辺に立ち、嵐に見とれていた。開け放たれた窓から風が吹き込み、エレナの背後で青いカーテンが波のように揺れた。

稲妻が疾った。一瞬、闇の中に踊る樹木の影が浮かび上がった。得体の知れない巨大な生物が襲いかかってくるような、そんな錯覚があった。

あれはいつの頃だっただろう。確か一九七〇年の初頭、メンフィスの祖母の家だったような記憶がある。イノセント・タイム。当時のエレナは、まだ汚(けが)れを知らない純真な少女だった。

あのときもエレナは、寝室の窓辺に立っていた。いまと同じように、荒れ狂う嵐を闇の中に見つめ、恐怖に震えながら。

だが、いまは違う。ここは日本だ。そしてエレナ自身も、大人になった。

嵐の夜は素敵だ。時として、官能的ですらある。心と体の衝動を抑えられなくなるほどに……。

また稲妻が光り、闇に風景が浮かび上がった。エレナはその残像を目蓋(まぶた)の裏に焼き付けると、静かに窓を閉めた。風が止み、雨音が消えると、荒れ狂う嵐が遥か彼方に遠ざかったような気がした。

時計を見た。デジタルの液晶が音もなく動き、午後十時を過ぎたことを示した。まだ、時間がある。その前にもうひと仕事、終えておかなくてはならない。エレナは誰もいない広い研究室を横切ると、唯一小さな明かりが灯る一角へと向かい、マイクロ・マニピュレーターの前に腰を下ろした。

微分干渉(びぶんかんしょう)顕微鏡のモニターをONにした。間もなく青白い画面が像を結び、二〇〇倍に拡大されたミクロの世界が映し出される。エレナはマニピュレーターを超音波リニアモーターによって操作して微調整し、シリコンチップの上でM2培養液にカバーされたマウス(ハツカネズミ)の前核期受精卵――受精後四日目の胚(はい)――を探した。

見つけた。この世でもっとも美しい宝石。小さな宇宙の偉大なる太陽。エレナはさらにマイクロ・インジェクターを操作し、ピペットの先端をマウスの胚へと近づけていく。

マイクロ・ピペットは、SUTTER社のB100-75-10という品番の極細のガラス管で作られている。先端の直径は約一〇〇〇分の一ミリ。中には人間のDNA溶液が毛細管現象を利用して充塡(じゅうてん)してある。

マウスの胚は、イヴの子宮――。

ピペットの先端は、アダムのペニス――。

ペニスがイヴの体の中に入っていく。官能的なシーンだ。先端が胚の中心に達したところで、エレナは油圧コントロールスイッチをクリックした。ゆっくりと、人間のDNAがマウスの胚の中に注ぎ込まれる。

ビンゴ！

この瞬間に、人間の遺伝子を持つマウス――トランスジェニック・マウス――が誕生した。いつもそうだ。エレナはトランスジェニック動物を生み出すたびに、自分が神になったと錯覚する。

近くで雷鳴が轟いた。だがその音は、エレナの耳には届かなかった。エレナはマニピュレーターを操作し、シリコンチップの上の次のマウスの胚を探しはじめた。

ジョージ・Ｗ・ブッシュ――。

もしあの男が大統領にならなかったとしたら、エレナ・ローウェンはいま日本にはいなかっただろう。美しい自然に囲まれたマサチューセッツ工科大学の研究室で、体細胞核移植によるヒトＥＳ細胞株を作る研究に没頭していたはずだ。だが二〇〇一年にジョージ・ブッシュが大統領に就任したために、アメリカのヒトＥＳ細胞の研究は石器時代に逆戻りしてしまった。

元来アメリカは、人間のＤＮＡに関する研究には保守的な国だ。連邦議会は一九七〇年代以降、人の胚を扱う研究に対する公的資金の提供を禁止し続けてきた。さらに国立衛生研究所は、ＤＮＡの組み換え技術に関する新実験には倫理審査会の承認を義務づけている。

だがその軋轢の中で、ウィスコンシン大学の霊長類研究所教授ジェームズ・トムソンが世界初のヒト胚性幹細胞（ＥＳ細胞）の作製に成功した。まだ二十世紀、一九九八年のことだった。二年後の二〇〇〇年八月には当時のクリントン大統領が胚とクローニング（体細胞核移植）に関するガイドラインに署名し、ＥＳ細胞を研究する科学者に資金提供の門(もん)戸(こ)が開かれた。

　アメリカに、遺伝子研究の夜明けが訪れた。だが、そう思えたのは一瞬だった。翌二〇〇一年、僅差(きんさ)で当選した共和党のジョージ・Ｗ・ブッシュが大統領に就任したからだ。キリスト教原理主義者の手先、石頭のジョージは、テキサス州クロフォードの自宅牧場で記者会見を開いてこう言い放った。「人の命が宿った胚を破壊するＥＳ細胞研究に、連邦資金を投ずることはできない。私は断固反対する」と。しかもＥＳ細胞作製技術――いわゆる治療クローニング技術の使用を有罪とし、最長十年の刑を科す法案を議会に提出して通過させてしまったのだ。

　まるで魔女狩りだ。キリスト教原理主義者の頭の中は、コペルニクスが地動説を唱えた時代からまったく進化していない。いまだに太陽や星が地球の周囲を回っていると信じているのだ。科学が進歩していることに、気付こうとすらしない。

　ブッシュが大統領に就任した年の六月、エレナ・ローウェンはアメリカを離れる決心をした。だがイギリスやフランスも同じだった。キリスト教に支配された国は、すべて宗教という名の感情論によって遺伝子研究が規制されている。元来宗教は、科学の分野にまで干渉すべきではないはずなのに。

エレナに迷いはなかった。以前からオファーのあった日本の筑波恒生大学の客員教授となる道を選んだ。ここは、自由だ。何の束縛を受けることもなく、人間のES細胞や、体細胞核移植の研究に打ち込むことができる。大学の母体である青柳恒生薬品からは、莫大な研究資金が提供される。そしてエレクトロニクスの技術力だ。いまエレナが使っているFOC製の自動マイクロ・インジェクターは、きわめて正確に、しかも人の手の二百倍の効率で胚にDNAを注入する作業をこなすことができる。

エレナはマニピュレーターを動かし、次のマウスの胚を探した。小さな宝石が画面の中央にきたところで止める。ピペットの先端を当てる。刺す。そして手際よく人間のDNAを注入する。

ビンゴ！

私はまた、神になった。

エレナは短時間のうちに、一二個のマウスの胚に体細胞核移植の処置を行った。これまでのデータによると、核移植を施した胚を培養して桑実胚にまで分裂する確率はおよそ七八パーセント。胚をマウスの母体の卵管に移植し、胎児として生まれる確率はおよそ三五パーセント。その中で人間のDNAを持つトランスジェニック・マウスが発生する確率はわずか四パーセントにすぎない。

だが自動マイクロ・インジェクターの実用化により、一人の技術者が一日に数百の胚に体細胞核移植の処置を行うことが可能になった。トランスジェニック・マウスは、医学用語でキメラ・マウスとも呼ばれる。こうして日本全国の研究室で生まれる莫大な数のトランスジェニック・マウスは、最先端を行く再生医療の切り札として全世界へと輸出されていく。

エレナは一二個すべての胚の生存を確認し、マイクロ・マニピュレーターからシャーレを取り外した。中の胚をＨＴＦ培養液の入った容器に移し、三七度に保温された保養器の中に収めた。

この中の何匹がトランスジェニック・マウスに成長してくれるのだろう。人間の遺伝子を持った奇跡の動物。愛らしい私の子供達に……。

官能的な気分。キメラを創造した夜はいつもそうだ。エレナは下着の中に手を入れてみた。やはり、濡れていた。

時計を見た。午後一一時を過ぎている。アシスタントの木田隆二（きだりゅうじ）が最後の見回りを終えて、そろそろ宿直室に戻る頃だ。

エレナはマニピュレーターの電源を切り、研究室を出た。暗く長い廊下を歩き、別棟の実験動物管理室へと向かった。両側の窓に、狂ったように雨がたたきつける。稲妻が奈落の底に導くように、目の前を疾り抜けた。

別棟の厚い鉄の扉を、カードを差し込んで開け、奥へと進む。宿直室の前に立ち、ドアをノックした。だが、応答はない。

「リュウジ？　いるの？」

ドアを開けた。明かりが点いたままになっていた。だが狭い部屋の中に隆二の姿はない。まだ見回りから戻っていないようだ。乱雑に乱れたベッド。その上に、スウェットの上下が脱ぎ捨ててあった。

不安が脳裏をかすめた。何かあったのだろうか。だがエレナは、即座にその不安を打ち消した。

まさか。きっと、嵐のせいよ……。

エレナはCDプレイヤーにジョン・レノンの『イマジン』をセットし、スイッチを入れた。風の音にまざり、静かな音楽が疲れた体を包み込んでくれた。

体が火照っていた。エレナは音楽に合わせ、ゆっくりと服を脱ぎはじめた。白衣とスカートを床に落とし、ニットのTシャツを脱いだ。ブラジャーを外し、腰をくねらせながら下着も取り去った。

エレナは隆二の体を想い浮かべた。小柄だが、筋肉質の胸。引き締まった腹と尻。そして、体毛の薄い鞣し革のような肌。やはり、〝日本〟は素晴らしい……。

毎週火曜日と水曜日、隆二に宿直の当番が回ってくる。その日は必ず、エレナは夜遅くまで研究室に残る。お互いの体を楽しむために。エレナは、裸で隆二の帰りを待つのが好きだった。

窓辺に立ち、エレナは嵐が吹きつける暗いガラスに体を映した。大きすぎる胸。エレナはハイスクールの時代から胸にコンプレックスを持っていた。しかし隆二は、この胸に夢中になってくれている。

最近はウェストにも脂肪が付きすぎている。ピッツァの食べすぎかもしれない。でもお腹に少し力を入れてこうして引っこめれば、まだまだ捨てたものじゃない。

ベッドに体を投げ出した。足下にあったスウェットをたぐり寄せて顔を押し付けると、甘酸っぱいような隆二の汗の匂いがした。エレナはシーツにくるまり、自分の体に触れた。音楽に合わせるように、小さな声が漏れた。

いつの間にか少し眠ってしまったらしい。気が付くと音楽が止まっていた。外はまだ嵐が吹き荒れている。午前一時。隆二はまだ戻っていない。

どうしたのだろう。本当に、何かがあったのかもしれない。エレナはベッドから起きあがると、裸の上に白衣だけを羽織って部屋の外に出た。

暗い廊下を歩く。突き当たりの『実験動物管理室』と書かれた扉を開いた。動物の糞(ふん)の臭いがつんと鼻をついた。

「リュウジ？　いるなら返事をして」

何気なく、アクリル製の飼育ケースのひとつを覗き込む。その中を、奇妙な形をしたマウスが歩き回っていた。顔も、体型も、大きさも普通のマウスと変わらない。だがその背中に、人間の耳と同じ形の大きな突起を背負っている。

人間のＤＮＡがマウスの体の中で特化した、典型的なキメラの例だ。この耳をマウスから切り取れば、遺伝子を提供したドナーにきわめて安全に異種移植を行うことができる。理論的に、拒絶反応は起こらない。

現代科学が生み出した奇跡。キリスト教原理主義者の石頭には理解できない芸術。だがオレンジ色の暗い光の中で蠢(うごめ)くその姿は、醜怪(しゅうかい)だった。

我に返り、エレナはさらに飼育室の奥へと進んだ。

「リュウジ……返事をして……」

暗い足下に気を配りながら、一歩ずつ足を踏み出す。その時、エレナのサンダルがぬめるような〝物〟を踏んだ。

「ヒッ……」

おぞましい感触。エレナは思わずその場に座り込んだ。裸の尻が、直接リノリウムの濡れた床に触れた。

恐る恐る、闇の中を手で探った。指先が、〝何か〟に触れた。濡れて、柔らかい。シリコンの袋に液体を入れたようなもの……。

エレナの頭脳が目紛（めまぐる）しく答えを検索する。ラットの屍骸（しがい）？　違う。何かの肉？　いや、この施設では肉食の動物は飼育していない。トランスジェニック・ブタの内臓？　しかし、なぜそんなものがここに……。答えが見つからない。

少しずつ、闇に目が馴（な）れてきた。通路の先に、〝何か〟がある。大きな、ぼろ布を丸めたようなものが、飼育ケースの棚の下にころがっている……。

体が震えていた。動悸（どうき）が激しい。だがエレナは、何かに憑（つ）かれたようにその奇妙な物体に這（は）い寄った。

手でそっと触れた。べったりと濡れた黒い肉の固まり。引き起こすと、隆二の顔が上を向いた。

「………」

慌てて手を離した。腰が抜けて、立てない。声も出なかった。エレナは濡れた床を這いながら、出口へと向かった。

だが、視界の中で何かが動いた。出口の近くのオレンジ色の光の中を、巨大な影が横切るのが見えた。

〝ダンサー〟だ。

あの怪物が、なぜここにいるの――。

エレナは方向を換えた。隆二の屍体を押しのけ、飼育室の奥へと這った。『飼料保管室』と書かれた扉を開け、中に逃げ込んで鍵を掛けた。ペレット状の飼料の紙袋が積まれた陰に身を潜め、大きく息を吐いた。

考えた。何が起きているのかを。〝ダンサー〟が逃げたのだ。隆二はあの怪物に殺された。体を引き裂かれて。しかしなぜ、あの頑丈な檻の中から逃げることができたの？システムは完璧なはずだ。

雷鳴が砕けた。その時、オレンジ色の光が小さく点滅した。

嵐だ……。落雷で、電圧が不安定になっている。電磁式のロックが、何かの偶然で外れたのだ……。

重い音が響き、ドアが揺れた。〝ダンサー〟だ。

またドアが揺れた。奴は、体をぶつけてドアを壊そうとしている。だが、無理だ。いくらあの怪物でも、頑丈な鉄の扉を打ち砕くことはできない……。

明かりを点けなければいけない。だが、立ち上がってスイッチの場所まで行く気力はなかった。エレナは闇の中で、震えながら、揺れるドアを見つめていた。

早く、夜が明けてほしい。そう思った。

そのうち、ドアの揺れが止まった。諦めたのだろうか。ドアのガラスに〝ダンサー〟の影が映っている。ワイヤーの入った厚いガラスだ。破れるわけはない……。

その時、小さな音を聞いた。金属の歯車が回転するような音。錠の音、だ……。

まさか……。

あの奇妙な形の手で、なぜ錠を開けることができるの……。

エレナは、鈍く光るドアノブを凝視した。かすかな音とともに、ドアノブがゆっくりと回転する。そしてドアが開いた。

どうして……。

稲妻が走った。開け放たれたドアの下に、一瞬、人間の背丈ほどの影が浮かび上がった。湾曲した短い足。広く、厚い肩。その間から不釣り合いなほど大きな、いびつな形をした頭が前に突き出している。

エレナは、動けなかった。仰向けに壁にもたれながら、黙ってその〝動物〟の行動を見守った。後肢をたくみに使い、時折前肢を床に突きながら、〝ダンサー〟はエレナに近寄ってくる。

逃げられない。むしろ科学者のひとりとして、事の成り行きを観察すべきだ……。

「サ……ル……サ……」

〝ダンサー〟が何かを言った。サルサ? それは何? エレナにはその意味がわからない。だが、確かに人間の言葉だった……。

近寄ってくる。敵意はないのかもしれない。〝ダンサー〟の荒い息が聞こえる。怪物はエレナの体をまたぐようにのし掛かり、長い三本の指で両肩を押さえつけた。長い舌が、エレナの胸の上を這った。巨大なペニスが、そそり立っていた。

「〝ダンサー〟……。あなたは、私のことが好きなのね……。大丈夫よ。私は、あなたの友達……」

エレナは震える声で言った。

興味深い展開だ。この〝動物〟は、人間の女性に性的欲求を表現している。エレナはまた、頭脳を駆使して検索をはじめた。医学用実験動物は、すべて人間の免疫システムを通過するウィルスの処理が行われている。もし性交渉を持ったとしても、危険なウィルスに感染する心配はない。安全性は、一〇〇パーセント……。

だが〝ダンサー〟は、人間の遺伝子を持っている。しかも大量に。妊娠する可能性はゼ口ではない。それでも確率は、せいぜい数パーセントだろう……。

〝ダンサー〟が鼻を近付けてきた。目の前に、醜怪な顔がある。灰色のガラス玉のような目と視線が合った。口が、異様な筋肉で盛り上がる頰の奥まで裂けている。上下の顎から突き出るように、四本の長い黄色の牙が鋭く光った。

獣臭が鼻をついた。生温かい息が、エレナの顔に吹き掛けられた。ざらついた長い舌が、首から頰にかけて這った。

「……サル……サ……」

〝ダンサー〟がまた何かを言った。

だがエレナには、その意味がわからない。

次の瞬間、突然〝ダンサー〟がその大きな口でエレナの首を銜えた。四本の牙が、柔らかい肌に喰い込んだ。頸動脈が切れたことがわかった。生温かい液体が、首から胸を伝っていく不快な感触を覚えた。

エレナは全身に力を込めた。体をよじり、足をばたつかせ、自由のきかない両腕で必死に〝ダンサー〟の背中をたたいた。だが、動かない……。

や……め……て……。

声にならない叫びを上げた。

迅速(じんそく)な止血が必要だ……。三〇分以内に適切な治療を行えば、生存確率は四〇パーセント……。

〝ダンサー〟の顎にさらに力が加わった。地獄の底から響くような、不気味な音がした。エレナは自分の頸骨(けいこつ)が砕けたことを知った。

生存確率は……ゼ……ロ……。

〝ダンサー〟の体の下で、意識を失ったエレナの白い肉体が無秩序な痙攣(けいれん)を繰り返した。稲妻が疾り、雷鳴が轟いた。嵐が吹き荒れていた。水銀灯の青白い光の中に、たたきつける雨粒が横なぐりに流れていく。

管理棟の扉が開いた。中から人間とも、その他の動物ともつかない奇妙な影が姿を現した。影は雨に濡れ、風を体に受けた。後肢で立ち上がり、雷鳴の響く暗い空を見上げた。

「サル……サ……」

影が、踊りはじめた。両肘でリズムを取り、短い後肢でステップを踏み、体を独楽(こま)のように回転させた。

稲妻が疾った。影は、いつの間にか闇に姿を消した。

2

明け方までの雨で、まだ道は濡れていた。

田代和秀はいつものように御徒町で山手線を降りると、アメ屋横丁を上野方面に向かって歩いた。

迷彩のパンツに、オリーブ色の米軍払い下げのTシャツを着ている。白髪まじりの頭は短く刈り込まれ、金髪に染められていた。だがこの界隈では、田代の出で立ちはごく普通に風景に溶け込む。

台風一過の抜けるような青空が、サングラス越しに黄色く見えた。どうやら昨夜も飲みすぎちまったらしい。平日は一時までには店を開けることにしているのだが、今日も昼近くになってしまいそうだ。

途中で田代は山手線のガード下の込み入った一角に入っていった。時計屋、洋服屋、革屋、貴金属店などのバラックのような店が軒を並べている。顔見知りの店主達と、軽く挨拶を交わす。

「遅いじゃねえか。和ちゃん、また酒かい」

「まあな。そんなとこだ」

退屈で、さりげなく、無意味な会話だ。お互いに、それぞれの人生に興味があるわけではない。

店の前に立ち、ポケットから鍵の束を出してシャッターを開けた。三坪ほどの小さな店だ。シャッターの上に、『TAC』と店名が書いてある。『田代アーミー・コレクション』の略だ。だが、そんなことはどうでもいい。どうせ客に意味などわかりはしないのだ。

田代は店の明かりを点け、バーゲン品のエアガンの箱を入口の前に並べた。ショーケースの中の椅子に座り、缶コーヒーのプルトップを開けて一口飲むと、セーラムのメンソールに火を付けた。

その男が店に入ってきたのは、昼をだいぶ過ぎた頃だった。二十代の半ば、背の高い男だ。何かスポーツでもやっているのか、引き締まった体格をしていた。彫りの深い顔立ちからは、どことなく育ちの良さを感じさせる。この手の若い奴に限って、最近はアブナイことをやらかす。

田代はマクドナルドのハンバーガーにかぶりつきながら、男の値踏みをした。着ているポロシャツとジーンズは安物だ。ナイキのスニーカーもかなりくたびれている。どう見ても上客ではない。

ハンバーガーを食い終えて、声を掛けた。

「何かお捜しで？」

男が田代を見た。冷たい目をした若者だった。だが、言葉遣いは心得ていた。

「ＬＥＤライトがほしいんです。ストロボ機能の付いたスポットライトタイプで、なるべく実用的なもの……」

ＬＥＤライトは軍用を目的に開発されたサバイバル・ライトだ。インフラの整った東京でなぜこんなものが売れるのか、自分の店で扱っていながら田代は理解できない。

ショーケースからＬＥＤライトを二本出し、ガラスの上に並べた。

「性能でいうならこいつだな。ペリカンのＭ－６だ。最大照度は六一ルーメン。一二三Ａリチウム電池二個で照射時間は約四時間。しかし、実用性という面じゃこっちも悪くないよ。１ＷＬＥＤプロポリマーだ。最大照度は四〇ルーメンだけど、単三アルカリ電池四本で六時間保つ。もちろんストロボ機能付きで、値段もペリカンの半分以下だ」

男は二本のＬＥＤライトを手に取り、しばらく考えていた。だが、意外と早く答えを出した。

「これを……」

やはり、そうだ。男は安い１ＷＬＥＤプロポリマーの方を選んだ。田代は自分の客の値踏みの正確さに悦に入った。

「他には？」

田代が聞いた。

「スタンガンを……」

ほらきたぞ。田代はそう思った。

スタンガンは電流で敵の攻撃能力を奪う〝武器〟だ。だが、何に使うのかは客の勝手だ。こちらは商売になりさえすればいい。田代はショーケースの上に、いくつかスタンガンを並べた。

「TM‐11。世界最大最強の暴徒鎮圧用だ。五〇万ボルト。大型で持ち歩くには不便だけど、これならどんな大男でも一発で気絶する。ハンディタイプならこいつかな。TM‐06。三〇万ボルトだけど、もっと弱い相手にならこれでも十分だ」

もっと弱い相手。田代は自分でそう言っておいて、思わず苦笑した。つまり、女のことだ。男がスタンガンを買う理由なんて、他には有り得ない。

どうせ小型の方を買うだろう。だが、田代の予想は外れた。

「両方ください」

ほう……。意外と上客じゃないか。でもこんなに強いスタンガンを使って、女を殺しちまうんじゃねえぞ、坊や。

「ありがとうございます。で、他にも何か？」

田代は考えていることとは逆に、愛想よく笑った。

「そうですね……。クロスボウを見せてもらえますか」

男が無表情に言った。今度はクロスボウかよ。だから最近の若いのはアブないんだ。

「いろいろあるよ。クロスボウもピンキリだね。一五〇ポンドクラスの日本製ならば二万円も出せば買えるけど……」

「なるべく強力なやつ」

おやおや、この坊やは人間狩りでもやるのかね。それともテロ、か？

「じゃあこいつだな。BX‐08。英国のバーネット社と同じ工場で作ったものだ。弓は二五〇ポンド。車のドアだってぶち抜くぜ。六万五千円だ」

男がクロスボウを手にし、ストックを肩に付けて備えた。店の奥に向けて照準を合わせ、何度かトリガーを空引きした。田代は、さりげなく矢を隠した。ここで使われたらたまらない。

「じゃあこれを。あと、換えの矢を……」

「アルミ矢を一ダース、サービスするよ。スコープは？」

男が少し考えた。

「レーザー・サイトはありますか？」

よく知ってやがる。

「そうだな。二〇メートル以内ならこれで十分だ。SⅡS - SDO - 11。マウント付きで一万円でいい」

日本は不思議な国だ。世界一厳しいと言われる銃刀法により、本物の銃はもとより刃長三〇センチを超すナイフからプラスチックの弾を発射するエアガンに至るまで規制されている。だが、その気にさえなれば、ちょっとしたテロに使える〝武器〟を簡単に町で買うことができる。しかも、許可もなしに。

男は一時間以上も店にいた。予想外の上客だった。LEDライトが一本。スタンガンが二基。二五〇ポンドのクロスボウが一セット。レーザー・サイト。ガーバーのサバイバル・ナイフ。さらに武器を身に付けて携帯するための特殊部隊用V - 3SWATベストに、米軍用の大型ボストンバッグがひとつ。しめて一五万円を超えるお買い上げだ。現金で支払うというので、田代は一割値引きしてやった。

今夜も早めに店を閉めてどこかで一杯やらなくちゃならないぜ。

客が帰ると田代は椅子に腰を下ろし、セーラムに火を付けた。煙を深く吸い込み、足下のポータブル・テレビの乱れた画面を漫然と眺めながら、たわいもないプロファイリングにふけった。

あの男は何者だろう。テロリストか？　まさか。そんなに大物じゃない。

学生か。それとも親の金で遊ぶニートか。いずれにしても、変態のストーカー野郎だ。まず夜の公園あたりで、LEDライトを手にして獲物を待ち伏せる。相手の女には、別の彼氏がいるのかもしれない。そいつを大型のスタンガンで眠らせる。それともいきなりクロスボウで殺っちまうのか。

女は小型のスタンガンで自由を奪う。自宅のマンションに連れ込み、監禁する。後はサバイバル・ナイフで服を切り裂き、脅しながら……。

まじに、ヤバいな。

ポータブル・テレビの画面には、くだらないワイドショーの番組が流れていた。明日か。来週か。それとも一ヶ月後か。田代はワイドショーのインタビューに応じる自分の姿を想像し、口元をゆがめて笑った。

男はボストンバッグを担いで店を出ると、食料品店が並ぶアメ横の裏通りを抜けて足早に上野駅に向かった。

公園口から、地下駐車場の入口の階段を降りていく。車の数は疎ら(まばら)だった。リアゲートを開け、オリーブ色の軍用ボストンバッグを荷台に放り込んだ。九四年型のグリーンのオペル・アストラワゴンＧＬの前で足を止めた。

地上に戻り、町を歩いた。ビルの二階に「マンガ・インターネット」の看板を見付け、飛びこんだ。

流行(はやり)のメイド喫茶だった。男は使い馴れたＭａｃの置いてあるテーブルに座り、メイドの衣装を着た少女にコーヒーを注文した。

ウェイトレスが行ってしまうと、男はＭａｃを起動させた。インターネットに接続し、キーボードで文字を入力する。

〝サルサ（Salsa）〟

検索を実行した。

3

東京都新宿区(しんじゆく)下落合(しもおちあい)――。

高い塀で囲まれた邸宅の長屋門の前に、黒いアウディのＡ６が停まった。

車のドアが開き、菓子折りを持った痩軀の男が降り立った。ラルフローレンのツイード・ジャケットに、フェラガモのタイ。身ごなしに隙がない。

男は『青柳』と書かれた表札の前に立ち、インターホンのコールボタンを押した。

「筑波恒生大学の秋谷です。理事長にお目通りを」

スピーカーからくぐもった声が聞こえ、長屋門の脇の潜り戸の錠が開いた。まるで江戸時代の武家屋敷のような家だが、セキュリティは近代的だ。

秋谷は戸を潜り、中に入った。複雑に設計された広大な和風庭園は、寸分の隙もないほどに手入れが行き届いている。野鳥が鳴き、池には一尾数百万円はする錦鯉が泳ぐ。都会の住宅地の中にあり、この空間はまるで別世界だ。

風景に見とれながら、御影の飛び石の上を歩いた。和風にあしらわれた重厚なドアの前に立つと、一拍の間を置き、滑るように左右に開いた。

「お待ちしておりました」

広い三和土の先に和服の老女が立ち、頭を下げた。秋谷は老女に菓子折りを差し出し、その後について邸の奥へと進んだ。暗く、長い廊下が続く。やがて一対の襖の前で立ち止まった。

「こちらでございます」

老女が下がるのを待ち、襖を開けた。部屋の中からかすかに病人特有の饐えた臭いが漂った。

一礼して、秋谷は室内を見渡した。十畳を二間連ねた広い部屋だ。中央の欄間に、まだ真新しい龍が彫られている。奥に布団が敷かれ、白髪の老人が横になっていた。

枕元に、主治医の宮城正信が座っていた。秋谷の大学の部下だ。目くばせをすると宮城は腰を上げ、秋谷の元に歩み寄った。

「ご苦労。理事長のお加減は」

秋谷が小声で訊いた。

「はい……。意識ははっきりしてらっしゃるのですが、言葉の方がどうも……」

筑波恒生大学理事長の青柳恒彦が脳梗塞で倒れてから、すでに一ヶ月がたつ。財界及び各方面への影響を考慮し、病状を伏せての治療が進められてきた。だが、経過は思わしくない。一ヶ月が過ぎても言葉を発せられないとなると、今後も言語中枢の回復はほぼ絶望的だ。

秋谷は口元に薄く笑いを浮かべた。

「理事長と折入って話がある。しばらく席を外してもらえないか」

「はい……」

宮城が部屋を出ていくと、秋谷は病床に臥す青柳恒彦の元に向かった。座布団を引き寄せ、胡坐をかいた。いまさらこの男の前で正座をして、高価なフラノのズボンに皺をつけたくはない。

「理事長、秋谷でございます。お体の具合はいかがですか」

言葉だけは、丁寧に訊いた。

「……あ……」

青柳が、小さな声を漏らした。染みだらけの醜い皮膚の中で、どんよりとした目が秋谷を見つめている。

確かに意識はあるようだ。ここに居るのが自分の部下の秋谷であることもわかっているのだろう。だがその目の中に、かつての強い意志の力は感じられない。

この男はもう終わりだ。秋谷は、そう思った。

「今日は理事長に、いくつか報告しなくてはならないことがありましてね。まず、悲しい報せです。昨日、エレナ・ローウェン教授が事故で亡くなりました」

「……」

青柳は言葉を発しない。だがその表情に、明らかに狼狽の色が窺えた。

「殺ったのは例の怪物です。理事長が大切にしていたあの〝ダンサー〟ですよ。奴が昨夜、逃げましてね。防ぎようがなかった……」

「うっ……」

また、青柳が奇妙な声を出した。何かを言おうとしているのか。それとも、単なる呻き声なのか。

「しかし理事長、ご安心ください。私なりに、手を打っておきました。大学がスキャンダルに巻き込まれることだけは避けなければなりません」

秋谷はそう言いながら、〝ダンサー〟のことを考えた。いまごろ奴はどこで何をしているのだろう。あの怪物が、管理棟の外にまで逃げたことは想定外だった。それほど、頭がよかったのか。だが奴は、無菌の施設で一定の温度管理の下に飼われていた実験動物だ。やがては環境の変化に耐えられなくなり、自滅するだろう。もし死体が発見されたとしても、その正体は誰にもわからない。証拠は何もない。

秋谷は続けた。

「問題は例のプロジェクトです。ローウェン教授が亡くなり、あの怪物が野に放たれたいまとなっては、これ以上の継続は不可能かと……」

「う……ぐ……」

青柳が秋谷を見つめている。皺の深い皮膚がかすかに震え、心なしか赤みが差してきたように見える。怒っているのか。だがお前には、もうその威厳も権力もない。

「しかし理事長、まったく方法論がないわけではありません」

「………」

「〝ダンサー〟の細胞は冷凍保存してあります。もちろんＤＮＡも。〝私〟とローウェン教授の研究データがあれば、将来的にプロジェクトを復活させることは可能かもしれない」

「………」

青柳は怪訝な顔で秋谷を見ている。どうやら秋谷が何を言わんとしているのかわからないらしい。

「つまり、こういうことです。〝私〟とローウェン教授の研究成果を含め、医学部と遺伝子研究室の全権を私に委任してくだされば……」

「……ぐっ……」

青柳は、明らかに怒っている。だが、秋谷はそれを無視した。

「ありがとうございます。きっと、理事長のお許しを得られるだろうと思っておりました。あとはおまかせください。筑波恒生大学を、日本の遺伝子研究のメッカと言わしめるようにしてご覧にいれます」

秋谷が立った。青柳は床に臥したまま、呆然とその姿を見上げている。秋谷はその目の前でポケットから小型のテープレコーダーを取り出し、スイッチを切った。

「ではこれで。私は研究室に戻らなくてはなりませんので」

部屋の外に出ると、襖の陰に宮城が立っていた。

「聞いていたかね」

秋谷が訊いた。

「はい、だいたいは。うまくいったようですね」

宮城がかすかに笑った。

「あとは君が証人になってくれさえすれば、すべて順調にいく。頼んだよ」

秋谷がテープレコーダーを見せて言った。

「もちろんです。我々は、大学のことを考えなくてはなりません」

「君のポストは用意しておく。期待していなさい」

秋谷は宮城の肩を軽くたたくと、外に向かった。アウディA6に乗り込み、エンジンを掛け、しばしローズウッドが施された美しい内装に見とれた。

それにしても〝ダンサー〟は、いまごろどこにいるのだろう。生きているのか。それともすでに死んだのか。だが、もしかしたら、奴は生きているうちにもうひと仕事やってくれるかもしれない。もし、運が味方すれば……。

秋谷はギアをDレンジに入れ、黄昏に深まりはじめた住宅地の中を走り去った。

4

ロックの激しいリズムが終わった。

フラッシュをまじえた白い光が落ちて、フロアは一瞬、闇に包まれた。

暗がりの中を、踊りを終えた六人のダンサーが左右に散っていく。同時に凱旋門を模した正面のゲートのカーテンが開き、その中に二人のダンサーのシルエットが浮かんだ。長身で肩幅の広い男と、手足の長い女。男が女のウェストに腕を回し、その中に女がしなだれるように体を預けている。

アコースティック・ギターの弦が鳴った。最初は、もの悲しい音色で。その音を待っていたかのように、二人の背後からマンダリン・オレンジの薄いバックサスが射しはじめる。情熱を表す夕日の色、だ。

次第にギターのテンポが速くなる。そこに、忍び寄るようにビオラの音が絡む。男が腕の中からゆっくりと女の体を解き放つと、二人が同時に踵を踏み鳴らすサパティアのステップを踏む。淡い光の中で、フラメンコのアダジオが始まった。

男は黒人だ。シルクサテンの黒いシャツに、黒いパンツ。サッシュ・ベルトも黒で統一している。シャツの胸元が大きく開き、鋼のような筋肉が見える。

女の国籍はわからない。濃いメイクを施されたエキゾチックな顔は、本物のスペイン人のように見える。衣装は深紅のスパンコールのキャミソールに、同色の巻きスカート。胸元が黒のリボンで編み上げになり、やはり胸の谷間が見えるほど大きく開いている。

リズムが少しずつ激しさを増していく。曲はチック・コリアの『スペイン』だ。フラメンコ・ギターとビオラがたたみかけるように鳴り響き、疾走感のある力強いアレンジが恋を演出する。

女がシニョンにまとめられた髪の頭上に腕を伸ばし、手首から先を蛇のように動かして男を誘う。男が素早く体を切り返し、女の柔らかく反り返る背中を抱き寄せる。

女が長い腕を男の首に回す。男の力強い筋肉が躍動し、女をリフトして肩から腰の上を止まることなく移動させていく。まるで二人の体が繋がっているようになめらかな動きだ。

フラメンコ・ギターが弦をたたくように鳴った。放たれた女は力強くサパティアを踏み、腕を上げて赤いバラを挿した頭を激しく振ると、片足を一方の膝に付けてピルエット・ターンで体を回した。

　女は踊りながら客席を見ていた。それほど広くはないフロアだ。扇形のフロアの要の位置で踊っていると、その周囲の客席をすべて見渡すことができる。

　ボックス席の七割方が埋まっている。まずまずの客の入りだ。

　ほとんどは顔見知りの客だった。一流企業の社用族が多い。その横には、申し合わせたようにこれから同伴する銀座のホステスが座っている。

　だが、見慣れない客が一人いた。まだ若い男だ。ジーンズにスニーカー。申し訳程度に安物のジャケットを身に着けている。

　新橋あたりのショー・ホールは決して安くはない。金の無さそうな若い男が一人で来ることは珍しい。

　若い男は、あまり酒に口を付けていない。食い入るような視線で、ただ踊る女だけを見つめている。女は、いつの間にかその視線を意識している自分に気付いていた。

　二人のダンサーが体を離し、ターンを止めて向き合った。ギターの音階とリズムが変わった。重く、低く、切れのいいビートだ。

　女がそのリズムに合わせ、髪を留めてあるバラを取った。頭を振る。黒く、長い髪が肩に落ちた。女はバラを口で銜えると、両手で巻きスカートをたくし上げて強くサパティアを踏んだ。

男も黒いシャツを脱いだ。肩と、胸の筋肉が盛り上がる。サパティアを踏み、腰を大きくグラインドさせながら女に突き掛かる。女がそれをピルエット・ターンで巻きスカートを翻し、かわした。

「オーレ!」

客席から声が上がった。女は一瞬、角のボックスの若い客を見た。やはり、黙ってこちらを見つめている。

女は、巻きスカートを外した。黒革のTバックのショーツに、黒のガーターベルト。黒の網タイツ。女は脱いだ巻きスカートを闘牛のショールに見立てて両手に持つと、男を誘うように構えた。

二人が離れて向かい合い、距離を保ちながらフロアをゆっくりと回った。女はマタドール、男は牛だ。

ギターの弦が鳴った。同時に、女が激しくサパティアを踏んだ。

女の引き締まった形のいい尻が揺れた。それを合図に、両手を牛の角のように頭上にかざした男が再び突き掛かった。

「オーレ!」

声がかかる。サパティア。そしてまた男が突き掛かる。

「オーレ！」

ギターの弦が鳴き続ける。ビオラが響く。情熱を掻き立てるように。

女がスカートに縫い込んである剣を抜いた。刃を返し、顔の横に構える。

「オーレ！」

男が突進する。女はスピンでそれをかわし、男の背中に剣を突き立てる。男が、床に崩れた。

ギターが止み、マンダリン・オレンジの光が静かに落ちていく。まるで夕日が沈むように。客席から拍手が沸き起こった。

「志摩子、よかったぜ。今日は完璧だった」

楽屋に戻ると、志摩子は相棒のニックに抱き締められた。その背中には、まだ剣が突き立てられたままになっている。

「もう何度もやってるんだから。当たり前でしょ。それよりあんた、汗臭いよ」

高村志摩子はそう言って、ニックの背中にガムテープで貼りつけられた段ボールのサックから剣を抜いた。二年前、ニックと組んでこのフラメンコ風のアダジオを踊りはじめた頃には、剣の先がなかなかサックに入らなくて苦労したものだ。

「たまには男の汗の臭いもいいだろう」

「いやなこった。男の汗なんて」

ニックは黒人と日本人のミックスだ。身長は一八五センチ、体重は九〇キロ以上もある。アメリカの軍人だった父親を知らずに日本で生まれ、志摩子と同じ大磯のキリスト教系の孤児院で育った。外見は〝外人〟だが、日本語しか話せない。

志摩子はニックの前でガーターベルトを外して網タイツを脱ぎ捨て、ブラジャーも外した。ニックとは、孤児院時代から三〇年以上の付き合いになる。男として意識したことはない。兄妹みたいなものだ。

それに、ニックはゲイだ。女の体には興味はない。

だが、背中は見せない。志摩子の背中には、大きな醜い傷がある。

「ねえニック。今日、変な客がいたでしょう。一人で来てた若い男。あんた、気が付いた?」

志摩子が汗を拭きながら言った。

「ああ、もちろん。素敵な体をしてた。いい男だったね」

「知ってる奴?」

「知らないよ。でも知り合いになって、愛を語り合いたいね。ぜひ」

ニックがそう言って笑った。

「そんなこと聞いたら幹男が怒るよ。今日あんた、幹男の店に行くんでしょ」

幹男はニックの恋人だ。新宿の二丁目で『純』というゲイバーをやっている。

志摩子は衣装とプラスチックの剣、ショー用のCDを黒いスポーツバッグに放り込んだ。新しいストッキングとブラジャーを身に着け、ハンガーからブルーのドレスを取ってそれを着た。

「じゃあ私は店に出るね。幹男君によろしく。もう少し寒くなったら三人で鍋でもやろうって言っといて」

「ナベじゃなくてオカマだろ」

「馬鹿」

ニックが片目をつぶり、キスを投げた。

昔は東京にショー・ダンスを見せるショー・ホールはいくらでもあった。銀座の『美松』。新橋の『フロリダ』。赤坂の『ラテン・クォーター』。本格的な舞台を持つ大型クラブも多かった。

だが現在はそのような店はほとんど残っていない。新橋の周辺にも老舗の『ショー・ガール』と、志摩子が定期的に出演する『スパンコール』の二軒があるだけだ。あとは新宿や池袋などのゲイバーやキャバクラで、ちょっとしたショーを見せるくらいだ。

ショー・ホールでは、踊り子はホステスも兼ねている。『スパンコール』のショーは毎晩八時半と十時からの二回。ショーの合間に志摩子も店に出る。

最初に付いた席は、馴染みの客だった。広告代理店の重役と、クライアントの担当者。顔見知りの銀座のホステスもボックスにいた。だが一杯目の水割りに口を付けた直後、若手の踊り子の美智子が志摩子を呼びに来た。

「志摩子姉さん、お客さんが呼んでるんだけど……」

美智子がそう言って目くばせをした。あの若い男だ。

「何て言ってるの」

「志摩子姉さんに話があるんだって。どうする？」

もう一度、男のボックス席の方を見た。ショーの時と同じように、鋭い視線で志摩子を見つめている。

何者だろう。ショー・ホールで、一見の客に指名されることはほとんどない。

客に挨拶をして、志摩子は席を立った。ホールを横切り、若い男の座るボックスに向かった。

「いらっしゃいませ。志摩子です。座ってよろしいかしら」

型どおりの挨拶をして席に座った。思ったよりも体格のいい男だった。そして、端整な顔だちをしている。男は黙って頷くと、志摩子から目をそらし、グラスの水割りを一気に空けた。

志摩子がグラスに水割りを作り、男の前に置いた。

「前にお会いしたことありました？」

男は何も言わず、首を横に振った。どうやらこのような店には馴れていないようだ。そして、女にも。この手の男は、危険だ。

「私にお話があったんじゃないの？」

自分の水割りを作りながら、志摩子が訊いた。

「ええ、ちょっと。ぼくの名は、三浦（みうら）……」

初めて言葉を発した。意外に、低い声だ。

「どういうお話かしら」

「あなたが、その……。〝サルサ〟ですよね」

サルサ——。

その言葉を聞いて、水割りに口を付けようとしていた志摩子の手が止まった。悪寒（おかん）が、背筋を這い上がる。

忘れていた名前——サルサは志摩子が六年前まで使っていた芸名だ。その名前を聞くと、消し去りたい忌まわしい記憶が蘇る。いまは、志摩子のことをサルサの名で呼ぶ者は誰もいない。

「どこでその名前を?」

「インターネットで……」

男が、小さな声で言った。さりげなく、ジャケットの右ポケットに触れた。その中にはスタンガンが忍ばせてあることを、志摩子は知らない。

「私、その名前で呼ばれたくないの。もうよろしいかしら」

「ちょっと待って。話があるんだ」

男が、志摩子を見た。透き通るような目だ。

「じゃあ早くして。私、他のテーブルに行かなくちゃならないから」

「ここでは無理なんだ。お店が終わったら、付き合ってもらえないかな。食事を御馳走するから。あなたに、そう……どうしても話しておかなくちゃならないことがある」

「私はホステスじゃない。ダンサーなの。だからアフターはやらないのよ。それにね、坊や。君には私のような女は、一〇年早いわ」

志摩子は水割りのグラスを空け、席を立った。

5

井沢久育は酒に酔っていた。

だが、自覚症状はなかった。このくらいの酒には馴れている。いつものように取手市内のスナックで飲んだ後、白のセルシオのステアリングを握り自宅のある伊奈町に向かっていた。

時計を見た。午前零時を過ぎていた。だが、まだ飲酒取締りをやっている時間だ。

井沢は運転に自信があった。プロのドライバーとして、もう一〇年以上もトラックに乗っている。

このくらいの酒ならば事故を起こすことはない。注意すべきなのはむしろ取締りだ。五〇万円の罰金、さらに二年間の免許取消し処分。もし捕まれば、生活が破綻する。

まあ、うまくやるさ……。

県道で小貝川を渡り、井沢は川沿いの脇道に逸れた。街灯のない、暗い道だ。多少遠回りにはなるが、この道ならば取締りをやっている心配はない。

アクセルを踏み込み、速度を上げた。途中でカー・オーディオのCDを入れ替える。車が大きく蛇行し、道ばたのポリバケツを引っ掛けた。

だが、井沢は気にする様子もない。どうせ車は傷だらけだ。冬にボーナスが出たら、買い換えればいい。

喉が乾いた……。

調子に乗って、焼酎をロックで飲んだのがいけなかったのかもしれない。井沢は刈り取りを終えたばかりの田んぼの脇に自動販売機を見付け、その前に車を停めた。

車を降りると、酒で火照った顔に夜風が心地良かった。井沢はポケットから五百円玉を一個取り出し、自動販売機に入れた。

酒を飲んだ後で水を大量に飲むと、血液中のアルコール濃度が薄まり、取締りでも数値が低くなると聞いたことがある。ちょうどいい。ミネラル・ウォーターのペットボトルを二本買い、そのうちの一本を一気に飲み干した。

空のペットボトルを田んぼに投げ捨てた。もう一本を開けようとしたその時だった。井沢は畦の陰で何か動くものを見たような気がした。

何だろう……。

井沢は歩み寄った。畦を覗き込もうとした瞬間だった。陰の中から黒い大きな固まりが飛び出し、白い牙を剝いて井沢の喉に喰らいついた。

「ぐぇ」

その場に倒れ込み、押さえ付けられた。相手を見る隙もなかった。両手で掻き毟る。だが、離れない。

二度、三度、四度……。

井沢の喉を絞める顎に断続的に力が加えられた。

犬か？

違う。どうやら酒を飲み過ぎたらしい。悪い夢でも見ているのだろう。それにしても、嫌な臭いだ……。

井沢の意識が遠のき、体の動きが止まった。

〝ダンサー〟が井沢の喉を放した。

丸まった柔軟な体を伸ばすように、立ち上がった。奇妙な形をした動物だった。後肢が外側に大きく湾曲し、短い。二本の足で立っているが、両腕が地に付くほど長い。広い肩の前に、大きな顎が突き出ている。

「グフ……」

豚のような声を出し、口から血を滴らせた。

〝ダンサー〟は鉤のような長い指を器用に動かし、井沢の屍体から服を脱がせた。灰色の作業ズボン、Tシャツ、モスグリーンのスウェット・パーカー。それを次々と身に着けていく。

長すぎたズボンは、下を折り返した。逆にパーカーの袖は短すぎる。前のジッパーを止めようとしたが、うまくいかなかった。最後にスニーカーを履こうとしたが、足の形がまったく合わなくて諦めた。

「グフ……」

ズボンのポケットを探った。小銭が少し。タバコとライター。尻のポケットに、財布。それを次々に、周囲に投げ捨てた。そして左のポケットから、携帯……。

〝ダンサー〟は、しばらく携帯を見つめていた。逆さにし、臭いを嗅ぎ、歯を当てて軽く噛んだ。いろいろ試しているうちに蓋が開き、液晶パネルが光った。

「ギャッ」

携帯を放り投げ、跳びのいた。液晶はしばらく光り続けていた。

光が消えると〝ダンサー〟はまた携帯に近付いた。長い指で、突いた。首を傾げ、二本の指でつまみ上げた。

「グフ……」

醜(みにく)い顔が、笑うように歪(ゆが)んだ。〝ダンサー〟は軽くステップを踏み、体を回転させると、携帯をポケットの中に仕舞(しま)った。

「サル……サ……」

身を翻(ひるがえ)し、畦に飛び込んで姿を消した。

6

間もなく一〇月になる。

志摩子は秋の気配を運ぶ夜風に吹かれながら、新橋の町を歩いていた。木曜日ということもあり、人通りもそれほど多くない。

飲み屋街から食欲をそそる焼き物の匂いが流れてくる。時折誘惑に負けそうになりながら、銀座駅に急いだ。この時間ならば、まだ地下鉄で家に帰ることができる。

ダンサーは地味な商売だ。一日にツーステージ踊り、その合間にホステスとしてテーブルに付いても、日当は二万ちょっとにしかならない。しかも仕事は毎日あるわけではない。帰りにタクシーを使っていたら、生活が成り立たなくなる。

化粧を落とし、私服に着換えた志摩子はむしろ目立たない女だった。ジーンズとTシャツの上に大きめの黒のウインド・ブレーカーを着ているために、アスリートのように鍛(きた)え上げられた体の線もわからない。

長い髪をアップにし、黒いベースボール・キャップを目深(まぶか)に被(かぶ)っている。背が高く、彫りの深い顔をしているので男と見間違えられることもある。

年齢も三十の大台を超えて何年かたつ。最近は、街で男に声を掛けられることもなくなった。でも、それでいい。男は煩(わずら)わしいだけだ。セックスの問題を除いては……。

そういえばさっきの男、いったい何者だろう。なぜ志摩子が〝サルサ〟であることを知っていたのだろう。あの名前を知っているのは、業界でもいまは一部の者だけだ。

六年前まで、志摩子はサルサの名前で踊っていた。メジャーとはいえなかったが、モダン・ダンサーとしては業界でそこそこ知られた存在だった。ミュージカルの大きな舞台で役を取ったこともあるし、テレビのCFや有名歌手のバックダンサーとして踊っていたこともある。

あの若い男は、〝サルサ〟の名前をインターネットで調べたと言っていた。志摩子は、パソコンを持っていない。だが、当時の自分の写真や動画がいまだにネット上でファンに取り引きされていることは知っていた。日本人離れした見事な肉体。しかもスペイン人とのハーフという触れ込みだった。大胆な衣装を着て踊るサルサの写真を見れば、とち狂った若い男が追いかけてきても不思議はない。

ストーカー……。

やはり思い出したくない言葉だ。その一言を耳にすると、志摩子はやはり心臓を鷲摑みされたような痛みを覚え、胸が苦しくなる。

サルサの名前を一躍有名にした事件があった。六年前、ある製薬会社の御曹司が引き起こしたストーカー事件だ。

被害者はサルサという名のダンサー。拉致され、二ヶ月に及び監禁されて、最後は同乗した車の事故で重傷を負わされた。週刊誌が、二人の性的な関係を含め、興味本位で面白おかしく書き立てた。日本には、被害者の人権など存在しない。以来、志摩子はサルサの名を捨て、ショー・ビジネスの第一線から姿を消した。

最近は小さなホールのフロア・ショーを中心に踊り、なんとか食いつないでいる。地方のナイトクラブを回ったり、新宿のゲイバーやキャバクラで振り付けをやることもある。時には某大使館の秘密パーティーで、ストリップまがいのベリーダンスを踊らされたこともあった。

ダンサーという職業は、端から見るほど華やかなものじゃない。夢を持ってこの世界に飛び込んでも、結局は生活に追い詰められて、一人、また一人と消えていく。それが現実だ。

もしあの事件が起きなかったとしたら。自分はショー・ビジネスの世界で一流になれただろうか。

志摩子は背中に大きな傷がある。一時はダンサーとして再起不能と言われた重傷だった。以来、志摩子は左腕を自由に動かすことができなくなった。ショーに剣を使い、客の視線を右腕の動きに集中させる演出は、そのハンデを隠すためのものだ。

もし左腕が自由に動いたとしたら……。

だが同じことだ。それ以外にも踊っている時に足首を二回、肋骨を三回骨折している。体はもうぼろぼろだ。自分の能力の限界は、自分が一番よく知っている。

なぜ自分は踊るのか。志摩子はよく自問自答する。答えは簡単だ。踊りが、好きだからだ。踊ることをやめてしまえば、自分自身の存在理由が見えなくなる。

志摩子は来年で三十五歳になる。あと何年踊っていられるのだろうか。だが、いまは考えたくはない。

地下鉄丸ノ内線の荻窪行き最終電車に乗り込み、志摩子はドアの近くに寄り掛かれる場所を探して荷物を網棚に上げた。車内は混んでいた。体も疲れ果てている。だが電車に揺られてうつらうつらしていれば、このまま終点まで運んでもらえる。

荻窪の駅を出て、青梅（おうめ）街道を渡った。いつものコンビニに寄り、缶ビールを二本と惣菜（そうざい）を買った。住宅街の入り組む細い道に入る。暗く、淋（さび）しい道だ。だが志摩子は、深夜にこの道を一人で歩くのが好きだった。

小さな公園を過ぎたところで、ふと足を止めた。後ろから誰かに見られているような気配を感じた。

振り返った。だが、誰もいない。やはり気のせいだ。あの六年前の事件以来、志摩子はよく人に尾（つ）けられているような錯覚に襲われる。

青柳元彦（もとひこ）――あの男はもういない。今ごろは体を動かすことも話すこともできずに、ベッドの上で腐りかけているはずだ。点滴だけで生き続けるただの肉の固まりとなって。それとも、もう死んでいるのかもしれない。

志摩子は笑いたくなった。あの男が自分の前に姿を現すことは二度とない。絶対に、有り得ないのだ。

また歩きはじめた。アパートはもうすぐだ。心が軽くなり、秋風が爽やかだった。

志摩子のアパートは、住宅街の奥まった一角にある。築三〇年近くになる古いアパートだ。東京に出てきて以来一二年間、志摩子はここに住み続けている。

事件の後、一度は引っ越そうと思った。だが、新しいアパートを借りようと思ってもお金がない。それがダンサーという職業の現実だ。

部屋は一階の一番奥だ。安っぽいデコラ合板のドアを開け、中に入る。手前に四畳半のダイニング。奥に六畳の和室。部屋はそれだけだ。

玄関に荷物を放り投げ、その場で服をすべて脱ぎ捨てると、志摩子はバスルームに飛び込んだ。熱いシャワーを浴びて、一日の汗を流す。バスタオルを体に巻き、そのままの格好で買ってきたビールと惣菜、冷蔵庫の中から残り物の皿を出してダイニングの小さなテーブルの上に並べた。

夜はあまり食べないようにしている。太る体質ではない。だが、もう歳だ。ダンサーとしての寿命を少しでも延ばすためにも、無駄な贅肉は付けたくはない。

「いただきます」

両手の指を胸で組んで、呟いた。これはキリスト教系の孤児院にいた時からの習慣だ。別に、神の存在を信じてはいないけれど。

ビールをグラスに注ぎ、最初の一杯を乾いた喉に流し込む。人生を潤してくれるささやかな贅沢、一日のもっとも幸福な瞬間だ。

ヘッドホンを着け、小さなカセットデッキにテープを入れる。明日、新宿のゲイバーで振り付けをするショー用のテープだ。志摩子は体でリズムを取りながらビールを飲み、惣菜に箸をつけた。

最初は、気がつかなかった。どこか遠くで、電話のベルが鳴っているような気がした。携帯ではない。家庭用の電話機の呼び出し音だ。自分の電話だと気付き、志摩子は電話機の方を見た。赤い小さなランプが点滅している。四回呼び出し音が鳴ったところで、留守番電話につながった。

――オデンワ、アリガトウゴザイマス――

機械的な音声のテープが流れる。ファックスならば、発信音が鳴ったところで受信を開始するはずだ。だが、音声の途中で電話が切れた。

誰だろう……。

志摩子はカセットテープを止め、ヘッドホンを外した。深夜一時半。こんな時間に電話を掛けてくる相手は思い浮かばない。それにもし急用があるのならば、携帯の方に掛かってくるはずだ。

もう何年も、固定電話に電話が掛かってきたことはない。もし掛かってくるとしても、結婚相談所の勧誘かマンションやお墓の営業くらいのものだ。ダンサーの収入を知りもしないで。

有り得るとしたら、ファックスくらいだ。ショーの曲目や衣装、ライティングなどの打ち合わせの書類が、時々送られてくることがある。最近、志摩子の固定電話はファックス専用になっている。だが、今のはファックスではなかった。

不安な予感があった。相手は、留守番電話につながったことを知って故意に電話を切ったのだ……。

また電話が鳴った。体が硬直した。

一度……二度……三度……。志摩子は四度目の呼び出し音が鳴るのを待って、受話器を取った。

「はい……」

名前は告げなかった。相手は黙っている。

「高村ですけど。どちら様？」

やはり、何も言わない。だが、かすかな気配がある。電話の向こうから、荒い息のような音が聞こえてくる。

悪寒が体を這った。電話を切ろう。そう思った瞬間だった。相手が、何かを言った。

――サルサ――

心臓が、大きく鳴った。サルサ。確かにそう聞こえた。

「誰？　あなたは誰なの」

——サルサ……。オレダ——。

どこかで聞いたことのある声……。まさか、あの男……。

受話器をたたきつけるように、切った。電話の線を、元から引き抜いた。

「やめて！」

何が起こったのかわからなかった。亡霊？　まさか。でも、なぜあいつが電話をしてくるの？

また音が鳴った。体が、凍りついた。電話じゃない。今度は、玄関のチャイムだ。こんな時間に、誰が……。

体が動かなかった。志摩子は、体に巻いたバスタオルを抱き締めて蹲った。震えが止まらない。

またチャイムが鳴った。ドアをノックする音。大きく深呼吸をして、立った。よろけながら、玄関に向かう。震える手でドアにチェーンを掛け、小さなレンズを覗いた。

まさか……。

あの男だ。店に来た若い男が、外に立っていた。

「いったいどうしたの……こんな時間に……。私、アフターはやらないって言ったでしょう……」

志摩子は、震える声で言った。

「すみません。でも違うんだ。用があるんだ。ドアを開けてくれないか」

「帰って。お願いだから……」

「すぐに帰る。でもどうしても話しておかなくちゃならないんだ。ドアを、開けてくれ」

「帰ってよ……」

志摩子は泣きながら、その場に崩れ落ちた。

7

湿気を帯びた風が吹いた。

〝ダンサー〟は小貝川の土手の上にいた。

「グフ……」

草の中に身を潜め、小さく笑った。

携帯電話を開いた。闇の中に、液晶の光が点(とも)った。画面に、グラビアアイドルのビキニの写真が浮かび上がった。

「サ……ルサ……。ヤット……ミツ……ケ……タ……」

携帯を、川の流れに向けて投げた。小さな光が、暗い水の中に揺らめきながら沈んだ。土手の上に、すでに〝ダンサー〟の姿はなかった。

8

彼方から潮騒が聞こえてくる。

窓から流れ込む南風が、薄いカーテンをたなびかせた。

有賀雄二郎は目蓋に染みる強い朝日に堪えかねて、汚れた毛布を頭から被り、寝返りをうった。

褐色の毛をした大柄な犬が一匹ベッドに上がり、毛布を銜えて引き下ろした。

「やめろよ、ジャック……。もう少し寝かせてくれ……」

有賀はまた毛布を被った。ジャックと呼ばれた犬は、今度は足下に回り、毛布から出ている有賀の足を噛んだ。

「やめろってば。飲みすぎて頭が痛いんだよ……。まったくもう……」

やっと有賀が体を起こした。無精髭の生えた顔で大きなあくびをした。腕を上げて背筋を伸ばし、寝癖のついた頭を掻いた。ジャックはベッドから降りて部屋の隅に座り、首を傾げて有賀の様子を見つめている。

「まったく、女房みたいな奴だなお前は。牡犬のくせによ……」

「クゥ……」

言葉の意味がわかっているのか、それともいないのか。ジャックが小さな声を出して尾を振った。

精悍な犬だ。だが最近は、口の周りに白い物が目立つようになってきた。動きも緩慢になり、昼間は寝ていることが多い。確か、もう一五歳になるはずだ。お互いに、いい歳になった。

「腹が減ってるんだろ。いま作ってやるよ」

有賀がベッドを立ち、カーテンを開けた。細長い筒のような奇妙な部屋だ。限られたスペースに、キッチン、シャワールーム、応接セット、ベッドなどが効率良く備え付けられている。天井は丸みを帯び、アルミの地肌がむき出しになっている。

流しで餌用のボウルを洗い、ソフトタイプのドッグフードを入れ、上にツナ缶をあけた。ジャックはおかしな犬だ。肉よりもむしろ魚を好む。

野良だった仔犬の頃、茨城県の牛久沼で釣り人が投げてくれるフナやブラックバスを食べて育ったせいかもしれない。肉よりも、魚の方が体にはいい。餌に混ぜてやれば、野菜も食べる。おかげで十五歳となったいまも、体は健康そのものだ。

「ジャック、美味(うま)いか」

だがジャックは、無心に餌を食べている。最近は少し耳も遠くなってきたようだ。

湯を沸かし、キリマンジャロの豆をドリップで淹れた。マグカップを持って外に出る。まだ覚めきっていない目に、陽光が眩(まぶ)しかった。手作りのデッキに立つと、広大な畑の先に青い海が輝いていた。有賀は色褪(いろあ)せたデッキチェアに体を投げ出し、コーヒーをすすりながら波の音を聞いた。

有賀は千葉県の岬町(みさき)に住んでいる。職業は、ノンフィクション・ライターとでも言えばいいのだろうか。

数年前、書いた本が少しばかり売れた時に、海辺にささやかな土地を買った。畑の中の一五〇坪ばかりの荒れた土地だ。不動産屋からは「農地なので家は建てられない」と聞いていた。だが有賀は気にしない。その分、土地が安ければそれでいい。エアストリームの三〇フィートのモーターホームを中古で買い、それを置いて住みはじめた。

日本は便利な国だ。いくら農地でも、電気と水道くらいは引くことができる。有賀は、高額のローンを組んでまで家を所有するという感性は持っていない。大都市の建て売り住宅やマンションに住むよりも、海辺のモーターホームで暮らす方がよほど快適であることを知っている。

餌を食べ終えたジャックが、モーターホームから出てきた。有賀の足元でデッキの上に横になり、日溜り（ひだまり）の中で体を伸ばし、うとうとと眠りはじめた。

体は健康だが、ジャックも確実に老いてきている。犬は、人間のように長く生きることはできない。いずれ別れがやってくる。しかも、近いうちに。いま、有賀に家族と呼べる存在は、ジャックだけだ。

有賀は部屋に戻り、パソコンを起動させた。週明けまでに、仕上げてしまわなければならない原稿があった。

デスクの上には、二台のデスクトップ・パソコンが置いてある。ウィンドウズとMac（マック）、いずれもかなり古いタイプだ。

二台とも粗大ゴミの搬出日に、町で拾ってきたものだ。エアコン、テレビ、ビデオデッキ。ここ数年、有賀は一度も電気製品というものを金を払って買ったことはない。日本は本当に、便利な国だ。

一台をインターネットに接続し、もう一台で原稿を書きはじめた。資料をチェックしながら原稿を書くためには、どうしてもパソコンが二台必要だ。

午前中の数時間が、もっとも原稿の捗る（はかどる）時間だった。だが、昨夜の酒がまだ体に残っている。頭が重く、眠い。何行か書いて指先が止まり、有賀はコーヒーをすすって溜め息をついた。

タバコに手が伸びる。だが、思い止まった。タバコはやめると決心したはずだ。特別な、どうしようもない時を除いては。禁煙なんか簡単じゃないか。今年になって、もう十回は禁煙している。

頭を振り、キーボードに向かった。意を決して、指先に精神を集中させる。一行……。二行……。三行……。画面が文字で埋まりはじめる。だが、また止まった。

「クソ……」

コーヒーを飲んだ。少し気分転換をした方がよさそうだ。

インターネットに繋いであるパソコンの画面に目を移した。マウスを操作し、「最新のニュース」をクリックする。自民党新総裁が党三役の人事を発表。大分県の団体職員が飲酒運転で逮捕。ストーカー殺人。ヤンキースの松井が三試合ぶりに複数安打。退屈なニュースばかりだ。

有賀は、新聞を読まない。テレビもほとんど見ない。最低限の必要なニュースはすべてインターネットで取得する。

あくびをしながら、漫然と画面を眺めていた。間違って北朝鮮からテポドンでも飛んでこない限り、岬町のこのあたりはどうせ世間の出来事から取り残されている。だが、ニュースを追っているうち、その中に気になる文字を見付けた。

〈――大学研究員、実験用動物に襲われて死亡――〉

どういうことだ？

有賀はその頁を開いた。

〈――茨城日報発――〉。

9月27日未明、茨城県土浦市の筑波恒生大学で実験用に飼われていたブタ3頭が逃げ出し、研究員が襲われて死亡した。死亡したのは、同大学農獣医学部研究員の木田隆二さん（23）とマサチューセッツ工科大学から招聘された客員教授エレナ・ローウェンさん（39）の二人。前夜来の嵐で飼育設備に不備が起きたための事故と思われる。逃走した3頭のブタは、同大学の職員によって即日処分された――〉

それだけの記事だ。だが有賀は、短い文面のいくつかの箇所に興味を惹かれた。まず、被害者のエレナ・ローウェンだ。有賀はその名前を以前どこかで目にしたことがあった。確か、ヒトES細胞の研究者としては世界でも第一人者だったはずだ。ブッシュ政権のDNA研究に対する政策に反発し、マサチューセッツ工科大学を出たと聞いていた。そのローウェンが、日本の筑波恒生大学にいたとは知らなかったが……。

そして、三頭のブタだ。「実験用に飼われていたブタ」という説明だけでは詳細がまったく摑めない。遺伝子研究用のトランスジェニック・ブタのことなのか。それとも畜産用に品種改良された他種のブタのことなのか。

ローウェンの専門がヒトES細胞に関連する研究だとすれば、当たり前に考えればトランスジェニック・ブタだということになる。さらに、事故が起きた筑波恒生大学だ。有賀の一人息子、雄輝が通っていた大学だった。確かいまも雄輝は農獣医学部に籍を置いているはずだ。死亡した木田隆二が、息子の雄輝と同じ学部の研究員だということが気に掛かった。

まさか……。

有賀はニュースの頁を閉じ、キーボードで「筑波恒生大学」と入力して検索した。間もなく同大学のホームページに繋がった。

〈――筑波恒生大学――。

一九九二年設立。九五年に医学部を増設。約五万平米の広い敷地内に医学部、薬学部、遺伝子工学部、農獣医学部が点在し、国内でも有数の環境と設備を誇る。中でも各学部共同で運営する「遺伝子研究室」は、近年の日本の遺伝子研究を常にリードしている。資本率は「青柳恒生薬品」が一〇〇パーセント。資本金額は――〉

ごく表面的な情報しか書かれていない。いずれにしても大手の薬品会社が自社の利益を追求するために設立した大学だ。

雄輝が事件に巻き込まれていなければいいのだが……。

有賀は、一度結婚したことがある。まだ学生の頃だった。その翌年に長男の雄輝が生まれ、有賀は二二歳の若さで父親になった。

あの頃の有賀は、男としてあまりにも未熟だった。家庭を持つということ、父親になるということの意味すらも理解していなかった。妻の百合子(ゆりこ)と生まれたばかりの雄輝を日本に残し、〝取材〟と称して世界じゅうを飛び回った。気が付くと、妻との仲は冷え切っていた。

結婚生活は、六年しか続かなかった。たったひとつ利口(りこう)になったことがあるとすれば、

「自分は結婚生活には向かない」ということを身をもって知ったことだろうか。以来、有賀は、独身を通している。

理屈ではなく、愛していた。もし雄輝が怪我をすれば、自分も痛みを感じる。もし心が傷付けば、自分も胸が苦しくなる。親子とは、そういうものだ。

だが、息子は別だ。雄輝は、あらゆる意味で有賀の分身だった。

離婚はしても、有賀は父親の役目を果たしてきた。時には百合子の許しを得て、時には目を盗んでも月に一度は息子に会うようにしてきた。自転車、釣り、野球などの男の子としての遊びはもちろんのこと、時には恋の悩みに至るまで、有賀は常に最も身近な男の先輩として雄輝の成長を見守ってきた。

だが、七年前だった。雄輝が大学に進学すると同時に、一通の手紙が届いた。その時の衝撃を、有賀はいまだに記憶から剝がし去ることができない。

手紙の文面も憶えている。

〈――有賀雄二郎様――。

すべて母から聞きました――。

あなたは同じ男として、絶対に尊敬できない人間です――。

母に暴力を振るい、自分勝手な遊びを優先し、家庭を破壊した——。
母と、僕を、ゴミのように捨てた——。
結婚し、子供を持つ資格のない人間でした——。
僕は、あなたを父として認めない。人間としても認めない——。
これからは一人で生きて行きます。もう二度とあなたに会うことはないでしょう——。

雄輝——〉

有賀は、愕然とした。なぜこのような手紙を雄輝が突然書いてきたのか、まったく身に覚えがなかった。離婚してからも、有賀は雄輝と円満な関係を築いてきた。時には遊び、時には喧嘩し、泣き、笑い、男同士の仲間として母親への秘密を共有したりもした。

雄輝の母親にだけでなく、有賀は生涯女性に暴力を振るったことはない。何であれ、女を殴る奴は男として屑だ。そう信じてここまで生きてきた。

確かに、自分勝手だった面はある。だが、好んで家庭を壊したわけではない。まして妻と息子を捨てたわけでもない。離婚はしても、遠くから見守ってきたつもりだった。

雄輝とは、いい親子関係だったのだ。そして、親友だった。その雄輝が、離婚から一〇年以上もたって、なぜ……。

手紙の冒頭に、雄輝は「すべて母から聞いた」と書いている。後にわかったことだが、妻の百合子はちょうどその頃、再婚していた。結果として同時期に大学に進学した雄輝は、再婚相手との家庭から押し出されるように一人暮らしを始めた。思い当たるのは、その小さな符合だけだ。

現在百合子は、新しい亭主とともにアメリカのサンフランシスコに住んでいる。女として、新しい生活を始めるために、過去のすべてを清算したい気持ちは理解できる。だが、自分が雄輝のことを見守れないのならば、なぜ同じ日本にいる父親との関係を壊さなければならなかったのか。それが理解できない。

子供は、不思議だ。母親の言うことを、無条件で受け入れてしまう。母親の存在そのものが、物事の価値判断基準なのだ。その意味では、父親は永遠にかなわない。

以来、有賀は、雄輝に一度も会っていない。住んでいる場所も、連絡先もわからない。人伝(ひとづ)てに、筑波恒生大学の研究室に残っていると聞いているだけだ。

有賀は、ラークの箱から一本タバコを抜いた。しばらく指に挟んで弄(もてあそ)んでいたが、やがて意を決したように火を付けて煙を吸い込んだ。

禁煙をやめたわけじゃない。いまは、特別な場合だ。一本くらいは許されるだろう。本当に、一本だけだ。

無性に、雄輝に会いたくなった。少年の頃は、まだひ弱だった。家の中で遊ぶことが好きで、いつも本ばかり読んでいた。

有賀はよくその雄輝を無理やり外に連れ出した。キャンプに行った時には、山の中の暗い夜が恐くて泣いていた。だが翌日、初めてのフライ・フィッシングでトラウトを釣ると、輝くばかりの笑顔を見せてくれた。以来雄輝は、有賀に会う度に釣りに行きたいとせがむようになった。

中学に入って空手を始め、急に逞しくなった。千葉でひと夏を過ごし、サーフィンを教えたこともある。

最後に会ったのは、一八の時だった。顔つきが変わり、背も伸びた。雄輝は、父親の有賀に似て長身だった。百合子には内緒で、二人で酒を飲んだ。将来の夢や、趣味の車や、恋について語り合った。まだ体の線は細かったが、男の顔をしていた。

その雄輝が、いまは二五になっているはずだ。

くだらない。有賀は灰皿の中にタバコを揉み消した。もう一度、パソコンの画面の中のニュースを読んだ。

雄輝の名前は出ていない。同じ大学の、同じ農獣医学部の研究室で事故があったとしても、雄輝に関係があるとはかぎらないのだ。人の親とは、どうしようもなく情けない動物だ。自分自身はいくらでも乱暴なことをやるくせに、子供のこととなるとどうしてこうも心配性になるのだろうか。

雄輝はもう大人だ。一人で生きていける年齢になった。父親を捨てるというのなら、それでいい。

有賀はパソコンを切り、外に出た。抜けるような青い空に、白く薄い雲が流れていた。

ジャックが気怠そうに体を起こし、有賀を見上げた。有賀はその前に座り、ジャックの頭を撫でた。

「天気がいいな、ジャック。夕方になったら、釣りにでも行くか」

「クゥ……」

ジャックが尾を振り、顔を舐めた。有賀はその体を、胸に抱き寄せた。

ジャック――。

おれの家族は、お前だけだ。

第二章　破壊

1

荻窪警察は、青梅街道沿いにあった。駅から西に向かい、四面道の交差点を越えてしばらく行った右側の古い建物だ。

警察署は、不思議な空間だ。特に古い署はそうだ。陰湿で、黴臭く、光も大気もよどんでいる。たとえ被害者であったとしても、警察官を前にして座っているだけで後ろめたい気分になる。まるで自分が、犯罪者であるかのように。

九月二九日――。

高村志摩子は荻窪警察の生活安全課の相談室に座っていた。ここを訪れるのは六年振りだ。目の前で、加野茂と名乗る警察官が腕を組みながら顔をしかめている。五十代。小太りの実直そうな男だ。だが、言葉に誠実さは感じられない。差し出された名刺には、「ストーカー対策室・室長」と書いてあった。

「それで、その若い男。名前を何て言いましたっけ？」

加野が顎を掻きながら言った。

「三浦です。先程も、そう言ったはずですけど」

「ああ、そうでしたね。家に来た時に、そう名乗った……」

「違います。店で聞いたんです」

「そうか、店で、でしたね」

そう言うと、加野はまた同じことをノートに書き込んだ。

「見たことのない男だったんです。店から家まで、尾けてきたんだと思います」

「二十代の半ばくらい？」

「そうです……」

「でも仕方ないいんじゃないのかな……。つまり、その、あなたは肌をかなり露出させて踊ってるわけでしょ。セクシーに、さ。たまにはそういうファンがいても、ねえ」

「私は、ストリッパーじゃありません。モダン・ダンサーなんです。裸で踊ったりはしません」

六年前と同じだ。あの時もそうだった。志摩子がダンサーだと聞いただけで、警察官は懐疑的な視線を向ける。「どうせお前が若い男をたらし込んだんだろう」と言わんばかりに。

「しかし一一〇番をして警察が駆けつけた時にはもういなかった……」

「ええ。大家さんが男の声に気が付いて起きてきてくれたんです。それで、逃げたんだと思います」

加野が、また面倒くさそうにメモを取った。

「もう来ないと思いますよ。あなたの踊りを見て、一時的にのぼせちゃったんでしょう。だからストーカーだと言っても、ねえ」

この警察官は話の最後に必ず「ねえ……」を付ける。無理にでも相手の同意を得るかのように。自分の誠実さに自信がない証拠だ。

「でも、電話があったんです。同じ夜に……」

「ああ、電話でしたね。そちらの方が問題なんだ。で、その声が六年前の事件のあの男の声に似ていた……」

「そうです。あの声は一生忘れません。私には青柳元彦の声のように聞こえたんです。同じ日にあの若い男が家に来た。偶然とは思えないんです……」

「しかし、ねえ……」

また、「ねえ……」と言った。

冷めたお茶をすすり、加野が六年前の調書をめくりはじめた。顎を掻き、口の中で何かを小声で呟きながら。

事件が起きたのは平成一二年の夏だった。その頃、志摩子は、毎週金曜日の夜に新宿の『カサブランカ』という店でベリー・ダンスを踊っていた。小さなショー・ハウスだが、地中海料理を味わいながらショーを楽しむことができる落ち着いた雰囲気の店だった。ショー・タイムは一日に二回。一〇時を過ぎるとピアノが入り、店はバーになる。馴染みの客に呼ばれれば、席に付くこともあった。

青柳元彦が初めて店に来たのは、七月の第二週の金曜日だった。だが志摩子は、その日のことをよく覚えてはいない。警察が後から調べたところによると、青柳は数人の仲間といっしょに店に食事に来たことになっている。

翌週から青柳は、毎週『カサブランカ』に通うようになった。必ず前日に店に電話を入れ、ショーがよく見える中央の一番前のテーブルを予約した。来れば必ず店で一番高価なワインを注文するので、ウェイトレスも青柳のことをよく記憶していた。

色白で、どことなくのっぺりとした、あまり背の高くない男だった。真夏なのにいつも紺のブレザーを着て、首にアスコット・タイを結んでいた。顔だちは、悪くない。むしろ、育ちの良さを感じさせる品のようなものがあった。

だが後から思えば、目の奥に暗く粘るようなものがあったことも確かだった。志摩子が踊りはじめると、青柳は額にかすかに汗を浮き上がらせながら、体にぬめるような視線を這わせていた。

当時の志摩子は、青柳に対してまったく警戒心を持っていなかった。元来ダンサーは、自分の体を見られることに馴れている。むしろ、体に自信があるから踊るのだ。それに志摩子は、青柳が自分を目当てに店に通っていることを知っていた。

少し、からかってやろうという気持ちがあったことは確かだった。志摩子はわざと青柳のテーブルに近付き、ピアスをした臍を突き出して腰を振った。淡いブルーのベールの下から微笑みかけた。年齢は、当時二八歳だった志摩子よりも少し若く見えた。青柳は口を閉じることも忘れ、目の前で揺れる志摩子の臍を見つめていた。

「それで、この青柳という男も店の客だったわけだね」

加野が書類から目を上げて言った。

「そうです」

「それが家まで付いてきた。今回とパターンが似ているなぁ……。でも女性の裸を見せられたらさ、男はやっぱり付いて行きたくなっちゃうよ、ねえ……」

また「ねえ……」だ。

「私は裸になんかなっていません。お客さんには住所も電話番号も教えない。それなのに家に付いてきたり、住所を調べて突然訪ねてきたりしたら、それだけで犯罪じゃないんですか」

「犯罪、ねえ……」

加野がまた、調書に目を落とした。

八月に入ったある夜のことだった。志摩子は九月から始まるミュージカルの公演のリハーサルを終え、その日は早く帰宅した。いつものようにシャワーを浴び、サラダや煮物などの野菜を中心とした食事を作り、ビールを飲んだ。ミュージカルの音楽を聞きながら、体が自然と動く。それが志摩子の癖だった。

食事を終え、テレビのドラマを見て、そろそろ寝ようとした時だった。突然、電話が鳴った。受話器を取ると、聞き馴れない男の声が聞こえてきた。

——サルサさんですか——。

最初に、そう聞かれた。名前を訊ねると、「青柳です」と名乗った。それでも最初は、誰だかわからなかった。「毎週金曜日にカサブランカに行く客です」と言われ、やっと色白の粘るような目をした男の顔が思い浮かんだ。

店の客とは個人的には付き合わないと断り、電話を切った。だが青柳は、その時すでに興信所に依頼して志摩子の住所まで調べ上げていたのだ。翌日、リハーサルを終えて家に戻ると、アパートの前に花束を持った青柳が立っていた。

志摩子は青柳を追い返した。だが青柳は諦めなかった。それからも執拗に志摩子を追い続けた。

毎週、店に来た。ある時には花束を持ち、ある時にはブランド物のハンドバッグをプレゼントに持って。家の前で待ち伏せされたり、夜中に電話が掛かってきたり、意味不明の文面の手紙が届くことも珍しくなかった。ミュージカルの楽屋にまで姿を見せた。ある朝、起きてみると、新聞受けの中に数十万円はしそうなティファニーのネックレスが入っていたこともある。

志摩子は恐ろしくなり、警察に相談した。だが、まともに取り合ってはもらえなかった。警察は何かが起きなければ動けない。痴情のもつれには介入しない。事件性はないというのがその理由だった。当時の警察には、まだストーカーという行為や言葉に対する認識すら存在しなかったのだ。

「まあ、前の男はちょっと特殊だったからなぁ……。いろいろとご苦労されたことはわかるんだけど、ねえ……」

加野がまるで他人事のように言った。

「でも、もしあの時、警察が私の言うことを聞いてくれていたら。もっと親身になってくれていたら。私はあんなにひどい目には遭わなかったんです」

その頃からだった。青柳元彦の態度が変わりはじめたのは。最初は言葉遣いが変わった。「サルサさん」と呼んでいたのがいつの間にか「君」になり、「あんた」に変わり、最後には「お前」と呼び捨てにするようになった。

さらに、目つきだ。青柳は最初、まともに志摩子の顔を正面から見ることができないほどおどおどしていた。だがそのうちに遠慮会釈なく志摩子の顔から体まで睨め回すようになった。

ミュージカルの公演を翌日に控えたある日、志摩子の運命を狂わす決定的な出来事が起きた。リハーサルで帰りが深夜になり、志摩子は荻窪からアパートまでの道を急いでいた。細い路地に黒いＢＭＷが停まり、道を塞いでいた。脇をすり抜けようとすると、ドアが開いて中から男が降りてきた。青柳元彦だった。

逃げようと思った。だがその時、体にいきなり小さな機械のようなものを押し付けられた。瞬間に体が硬直し、全身の力が抜け、その場に崩れて動けなくなった。その機械がスタンガンというものであることを、志摩子はまったく知らなかった。

口にガムテープを貼られ、手足をロープで縛られて車のトランクに放り込まれた。狭く、息苦しい闇の中で体を丸めていた。後のことは、よく覚えていない。

志摩子は以前から青柳のことを仲間にも打ち明けていた。もし自分の身に何か起きることがあれば、まず青柳を疑ってくれと。

翌日、ミュージカルの初日に志摩子は舞台に姿を現さなかった。劇団は大騒ぎになり、すぐに警察に通報した。だが警察は、それから二ヶ月も動かなかったのだ。理由は、青柳が政界にも力を持つ青柳恒生薬品の社長の一人息子だったからだ。

志摩子は、軽井沢の外れにある貸し別荘に監禁された。地下室のある、小さな別荘だった。そこで、何が行われたのか。女性としての尊厳を完膚なきまでに踏みにじられた二ヶ月間を、志摩子は思い出したくもない。

「まあ、気持ちはわかりますけど、ねえ。その昨日の夜の電話の男、本当に青柳だったんですかね。あり得ないと思うんだけど、ねえ……」

加野は、そう言いながら薄く笑いを浮かべた。

「本当です。嘘じゃないんです。私は二ヶ月間も、毎日あの男の声を聞かされてたんですよ。間違いなく、青柳だったんです」

「しかし、ねえ……。まあ、ちょっと調べてみますか……」

そう言って加野が調書の束を持ち、席を立った。

監禁状態になってからの志摩子には、ほとんど日付の感覚が残っていない。一ヶ月くらいのようにも思えたし、半年以上たっているようにも感じた。志摩子は地下室を一歩も出ることなく、毎日青柳に〝餌〟と水を与えられて生きていた。それが五九日間であったことを、志摩子は後に警察から聞かされて知った。

あの日のことは一生忘れないだろう。

志摩子は薄汚れたバスローブ一枚にくるまり、地下室の狭いベッドの上で眠っていた。突然、階段を慌ただしく駈け降りる足音で目を覚ました。ドアが開き、明かりが点いた。そこに青柳が立っていた。

目が血走り、息が荒い。何かが起きたようだった。志摩子は無理に立たされ、手錠を掛けられて地下室から連れ出された。

二ヶ月振りに外の風景を見た。冷たい風。眩い陽光。周囲の森が、紅葉に美しく染まっていたことを憶えている。志摩子は爽やかな空気を胸いっぱいに吸った。死にかけていた全身の細胞が、生き返ったような気がした。

だが、それも束の間だった。志摩子はまた黒いBMWのトランクに押し込まれた。何が起きたのかを訊いた。青柳は青ざめた顔で震えながら、何も言わずにトランクを閉じた。

車が乱暴に発進した。志摩子は狭く息の詰まる闇の中で、前後左右に激しく揺られた。エンジンのかん高い音が鳴り響き、体の下でタイヤが悲鳴を上げる音を聞いた。どこに行くのかもわからない。自分は、死ぬのだと思った。

そのうちに、遠くからサイレンの音が聞こえてきた。パトカーだ。青柳は、警察に追われている……。

体が転がり、内壁にたたきつけられた。次の瞬間だった。轟音と同時に志摩子は宙に跳ね上げられた。闇が裂け、トランクが開いた。光の中に投げ出され、ガードレールにたたきつけられた。

不思議と体に痛みを感じなかった。心も、穏やかだった。志摩子は冷たいアスファルトの上に俯せになり、目の前に繰り広げられる光景を映画の一シーンでも見るように眺めていた。

遠くでBMWが紙くずのようにつぶれていた。その脇に、路上に放り出された青柳が倒れていた。手足が奇妙な形に曲がっている。血溜りの中で白目を剝き、青柳は口からだらしなく血をたれ流して動かなかった。頭が割れ、中に白い脳が見えていた。

志摩子は心の中で笑った。

ざまあみろ。死んでしまえ。二度と生き返ってくるな……。

青柳元彦は、あの時〝死んだ〟はずだ。少なくとも、人間としては。この世に生き返ってこられるわけがない……。

加野が席に戻ってきた。そして言った。

「いま病院の方に確認してみたんですがね。やっぱり青柳の線はないと思いますよ、ねえ……」

「彼は……あの男はいまでも新宿の病院にいるんですか？」

「そう。いわゆる植物状態、というのかな。人工呼吸器を付けて、あれから六年間、寝たきりだそうだよ。電話をしてくるなんて、有り得ない、ねえ……」

そう言って、加野が志摩子の顔を覗き込んだ。

「病院が嘘（うそ）を言ってるということは……」

「考えられないな。でも一応、裏は取ってみましたよ。担当の看護師さん、何と言ったかな……」

加野がメモを書いた紙切れを志摩子に渡した。山崎寿々子（やまさきすずこ）という名前の下に、携帯の電話番号が書いてあった。加野が続けた。

「本当はこういうことはしちゃいけないんだけどね。個人情報の守秘義務に違反しちゃうからさ。でも今回の場合は特別だから。青柳は時々目を開けるし、言葉を掛ければ反応はするけれど、まったく話はできないそうだ。まして電話なんか掛けられない。納得できないなら、この看護師さんに直接聞いてみなさい。明日の午後は非番だから、電話してきていいと言ってたよ」

「そうですか……」

「普通、ストーカー事件の場合は被害届を出してもらうことになってるんだけど、今回の場合はまだ事件とは言えないし、ねえ。あとはもう一人の若い男？　また来るようなら警察に来なさい。私がいつでも相談に乗ってあげるから」

加野が、物わかりのいい警察官を演じた自分に満足するように頷いた。

やはり、警察は当てにできない。違うのだ。青柳元彦、あの男なのだ。理屈じゃない。女の、勘だ。だが、そんなことをいくら警察官に説明しても理解してはもらえない。頭がおかしいと思われるだけだ。

「わかりました。また来ます……」

志摩子は荻窪警察を辞して駅に向かった。午後から新宿歌舞伎町のゲイバーで振り付けの仕事が入っている。荻窪駅発の丸ノ内線に乗り、最後尾の車輌の隅の席に座った。

車内はすいていた。正面の暗い窓に、自分のやつれた顔が映っていた。

ポケットからメモを取り出した。山崎寿々子。本当に彼女の言うとおりなのだろうか。だとすれば、あの電話は青柳ではなかったということになる。それならいったい、あれは誰なのか。確かに、〝サルサ〟と言った。青柳の声のように聞こえた。わからない……。

何気なく車内を見渡した。学生、主婦、疲れはてた顔のサラリーマン。だがその疎らな客の中で、志摩子は一人の若い男に視線を止めた。

男は、志摩子と対角線上の離れた場所に座っていた。黒のウインド・ブレーカー。迷彩のパンツ。頭に毛糸の帽子を被り、サングラスを掛けている。襟を立てているために、顔は見えない。

だが、男の履いているナイキのスニーカーに見覚えがあった。あの、店に来た三浦という若い男だ——。

私はどうしたらいいの……。

志摩子は震える肩を抱き、目を閉じた。

2

深夜の西新宿は閑散としていた。

林立する摩天楼(まてんろう)の中で、信号機が無意味な点滅を繰り返している。

信号機が赤に変わり、一台のトラックが停まった。荷台の幌(ほろ)が開き、何者かの影が飛び降りて消えた。

誰も見ていない。運転手も気が付かなかった。信号機が青に変わると、耳ざわりなディーゼルの音とともにトラックは走り去った。

〝ダンサー〟は光が嫌いだった。

常に、影と闇の中を縫(ぬ)うように行動した。

いまも〝ダンサー〟は闇の中に身を潜(ひそ)めていた。冷たい風の中で鼻を動かし、かすかな臭いを探った。懐かしい〝あの〟臭いを。

なぜトラックに乗ったのか。〝ダンサー〟は自分の行動を理解していなかった。もし理由があるとすれば、頭の中で〝声〟が聞こえたからだった。やさしく、だが、絶対的な命令のように。

また声が聞こえた。本能を呼び醒ますような声だった。

「グフ……」

〝ダンサー〟が動いた。街灯の光を避け、壁の陰に沿って走った。時には前肢で地を蹴り、時には飛ぶように。音もなく、風と同化して疾駆した。

気配を察した。〝ダンサー〟は自身が影となって路上に駐車してある車の下に滑り込んだ。息を殺した。

人の足音。話し声。目の前を、革靴を履いた二人の男の足が通り過ぎた。

また誰もいなくなった。〝ダンサー〟は闇に躍り出し、道を横切った。街路樹に登り、壁を越え、植え込みの中に姿を消した。

次に〝ダンサー〟が姿を現したのは、広い駐車場だった。水銀灯の青い光の中に、数台の車が残っている。その先に、白い大きな建物が建っていた。

人影はない。周囲に気配を探った。誰も、いない……。

声が聞こえた。頭の中で、命令するように。

急げ――。

〝ダンサー〟の影が走った。車から、車へ。さらにその先の車へ。白い建物へと近付いていく。そして闇の中に同化して消えた。

入口があった。ガラスでできた、広い入口だった。脇に、『恒生大学病院夜間通用口』と書いてある。周囲と室内が、蛍光灯の光に浮かび上がっていた。

〝ダンサー〟は、離れた場所から入口を見つめ、迷っていた。人は誰もいない。だが、光は嫌いだ。

急げ――。

命令を聞いた。同時に、走った。入口の前に、立った。電子音が響き、ガラスの扉が左右に開いた。〝ダンサー〟は、全身の毛を逆立て、跳ね上がった。だが、一瞬の後には建物の中に滑り込んだ。

受付にいたのは、島田正という若い職員だった。島田は、奥の別室でテレビを見ながら居眠りをしていた。自動ドアの音を聞いたような気がして、受付に出た。だが誰もいない。島田はあくびをし、頭を掻きながらまた別室に戻っていった。

〝ダンサー〟は、その様子を待合室の椅子の下から見守っていた。ガラス玉のような灰色の目が光った。島田の姿が見えなくなると、一瞬の後にその場所から姿を消した。

暗い廊下を走り、無人の階段を駆け上がった。六階で、止まった。薬と汚物の入りまじった病室の臭い。その中に、〝あの〟臭いを嗅いだ。

急げ――。

声が次第に大きくなってくる。〝ダンサー〟は、自分が目指している場所がここであることを理解した。

並んでいる車椅子の陰に身を潜めた。長く、暗い廊下を見渡すことができた。左側にナース・ステーションのカウンターだけが明るい光を放っていた。

急げ——。

同時に、動いた。〝ダンサー〟は一瞬で廊下を走り切り、突き当たりの狭い病室に走り込んだ。誰も見ていない。

暗い部屋だった。室内の一部がカーテンで仕切られ、中央にベッドが一台、設置されていた。

ベッドの上には、男が寝かされていた。

男——正確にはそれに近い物体——だ。両腕に点滴の管を通され、人工呼吸器で肺に空気を送り込まれていた。薄掛けの下の胸には蛸(たこ)の足のように配線が施(ほどこ)され、その先端が二四時間心電図を監視するコンピューターに繋(つな)がれている。腕も、足も、骨と皮だけのように細く、腹だけが水を入れた風船のように膨(ふく)れ上がっていた。

〝ダンサー〟は、カーテンの中に滑り込んだ。ベッドの下に潜み、しばらく周囲の様子を窺(うかが)った。

ここだ――。

声が聞こえた。〝ダンサー〟が立った。ベッドの上を覗き込む。目の前に男の顔――以前は顔だった物――があった。白く、むくんだ肉の固まりの中で、黄色く濁った目が薄く開いていた。

「グフ……」

〝ダンサー〟が笑った。いや、笑ったのではなかった。丸い両方の頰を、〝ダンサー〟は震わせていた。口をゆがめ、中に長い牙が見えた。ガラス玉のような目が動き、細かく瞬きを繰り返すと、中から透明な液体がひと筋こぼれ落ちた。

〝ダンサー〟は、泣いていた。

「グフ……」

〝ダンサー〟は、男に手を伸ばした。長い指で、その顔に触れた。

鼻……。額……。頰……。そして脳波のセンサーを埋め込まれたベルトの上から、頭を愛しそうに撫でた。男の目が、静かに〝ダンサー〟の顔を見つめていた。

〝ダンサー〟が、顔を男に近付けた。男の頭に手を添えたまま、額に口付けをした。そして、男の手を両手の中に握った。

「……サル……サ……」

〝ダンサー〟が呟いた。

男が、かすかに笑ったように見えた。

3

深夜一時――。

看護師の山崎寿々子は、西新宿にある恒生大学病院六階東病棟のナース・ステーションにいた。

夜勤の二度目の見回りを終えて、戻ってきたばかりだった。勤務はあと五時間。一日のうちで一番眠くなる時刻だ。

看護師の勤務時間は不規則だ。朝六時から午後三時までの早番、正午から午後九時までの遅番、午後九時から翌朝六時までの夜勤を交代制でシフトする。時には二本の勤務時間を〝通し〟でこなしたり、半日空けて〝飛び石〟でやらされることもある。

長い一日だった。この日、寿々子は、早朝からの早番と夜の夜勤に飛び石でシフトを組まれていた。いまはどこの病院でも看護師の手が足りない。愚痴を言えば年配の婦長から、「昔は三連チャンもあったものだ」と小言を聞かされる。

夜勤が明ければ、一日休みになる。だが、休みの大半を寝て過ごすことになる。恋人を作る暇もない。

「寿々子、明日、休みでしょ。どうするの？」

午前三時の見回りに備えてカルテを見ながら点滴の準備をしていると、同僚の京子が話しかけてきた。

「午前中は寝てるよ。午後早く起きれたら、新宿にでも出てみようかな。もう秋だから、今年はウエスタンブーツほしいし」

「いいなあ……。私は午後に遅番が入ってるんだ。帰ったらちょい寝して、また出てこなくちゃ……」

何気ないいつもの会話だった。寿々子は京子と話しながら冷蔵庫に向かい、中から数本の点滴のパックを取り出してトレイに載せた。

その時、小さなブザーが鳴った。心電図の管理システムが異状を知らせるブザーだった。三番のランプが、赤く点滅している。

モニターを確認した。病棟の一番奥の個室の患者だった。通常は八〇から八二しかないはずの心拍数が、一二〇以上にまで上がっている。

「どうしたの」

京子が後ろから覗き込んだ。

「一番奥の青柳元彦君。心拍数が急に上がってるのよ……。まあ、危険な範囲ではないけれど……」

ついでに脳波のモニターもチェックしてみた。普段はほとんど反応はないはずだが、いまは不自然に、小さく波打っている。

「大変。元彦君、目を覚ましちゃったのかしら」

「まさか……」

寿々子も京子も青柳のことはよく知っている。六年前、世間を騒がせたストーカー事件の犯人だ。だが青柳は、事件以来眠り続けている。寿々子がこの病棟に移ってから三年あまり、一度も脳波が動いたことはなかった。まさか目を覚ますわけがない。

「心配だからちょっと見てくる」

寿々子がそう言ってナース・ステーションを出た。

奇妙な一週間だった。先週金曜日の昼頃、早番の勤務中に寿々子は病院の総務から呼び出された。荻窪警察から電話だという。電話に出ると、刑事からいきなり訊(き)かれた。「青柳元彦は電話を掛けることは可能か」と。

個人情報保護法に抵触(ていしょく)しない範囲で、無理であることを説明した。するとまた刑事がおかしなことを言った。「近々、高村という女性に電話を掛けさすので、同じように説明してほしい」――。

翌日、本当に高村志摩子と名乗る女性から電話がかかってきた。寿々子は刑事から言われたとおり、青柳の状態を説明した。

青柳は事故による脳挫傷(のうざしょう)で、植物状態に陥(おちい)っている。脳死とは言えないが、ほぼそれに近い昏睡(こんすい)状態が続いている。事故から六年間も生きていること自体が奇跡なのだ。現代医学では、回復の見込みはない。まして電話を掛けることなど有り得ない。それは警察が一番熟知しているはずだ。

ところがその三日後の今夜、青柳元彦の容態(ようだい)に変化が起きた。心拍数が急激に高くなり、脳波も微細な異変を示している。青柳に、何かが起きているのか。単なる偶然なのだろうか。

暗い廊下に、寿々子の足音が響いた。寿々子は、深夜の病院が苦手だった。新しい病院とはいえ、ここでは日常的に人の命が消えていく。一人で病棟を歩いていると、暗がりの中に得体の知れない魔物が潜んでいるような気がしてならない。

少女の頃、寿々子は幽霊が恐くて仕方がなかった思い出がある。いまも、少なからずその存在を信じている。

『607号室・青柳元彦殿』

ネーム・プレートを確認し、病室に入った。人工呼吸器が空気を送り出すかすかな音と、心電図の信号音しか聞こえない。静かだった。寿々子はカーテンをめくり、ベッドの上に視線を移した。青柳は目を閉じ、眠っていた。

異変はない。人工呼吸器が断続的に空気を送り込む度に、青柳の体が小さく揺れている。いつもと同じだ。

寿々子はベッドの脇に立った。青柳の左手首を手に取り、脈を探った。

ストップ・ウォッチのリューズを押し、寿々子は脈を数えはじめた。

真面目(まじめ)な性格だった。寿々子は手を抜くことなく一分間で脈を計る。その間に、神経を研(と)ぎ澄(す)まして不整脈を探る。だが、ストップ・ウォッチの針が二〇秒を過ぎたところで、足下から物音を聞いた。

ベッドの下に、〝何か〟がいる……。

息が止まり、足が竦(すく)んだ。

その時、突然むくんだ青柳の白い顔の中で目が開いた。同時に手が動き、脈を取っていた寿々子の手首を摑んだ。

「ひっ……」

次の瞬間、何者かの影が躍り出た。寿々子の背後から襲い掛かり、太く長い前肢を首に絡ませた。絞められる。寿々子の細い首が不快な方向に曲がり、青柳の手の中から床に崩れ落ちた。

舌を出し、眼球がこぼれ落ちるほどに目を見開きながら、寿々子は考えた。自分の身に、何が起きたのかを。

わからない……。

たったひとつ言えるのは、夜の病院にはやはり魔物が潜んでいたということだ。失禁したことにも気付かないまま、寿々子は看護師になった自分の運命を呪った。

〝ダンサー〟が力を抜いた。すでに寿々子は息をしていなかった。

「グフ……」

首を傾げた。しばらくの間、〝ダンサー〟は寿々子を見下ろしていた。やがておもむろに淡いブルーの看護服に手を掛けると、力まかせに引き裂いた。ボタンが飛んだ。

「グフ……」

下着を剝ぎ取り、〝ダンサー〟は、寿々子の股間に顔を近付けた。黒い鼻をひくつかせ、臭いを嗅いだ。

「……ちが……う……」

寿々子の顔を踏みつけ、〝ダンサー〟はベッドに登った。しばらく、青柳の濁（にご）った目を見つめていた。

行け――。

頭の中で、命令を聞いた。

4

茨城県つくば市の研究学園都市は、綿密な都市計画の下に近未来の総合都市を具現化した理想郷だ。

片側三車線の道路が町全体に升目（ますめ）状に整備され、その中に各種学校施設や病院、ショッピングモール、集合住宅などのインフラが立ち並んでいる。海外の地方都市を移設した巨大な箱庭のようだ。

筑波恒生大学は研究学園都市の郊外にあった。正確な所在地は土浦（つちうら）市になる。広大な敷地内に入ると、ここでまた大気が変化した。豊かな緑の中に、一見美術館を思わせるような建造物が点在する。道の両脇には、プラタナスや銀杏（いちょう）の幼木が枝を広げている。あと二〇年もたてば、街路樹の生長とともに筑波恒生大学は欧米の名門大学と肩を並べる存在になるだろう。少なくとも、キャンパスの風景だけは。

有賀雄二郎は、街路樹の緑の下をゆっくりと車を進めていた。一九八八年型のメルセデス230GE。メルセデス・ベンツが軍用に開発したクロスカントリー・カーだ。二ヶ月前に、友人が廃車にするというのを安く引き取った。ガンメタリックのボディーはすでに色褪せ、走行距離も一五万キロを超えている。だが、メルセデスは腐ってもメルセデスだ。金庫のように頑丈な造り。戦車のように頼れるメカニズム。それでいて車内は応接室のように快適だ。もしエアコンとドアのロックさえ壊れていなければ、これ以上の乗り物は他に存在しない。

構内の複雑な道に迷いながら、有賀は学生管理棟を探した。道を歩く学生に訊きながらたどり着いたのは、前衛的な建築家がモーツァルトを聴きながら設計したモニュメントのような建物だった。

がら空きの駐車場に頭から車を入れ、エンジンを止めた。

「いいか、ジャック。誰かが近付いてきたら吠えろ。乗り込んでこようとしたら遠慮なく嚙みつけ。すぐに戻る」

助手席に座る犬の頭を撫でると、有賀は窓を開けたまま車を離れた。目の前で、もう一度建物を見上げた。多分、これを設計した建築家は、モーツァルトを聴きながら少しワインを飲み過ぎたようだ。

建物に入ると、中にはほとんど日本語というものが書かれていなかった。ここには滅多に日本人が訪ねてこないのかもしれない。『Information（案内）』と書いてあるカウンターを見付け、その前に立った。安心した。中に座っていたのは、典型的な茨城産の純日本的な女性だった。

「学生課は？」

無精髭を生やし日に焼けた顔に精一杯の愛想笑いを浮かべ、有賀が訊いた。

「御用件は？」

「この大学に通う学生の父兄なんだが……」

「それならばＡ‐３のカウンターにお願いします」

また安心した。受付嬢はやはり伝統的な茨城弁の使い手だった。ここは、間違いなく日本だ。

Ａ‐３のカウンターに行き、中に座っていた男に同じことを説明した。自分は学生の父兄だ。息子に会いたいのだが……。

「息子さんのお名前は？」

男が、無愛想に訊いた。絶対に出世しないタイプだ。

「有賀雄輝。いま、農獣医学部の研究室にいるはずなんだが」

「お待ち下さい」

男がパソコンに向かった。手間取っているようだ。かなり待たされた後で、男が首を傾げて言った。

「有賀雄輝さんですか……。おかしいですね。そのようなお名前の方は、当校には在学しておりませんが……」

いない？　いったいどういうことだ。予想外の答えに、有賀は戸惑(とまど)った。

「すまない。じゃあ一年以上前に遡(さかのぼ)って調べてみてくれないか。息子は、平成一一年に確かにこの大学の農獣医学部に入学しているはずなんだ。私が直接入学金を払い込んだんだから、間違いない」

「わかりました。調べてみます」

また待たされた。不思議な大学だ。学生の名前を調べるだけで、なぜこれほど手間取るのか。近代的なのは、見せかけだけのようだ。

男が言った。

「やはり、ありませんね。他の学部まで調べてみたのですが……。当大学には有賀という名字の学生は一人も在学した記録がありません……」

「そんな馬鹿なことがあるか。ちゃんと調べろよ」

思わず声を荒らげ、カウンターに身を乗りだした。

「いやその、ちゃんと調べたんですが……」

「すまない。気が立ってるんだ。また来るよ」

次に有賀は二階に上がり、B‐5のカウンターに向かった。カウンターの上に、『Information publicity（広報）』と書いてある。応対に出た女に、「ジャーナリスト」と肩書きの入った名刺を渡した。

「どのような御用件でしょう」

女が言った。

「取材を申し込みたい。先日、事故があったはずだ。エレナ・ローウェンという客員教授と、若い研究員が実験用のブタに襲われて死んだ。あの件だ」

女が顔を曇(くも)らせた。

「少々お待ち下さい」

奥に行き、上司らしき男と相談している。二人で有賀の名刺を見ながら、訝(いぶか)しげに。しばらくすると、女がコピーした書類を一枚持って戻ってきた。有賀の前に書類を置き、そして言った。

「取材依頼書です。これに取材の趣旨と媒体名その他を書き込み、提出して下さい。学部長から許可が下り次第、こちらからご連絡いたします」

「ありがとう。また来る」

歩きながら、書類に目を通した。依頼者名の下に、社名の欄があった。これは、有賀のようなフリーのジャーナリストの取材は絶対に受けないという意思表示だ。取り付く島もない。

建物を出て、メルセデスに乗った。シートに背をもたれ、ダンガリーのシャツの胸ポケットからラークの箱を取り出した。どうする？　しばらく考えた末に、有賀は箱から一本取り出して火を付けた。

「クゥ……」

ジャックが心配そうに、有賀の顔を覗き込んだ。

「大丈夫だ、ジャック。いまは〝特別な時〟なんだ。一本だけだ」

有賀はそう言って、煙を深く吸い込んだ。

いったい、何が起きてるんだ。雄輝が本当に、消えちまった。

エンジンを掛けた。駐車場を出て、またゆっくりと構内の道を走った。ラークを根本まで吸い、灰皿で揉み消した。今日はこの一本だけだ。もし何らかの理由で、夜にバーボンを飲むようなはめにならなければ。そう心に誓った。

十字路に、標識が立っていた。矢印の型をした白いプレートに、『Farm（農場）』と書いてある。この大学の学長は、よほど日本語が嫌いなのだろう。

矢印に沿って、有賀は十字路を右に曲がった。小さな森を抜けるとまず左側に農獣医学部の校舎が見えた。とても豚や牛の研究をするための建物とは思えないほど洒落ている。その先に実験動物の飼育舎があり、さらに奥に牧草地が広がっている。専業の農場ほど広くはないが、私立の大学の敷地内とは思えない風景だった。

牧柵の前に車を停めた。ジャックに「誰かが来たら吠えろ」と命令し、周囲を歩いた。懐かしい堆肥の臭いが鼻をつく。だが、かすかにだ。飼育施設はすべてオートメーションの工場のように近代的だった。もしこのような環境ですべての牛や豚が生産されるようになったとしたら、肉の味そのものが加工されたファースト・フードと変わらなくなってしまいそうだ。

しばらく歩いているうちに、『Farm study room（研究室）』と書かれた建物を見つけた。古い建物だった。その一角だけが、時空から取り残されているように見えた。木造の2×4の平屋建で、パイン材の外壁は白いペンキで塗られている。

ドアをノックした。応答はない。ノブを回してみると、鍵は掛かっていなかった。

中を覗いた。やはり、誰もいない。広い部屋の中央に大きなテーブルがひとつあり、周囲には様々な実験器具が無秩序(むちつじょ)に置かれていた。本来ならば、雄輝がこの部屋で研究していたはずだ。

部屋の中を探した。手懸(てが)かりになるものは何も見つからなかった。数台あるパソコンを開いてみたが、パスワードがわからない。プリント・アウトされた書類を読む。ほとんどは英語だ。日常的な英語ならまだしも、専門知識のない有賀に理解できるような文面ではなかった。

隣りの部屋に移った。整然とデスクが置かれ、その上に大容量のデスクトップ・パソコンが並んでいる。すべてＭａｃだ。建物は古いが、設備は整っている。反対側の棚には、書類のホルダーや写真のアルバムが収められていた。

有賀は、アルバムを手に取って開いてみた。豚や牛の胎児――中には種類が不明なものもある――の写真。心臓や肝臓、腎臓。組織のクローズアップ。説明はすべて英語だ。

何冊目かのアルバムに、奇妙な写真を見つけた。背中に人間の耳のような突起のあるマウスの写真だ。キメラ――人間の遺伝子を持つトランスジェニック・マウス――だ。

やはり、そうだ。この大学の農獣医学部の研究内容が、少しずつわかりはじめてきた。

畜産だけでなく、医学部の遺伝子工学研究室と深く連動している。少し調べてみる必要がありそうだ。

さらに隣りの部屋――。

研究員の控室だろう。食事をするためのテーブル。簡素なキッチン。冷蔵庫。その周囲にコンビニ弁当の食べ残しやカップラーメンの容器、洗っていない食器などが散乱していた。そう言えば、雄輝も片付けることが苦手な子供だった。

テーブルの上には、飲みかけのコーヒーが入ったマグカップが置いてあった。まだ温かい。つい先程までここに誰かがいたようだ。

有賀は、ふと我に返った。いったい自分は何をやってるのだろう。息子が通っていた大学の研究室に忍び込み、泥棒まがいの行為に手を染めている。

部屋を出ようと思った。その時、視線が止まった。入口のハンガーに、古いヤンキースのベースボール・キャップが掛けてあった。見憶(みおぼ)えがある。一〇年ほど前に有賀がニューヨークのアンティーク・ショップで購入し、雄輝にプレゼントしたものだ。

有賀はキャップを手に取った。間違いない。お気に入りのキャップを被って笑う少年時代の雄輝の顔が目蓋(まぶた)の裏に浮かんだ。

有賀はキャップをジーンズの尻ポケットにねじ込み、建物を出た。牧柵に沿ってウッドチップを敷きつめた小道を歩き、車に向かった。だが、様子がおかしい。メルセデスの助手席の側に誰かが立ち、開いたままの窓から中を覗き込んでいる。

ジャックの奴め、しょうがない犬だ。あれほど、誰かが来たら吠えろと言っておいたのに……。

車の死角に回り足音を殺した。相手は有賀に気が付いていない。リアゲートの陰に身を隠し、頭だけを出して窓から中の様子を探った。相手の顔は見えない。だが、ジャックがしきりに尾を振っている。まったく当てにならない番犬だ。

車の陰から出た。相手は長靴を履き、薄汚れたジーンズとスウェットを着ている。忍び寄り、背後に立った。

「何をやってるんだ」

有賀が声を掛けた。相手が振り向く。髪は短いが、美しい顔立ちをした若い女だった。

拍子が抜けた。

「あ、ごめんなさい。犬が乗ってたからつい……」

女が驚いたような顔で言った。有賀は、その様子に思わず笑ってしまった。

「ジャック。おれの犬だ。犬が好きなのかい」

「とっても。見るとすぐにかまいたくなっちゃうの」

女が、そう言って舌を出した。二十代の半ばだろうか。悪戯っぽい笑顔が愛らしい。有賀が助手席のドアを開けた。ジャックが飛び出し、女にじゃれついた。女はウッドチップの上に胡坐をかき、ジャックの頭を両手で抱き締めた。

どうりでジャックが吠えなかったわけだ。ジャックは女には絶対に吠えない。特に若くて美しい女には。犬は飼い主に似るものだ。

「可愛いね。ジャックっていうんだ。でも、歳とってるね」

女がジャックに顔を舐められながら言った。

「ああ、もう一五歳かな。おれは有賀。君は」

「私は夏花。柴田夏花っていうの。でも有賀さん、この大学の人じゃないでしょう。見たことないもの」

「ああ、違う。実は人を探してるんだ。息子が、この大学の農獣医学部に通っていた。いまは研究室に残っているはずなんだが……」

「本当？　私も農獣医の研究員だよ。息子さん、何ていう名前なんですか？」

「有賀雄輝。知らないかな……」

「アリガユウキ？　知らないな……。でもおかしいな。いま農獣医の研究室には、研究員が五人しか居ないの。この前、事故で木田君が死んじゃったし。有賀さんもニュースか何かで聞いてるでしょ」

「ああ、知ってる」

有賀もその場に座った。奇妙な話だ。もし雄輝が農獣医学部の研究室に残っていたとすれば、同じ研究員の彼女が知らないわけがない。だが研究室には、確かに雄輝のベースボール・キャップが残っていた。彼女が嘘を言っているとも思えないが……。

有賀がキャップをジーンズのポケットから出した。

「このキャップに見憶えないかな」

夏花が、一瞬驚いた顔をした。

「知ってる。ユウちゃんのだ。でもどうして有賀さんがこれを？」

「すまない。いま研究室に忍び込んで、持ち出してきちまったんだ。で、そのユウちゃんて、誰だい？」

「研究員。そういえばユウちゃんの名前もユウキだったな。雄っていう字に、輝くって書くの。名字は有賀じゃないけど……。私の彼氏なんだ」

夏花が照れたように笑った。

「雄輝君て、どんな人だい」

有賀が訊いた。

「かっこいいよ。背が高くて、結構イケメンだし。でも、ちょっと冷たいところがあるんだ。クールなの。そこがいいんだけどね。そう言えば、どことなく雰囲気が有賀さんに似てるかも」

「彼は、いまどこにいるんだ。会えないかな」

「無理だよ。あの事故の翌日に急にいなくなっちゃったの。しばらく留守にする、心配はするなってメールが一本来ただけ。どこに行ったかわからないの……」

夏花が、淋（さび）しそうに言った。

5

一〇月四日、水曜日――。

高村志摩子は一週間振りの洗濯を終え、アパートの自室でコーヒーを飲んでいた。

何気なく、テレビのスイッチを入れた。一四インチの小さなブラウン管に、ちょうどＮＨＫの昼のニュースが流れていた。台風一六号が関東の太平洋沿岸に接近している。明日の夕方から雨が降りはじめるだろう。離島の港からの高波の映像が流れ、色白のアナウンサーが無表情に大雨に対する注意を呼び掛けていた。

ニュースの内容が自民党の新内閣の話題に移り、その後に一般の事件事故に変わった。アナウンサーは相変わらず感情を表に出すことなく、ニュースの原稿を淡々と読み上げていく。

〈――本日未明、新宿区西新宿にある恒生大学病院六階東病棟の病室で、看護師の山崎寿々子さんが遺体で発見されました。遺体には着衣の乱れた跡があり、警察は何らかの事件に巻き込まれたものとして――〉

志摩子のコーヒーを飲む手が止まった。アナウンサーの声を聞きながら、血の気が引いていくのがわかった。西新宿の恒生大学病院――あの青柳元彦が入院している病院だ。しかも、被害者の山崎寿々子という名前にも聞き憶えがある。

まさか……。

立った。ハンドバッグを手に取り、中から財布を出して開いた。刑事が書いたメモを見た――。

〈――090―4526―×××

恒生大学病院　山崎寿々子――〉

やはり、そうだ。間違いない。死んだのは、青柳の担当看護師の山崎寿々子だ――。

いったい、どういうことなの……。

志摩子が荻窪警察にストーカーの相談に行ったのが先週の金曜日。そこで紹介された山崎寿々子という看護師と翌日に電話で話をした。だがその山崎寿々子が、四日後に死んだ。しかもニュースは事件の可能性を示唆している。偶然とは思えない……。

志摩子の周辺で、何かが起きている。しかも、想像を絶する〝何か〟が――。

新橋の『スパンコール』に突然現れた奇妙な男。その三浦と名乗る男は、志摩子を尾行して家にまでついてきた。そして同じ日に掛かってきた青柳としか思えない男の声の電話。あの胃の腑を鷲摑みにするようなおぞましい声が、いまも頭の奥で響いている。

あれからおよそ一週間。志摩子は常に何者かの視線を背後に感じながら、怯えていた。

警察に相談しても、取り合ってはもらえなかった。そして山崎寿々子の死……。

もう、限界だ。そしてたったひとつ、確かなことがある。

ここにいるのは、危険だ――。

志摩子は夜のショーの衣装と身の回りのものをスポーツバッグにまとめ、アパートを出た。周囲に気を配る。だが、誰もいない。細い路地を素早く曲がり、いつもとは逆に阿佐谷の方向に向かった。

阿佐谷には志摩子のショーのパートナー、ニック・宮島が住んでいる。黒人とのミックスのゲイ。孤児院時代からの仲間だ。志摩子には身寄りがない。他に男の知り合いは誰もいない。いま頼れる人間は、ニック以外に思い浮かばなかった。

歩きながら、ハンドバッグから携帯を出した。着信履歴からニックの番号を探し、発信した。数回呼び出したところで、冬眠明けの熊のような声が聞こえてきた。

――どうしたんだよ、こんなに朝早く――

「朝？ 勘弁してよ。もう昼過ぎだよ。なんだか、とんでもないことが起きてるの。私、頭がおかしくなりそう。いまからそこに行くから、ブリーフだけでも穿いておいて」

電話を閉じ、足を速めた。

三浦は、志摩子のアパートから一ブロック離れたマンションの屋上にいた。ジーンズに迷彩の上着、頭に毛糸の帽子を目深に被っていた。ポケットには、小型のスタンガンが入っている。

アパートのドアが開き、志摩子が姿を現すのが見えた。慌てている様子が、手に取るようにわかった。何かが起きたようだ。

三浦は、志摩子の行動パターンをほぼ把握していた。彼女は、基本的に夜型だ。午後遅くなって仕事に出ていき、深夜に帰宅する。昼過ぎから行動することは珍しい。しかもいま、志摩子は重そうにスポーツバッグを引き摺りながら、いつもの荻窪駅とは逆の方向に歩いていく。

マンションの階段を駆け降りた。路地の陰に身を隠し、常に五〇メートル以上の距離を保ちながら志摩子を追跡した。

6

西新宿署の鑑識に恒生大学病院から遺留品が届いたのは、事件当日の午前七時だった。ベテラン鑑識員の久田幸男は、それから四時間以上も集塵機で集められた塵の選別に没頭していた。

病院は、清潔な場所だ。少なくとも、建て前ではそう信じられている。だが顕微鏡で覗くミクロの世界は、まるでゴミの山だ。

事件が起きたのは午前一時前後。その後、当直看護師の西田京子が被害者の遺体を発見し、病院から警察に通報があったのが一時四七分。その一五分後には捜査一課から第一陣の署員七名が急行し、捜査が開始された。

被害者は山崎寿々子、二五歳。遺体には乱暴された形跡があった。看護服や下着が引き千切られ、被害者はほぼ全裸で床に仰向けに横たわっていた。

死因は頸骨圧迫による窒息死。つまり、絞殺だ。現場での目視の段階では、性的暴行の痕跡は認められていない。だが、いずれにしても変質者の犯行だ。

最初に嫌疑が掛けられたのは、遺体が発見された六〇七号室の入院患者だった。青柳元彦、三二歳。六年前に女性を監禁する事件を起こしている。だが、現在の青柳の状態を調べた時点で加害者のリストから外された。

そのほかに六階の東病棟には男性入院患者が八名。西病棟に六名。階下の三階から五階までの病棟を加えれば、計五十一名の男性患者が入院し、自由に院内を歩き回っていることになる。そのうち、今度の事件を引き起こす可能性がある患者は何人いるのか。もしくは病院の職員なのか。いずれにしても外部から何者かが侵入した形跡はない。内部の犯行の可能性が高い。

久田は、五〇倍に拡大された顕微鏡のレンズを覗き込んだ。集塵機で集めたゴミの山は、証拠の宝庫だ。着衣の繊維、土や石片、人毛、ありとあらゆるものが含まれている。

そのひとつひとつが、犯人を特定する鍵になる。レンズの下のガラスのシャーレを前後左右に動かしながら、久田は先の細いピンセットで拾い上げ、小さなビニール袋に種分けしていった。

中には病院に存在するはずのない物もある。例えば、動物の毛だ。ペットを飼っている看護師や見舞い客が持ち込んだのか。それともネズミか猫でも侵入したのか。いずれにしても外部から偶然持ち込まれたものだろう。久田はそれも種分けしたが、証拠としては重要視していなかった。

7

息子の恋人と二人で酒を飲むというのは、脚の一本折れた椅子(いす)に腰かけているような気分だった。

だが、彼女には色気はない。どちらかといえば少年のような笑顔に、救われるような気がした。

安い居酒屋で最初の生ビールを一口でジョッキの半分ほど空けると、柴田夏花は満足そうに息を漏(も)らした。どうやら酒もいける口のようだ。そういえば雄輝も、高校時代から酒が強かった。

「そうか……。それじゃ有賀さんの前の奥さんが再婚した人が三浦さんという人で、それでユウちゃんが三浦雄輝になっちゃったんだ。何だか複雑だね」

そういって夏花がマルボロライトに火を付けた。吐き出された煙が、有賀の鼻をくすぐった。だが、大丈夫だ。おれはそのくらいの誘惑には屈しない。

有賀は、雄輝が三浦の姓を名乗っていることを初めて知った。どうりで学生課で尋ねてみても、有賀雄輝の名が出てこなかったわけだ。

「つまり、親父として完全に息子に引導を渡されたわけか。何とも情けない話だな」

有賀が、ビールを飲みながら言った。

「そんなことないと思う。ユウちゃんは、よくお父さんのこと話してたもん」

「あいつ、何て言ってた?」

「とんでもない馬鹿親父だって」夏花が笑い、そして続けた。「でも昔の話、よくしてくれたよ。釣りを教えてもらったり、キャンプをしたり。ジャックのことも。あんまりジャックの話ばかりするから、ユウちゃんの家の犬だと思ってた。お父さんの話をする時、ユウちゃんちょっと淋しそうだったけど。でもユウちゃんは、有賀さんのこと好きなんだよ。きっと……」

夏花は会話の中で「お父さん」と「有賀さん」を使い分けている。人の心を気遣う術も心得ている。頭のいい娘だ。

夏花は、学園都市の郊外に下宿していた。大学の寮で暮らす雄輝とは、半同棲の仲だったという。何も隠さない。だが、その屈託のない性格がかえって親しみを感じさせてくれた。

夏花の下宿にジャックを預け、町まで歩いて居酒屋に入った。店に入ると夏花は顔見知りの店員に「ユウちゃんのお父さん」だと有賀を紹介した。二人でよく来る店なのだろう。安い肴が並ぶ品書きの中に、大人になった雄輝の顔がかすめたような気がした。

注文した刺身の盛り合わせとサラダ、秋刀魚の塩焼きが運ばれてきた。どれも値段の割にボリュームがある。「いただきます」と言うと、遠慮することもなく、夏花がうれしそうに箸を付けた。現代っ子だ。

「ところで雄輝は、大学でどんな仕事をやってたんだ」

有賀が訊いた。

「普通の研究助手と変わらない。授業や実習の手伝いと、あとは農獣医で飼育している動物の管理かな。それに自分の研究。ユウちゃんは遺伝子工学の方が専門で……。わかります?」

「ああ、何となく。羊のドリーみたいなやつだろ」

「そう。違うけど近いかも。ドリーの話はよくしてたし、クローンには興味があったみたい。でも将来は、畜産の方で遺伝子工学を応用した品種改良をやるとか言っていた……」

雄輝は少年時代から動物が好きだった。カブト虫から爬虫類、ハムスターに至るまで、動くものは何でも手に取り、飼いたがった。そういう小動物を雄輝に与えるのは、離婚したあとも有賀の役目だった。一時、熱帯魚を飼っていたこともある。品種の違うグッピーを掛け合わせ、新種を作る遊びに夢中になっていた。

「この前、事故があったよね。遺伝子工学の研究室で。エレナ・ローウェンという研究者と、もう一人研究助手が死んだ。雄輝はあれに関わっていたのかな」

「死んだ研究助手は木田君。研究室の実験動物の管理は基本的にユウちゃんと木田君が二人でやってたから、関わっていたと言えばそうだと思う。でもあっちは秘密が多いからなぁ……」

雄輝は遺伝子工学の研究室のことを夏花にもあまり話していなかったようだ。だが夏花は断片的な記憶を辿るように、有賀に説明を始めた。

研究室の主任は秋谷等という医学部の教授で、日本の遺伝子治療研究の第一人者として知られている。エレナ・ローウェンはその共同研究者で、やはり遺伝子工学を専門としていた。特にES細胞の分野では世界的に名を知られていて、ヒトES細胞株の樹立に関して最も近い位置にいる研究者の一人だと言われていた。

ES細胞とは、胚性(はい)幹細胞のことを指す。分裂が始まったばかりの哺乳類の胚から取り出されるもので、その後、身体のあらゆる組織に分化する潜在能力を秘めている。もしHLA(ヒト白血球抗原)タイプに応じて二百種ほどのヒトES細胞株がストックできれば、免疫拒絶を起こすことなくあらゆる遺伝子治療が可能になるとさえ言われている。

ヒトES細胞の世界初の樹立は、一九九八年、ウィスコンシン大学のジェームズ・トムソン教授によって成功した。このES細胞は、不妊治療のために体外受精された胚の提供を受けて樹立したものだった。だがブッシュ政権により、胚の研究に対して壊滅(かいめつ)的な法規制が加えられた現在は、トムソンの方法によってヒトES細胞を作ることは事実上不可能になっている。

これに対し二〇〇五年、韓国ソウル大学の黄禹錫(ファンウソク)教授が「新たな技術を用いてヒトES細胞株を作ることに成功した」と発表した。クローン羊のドリーを作った時と同じように、体細胞核移植により胚を作る技術を応用したのである。黄教授はこの研究により一時ノーベル賞の候補にも挙がったが、その後二〇〇五年一二月、実験結果はすべて捏造(ねつぞう)であったことが発覚した。

「研究室には何人くらいのメンバーがいたんだ」

有賀が訊いた。

「秋谷教授とエレナさん。あとは医学部の研究生が五人と、遺伝子工学部から四人。農獣医からユウちゃんと木田君の二人。合計一三人かな。研究生はみんなエリートばかり。なかなか入れないの。ユウちゃんもすごく頭よかったから」

雄輝のことを話す時、夏花は少し自慢げな顔をする。

「あの事故では実験用の豚に襲われて死んだと言ってたね。ニュースでは……」

「そう。噂(うわさ)でしか知らないけど、かなりひどかったらしい。二人とも、体の一部を食べられちゃってたんだって……」

そういって夏花が、秋刀魚(さんま)に伸ばしかけた箸を止めた。

「研究室ではそんなに危険な豚を飼ってたのか」

「違うわ。研究室で飼っていたトランスジェニック・ブタはおとなしい。NIBS系というミニ豚よ。食肉用のランドレース種に、台湾の在来種のピットマンムーア系を配合して作ったと聞いたわ。成熟しても七〇キロくらいにしかならない」

「じゃあなぜそのミニ豚が……」

「トランスジェニック・ブタじゃないのよ。二人を襲ったのはS・スクロファ・スクロフアという種類。畜産用の研究に農獣医の方で飼ってたの」

「何だ、それ？」

「トマス・ハリスの〝ハンニバル〟っていう小説、読んだことないですか？　あれに出てくるでしょう。ヴァージャーという男が、レクター博士に復讐(ふくしゅう)するために飼っていた豚。それが三頭、あの嵐の日に逃げ出したの」

S・スクロファ・スクロファはヨーロッパの古典的な品種だ。野生の豚の原種に近く、イノシシのように全身が剛毛に覆われている。鋭く大きな牙を持ち、敏捷(びんしょう)かつ獰猛(どうもう)。雑食性だが、肉食傾向が強く、毒を持つクサリヘビでも蹄(ひづめ)で踏み殺して食べてしまう。成熟すると体重二五〇キロを超す大型種だ。

「しかし、なぜそんなものを農獣医学部で飼ってたんだ」

「S・スクロファってて高級品種なんです。ヨーロッパでは特殊なハムやソーセージに使うの。それで大手のハム会社から大学に依頼があって、品種改良するために種(しゅ)牡(ぼ)を三頭輸入したんです」

「しかし、だからと言ってそんなに簡単に人間を襲うものかな」

「わからない。でも、有り得ないことではないと思う。結局ランドレース種と交配させてハイブリッドを何頭か作ったんだけど、種牡の方は近いうちに処分される予定だったんです。それで餌も十分に与えられてなかったし。ユウちゃんは怒ってた。いくら家畜だって、命のある動物なんだって。お腹が減れば、人を襲って食べることだってあるかもしれない。〝ハンニバル〟の小説みたいに」

ビールを飲み終え、有賀は黒霧島のロックを注文した。夏花も同じものを頼んだ。どうやらこの娘は、本当に酒が強いようだ。

焼酎のグラスといっしょに、先に注文したチョリソが運ばれてきた。有賀は、その鉄板の上で香ばしい匂いを放つチョリソをしばらく見詰めた。

「大丈夫ですよ、有賀さん。このチョリソは普通のランドレース種だから。嚙みついたりしませんよ」

「うん、ああ……そうだな……」

有賀は苦笑いしてチョリソにかぶりついた。元来は人間が豚を食うものだ。逆に人間が豚に食われるなんて、有り得るのだろうか。

「しかし……。まだ納得できないな。そのS・スクロファ・スクロファというのは、農獣医学部の農園の方で飼われてたんだろ。それが逃げたのはわかるが、なぜ遺伝子工学の研究室になんか入り込んだんだろう。農園と研究室はかなり距離があったはずだ」

一度檻から外に放たれた動物は、まず他の建物には逃げ込まない。普通なら、自然の中に逃げる。それが本能だ。それとも研究室のトランスジェニック・ブタの牝(めす)の匂いに誘われたとでもいうのだろうか。

「私も、それは変だと思ってるの……」

夏花が首を傾げた。

「ニュースでは三頭とも処分されたって言ってたね。誰が処分したんだ」

「ユウちゃんです。あの三頭は、ユウちゃんにしか手に負えなかった。農獣医での担当も、彼だったんです。あの三頭を生かすのも、殺すのも、自分の責任だって」

やはり、そうか。有賀はある意味で父親として厳しかった。動物好きの雄輝に対し、飼育者としての理念を徹底的に教え込んだことがある。

犬でも猫でも、一度飼ったら最後まで責任を取らなくてはならない。飼えなくなったからといって、逃がしてしまうのは罪悪だ。逃がすなら、むしろ究極の選択として自分の手で殺すべきだ。雄輝は、父親の教えを実践(じっせん)したのだ。

「他にはどんな動物を飼ってたんだ。その……研究室の方では」

「向こうの飼育施設は小さいんです。トランスジェニック・ブタが二頭。ヒヒが二頭。あとはマウスとラットが常時三百から五百くらいかな」

「ヒヒ？」

「そう、アフリカのヒヒです。多分、秋谷教授の趣味じゃないかしら。秋谷教授は、遺伝子治療の前は異種移植の信奉者だったんです。いまも並行して研究を続けていると聞いています」

異種移植――。

人間に異種、すなわち他の動物の臓器を移植する治療方法だ。

一九八四年一〇月二六日、米カリフォルニア州のロマリンダ大学メディカルセンターで一件の心臓移植手術が行われた。移植を受けたのは生後一二日目の女の新生児で、実名は伏せられ、「ベビー・フェイ」のニックネームでマスコミに紹介された。

この「ベビー・フェイ」が全世界的に注目を集めたのは、被験者が新生児だったからだけではない。ドナー、つまり心臓の提供者が人間ではなくヒヒだったからだ。

実は心臓の異種移植は、それ以前から行われてきた。一九六四年、ミシシッピ大学でチンパンジーの心臓が移植されたのが最初で、その後の二〇年間に世界で四例が報告されている。だが術後の生存期間は一九七七年、南アフリカのクリスチャン・バーナード博士の手による移植手術の三日半が最長で、他はすべて拒絶反応により二四時間以内に死亡している。

新生児は大人と異なり、免疫機能の発達が不完全である。さらに一九八一年に開発された免疫抑制剤のシクロスポリンの使用により、「ベビー・フェイ」には拒絶反応が起きにくいという期待があった。

実際に「ベビー・フェイ」の術後は順調だった。これまでの異種移植の最長生存記録を難なく上回り、五日目には自力で人工乳を飲むまでに回復した。だが術後二〇日目に入って急激に容体が悪化。間もなく危篤状態に陥り、午後九時に死亡した。死因はヒヒの心臓そのものではなく、免疫抑制剤の副作用による腎臓機能の低下だった。

ヒヒはその後も異種移植のドナーとして活用され続けてきた。一九九五年にはカリフォルニア大学で三八歳のＨＩＶ感染者にヒヒの骨髄移植が行われた例もある。だが現在、異種移植のドナーの主流はヒヒから豚へと移りつつある。人間の遺伝子を持つトランスジェニック・ブタが開発されたことにより、拒絶反応を制御しやすくなったこと、ドナーとしての安定供給が可能になったことなどがその理由だ。

一方ヒヒは生理機能の面では人間に近いが、安定供給が保証されていない。唯一の供給源は世界最大のヒヒの繁殖コロニーと言われる米テキサス州のサウスウエスト財団研究所だが、それでも保有数は常時三千頭前後にすぎない。しかもヒヒは、人間に感染する可能性のある数種のレトロウィルスを保有していることも指摘されている。

「しかし異種移植は最近は下火になってると聞いてるけどな……」

有賀が言った。

「私は農獣医が専門だからよくわからないけど……。確かにユウちゃんも異種移植の時代じゃないとよく言ってました。これからは遺伝子工学を駆使した細胞再生医療が主流になるって」

体細胞核移植技術を使った細胞再生医療を「治療クローニング」と呼ぶ。現在治療クローニングはキメラ・マウスのES細胞を使い、脊髄(せきずい)損傷やパーキンソン病などの難病の分野ですでに実用化されている。今後もヒトES細胞株の樹立、もしくは成人の体細胞を万能細胞に変化させる方法が発見されれば、治療クローニングは心臓病や肝臓病、腎臓病、脳挫傷などの治療分野でさらに実用化が加速していくだろう。

「それなのに、なぜ秋谷教授は異種移植にこだわるのかな……」

「私にもわからない。でもうちの大学の母体は青柳恒生薬品だから。そのあたりに理由があるのかも……」

なるほど、そういうことか。異種移植には、免疫抑制剤のシクロスポリンを大量に投与することが前提となる。青柳恒生薬品はそのシクロスポリンのライセンス生産で急成長した薬品会社だった。大学による異種移植の研究は、母体の青柳恒生薬品の利益に直結することになる。

　それにしてもわからないことが多い。いくら異種移植の研究のためとはいえ、なぜ大学の研究室でトランスジェニック・ブタやヒヒまで飼育していたのか。それが今回の事故に関連しているのか。もしくは、本当に事故だったのか。少なくとも雄輝は、すべてを知った上で行動しているような気がしてならない。

「雄輝はどこに行っちまったんだろう」

　有賀が訊いた。

「わからない。とにかくしばらく留守にするから、信じて待っててくれって。それだけ。まったく何でああなんだろう、ユウちゃんは……」

　夏花がグラスを空け、溜め息をついた。

　有賀は自分が責められているような気がした。昔は自分もそうだった。何かに夢中になると、完全に自分の殻の中に閉じ籠ってしまう。家族にも何も話さなくなる。それが家庭を壊した大きな理由だった。雄輝もやはり、父親の血を引いている。

「ひとつ、頼みがあるんだが……」

「何でしょう。できることなら、いいですよ」

「研究室のパソコンにアクセスできないかな。少し、情報がほしいんだ」

「それは無理。管理がとても厳しいの」

「雄輝はプライベートのパソコンを持ってなかったかな。そっちでもいい」

「二台持ってました。一台のノート型の方は持っていっちゃったけど、古いデスクトップの方は農獣医の研究室の方に置いてある。でも……」

「見るだけならかまわないだろう。君は雄輝の恋人だし、おれは父親なんだし。何かバックアップを取ってあるかもしれない」

「そうですね……。遺伝子工学研究室のデータは何も入っていないと思うけど。あそこは研究員でもデータの持ち出しは厳禁だし。それに私、ユウちゃんのパソコンのパスワード知らないんです」

有賀は考えた。しばらくしてダンガリーのシャツの胸ポケットからパーカーの万年筆を抜き、箸袋にメモを書き込んで夏花に渡した。

「これでやってみてくれないか」

「rainbow-trout-58cm-motosu……? 何ですか、これ」

「雄輝に初めてパソコンを買ってやった時、奴はそのパスワードを使ってたんだ。まだ変えていないかもしれない」

「本当? じゃあやってみる。何だかスパイ映画みたいで楽しいな」

夏花が屈託なく笑った。

雄輝がまだ中学生の時だった。春休みに、有賀は二人で山梨県の本栖湖に釣りに行った。朝から粘って一匹も釣れなかったのだが、夕刻、最後になってトローリングのルアーに五八センチの虹鱒が掛かった。あの魚を釣り上げた時の雄輝の笑顔が、いまも有賀の脳裏に焼き付いている。雄輝の心の中に少しでも父親に対する愛着が残っていれば、いまもあのパスワードを使っているはずだ。

夏花は思ったとおり酒が強かった。二人で黒霧島のロックを五杯ずつ空けても、まだけろりとしていた。そして、よく食べた。遠慮をしない飲みっぷりと食べっぷりが、若者らしく心地良かった。おかげで有賀は、それまで父親として知らなかった息子の一面を知ることができた。

店を出た時には、一〇時を過ぎていた。

「さて、ぼちぼち宿を探すか、このあたりに安い民宿か何かないかな」

歩きながら、有賀が訊いた。

「そんなもの、ないですよ。この時間になって、犬もいるのに。それなら私のアパートに泊まればいいじゃない」

「おい、ちょっと待てよ。それは……」

「いいからいいから。だって有賀さん、ユウちゃんのお父さんでしょ。ユウちゃんの布団もあるし」

「そりゃそうだが……」

「私は大丈夫よ。はい、じゃあ決まりね。それじゃもう一軒行きましょう。近くにいいショット・バーがあるの」

夏花はそう言うと、有賀の腕を取って先を歩きはじめた。

それにしても、この娘はまだ飲む気なのだろうか。今夜はもう一本、タバコに火を付けるはめになりそうだ。

8

水曜日の塾が終わると、いつもこのくらいの時間になる。

午後一〇時三〇分——。

水野加江(みずのかえ)は同級生の里美(さとみ)といっしょに、自転車で自宅に向かっていた。

来年は二人とも、中学生になる。地元の泉北(いずみ)中学に行くのか。それとも私立を受けるのか。できたら離れたくないね。そんなことを話しながら、善福寺(ぜんぷくじ)川に沿った遊歩道を、ゆっくりと自転車のペダルを踏んでいた。

和田堀公園を過ぎて、大宮橋に差し掛かった時だった。川の中に何か動くものが見えたような気がして、加江は自転車を止めた。

一瞬だった。黒い影が、護岸の壁に沿った水際を向かってきた。

何？ 人間？

そう思った時には後方の闇の中に消えていた。

「加江、どうしたの？」

自転車を止めて、里美が振り返った。

「いま何かいたの。川の中に……」

加江が言った。

「何かって、人間？」

そう言って里美も川の中を覗き込んだ。

「もういないよ。後ろに走って行っちゃった。服を着てたけど、人間じゃないかも。だって変な走り方してたし、凄く速かったし、顔が怪物みたいだったの……」

「やだ、加江。変なこと言わないでよ」

二人は慌ててまた自転車を漕ぎはじめた。

志村靖彦は善福寺川の大成橋の上にいた。

会社が終わって、同僚と酒を飲んだ帰りだった。京王井の頭線の浜田山の駅を下りて、成田東の自宅までは歩いて一五分の距離だ。だが志村は、途中で時間を潰すことが多い。この日も大成橋のところまできて足を止め、くたびれた灰色の背広からハイライトを取り出した。

この時間だとまだ妻の君子が起きている。〝あいつ〟が眠るまで、あと三〇分は帰らない方がいい。そんなことを考えながら、街灯に光る川面を眺め、タバコに火を付けた。風があった。巻きのゆるいハイライトがいつになく早く燃え、薄くなりかけた髪に風の冷たさが染みた。

秋の訪れるのは早い。人生なんて、所詮そんなものだ。

根本まで吸ったハイライトを指で弾き、橋の上から落とした。小さな火が、風にゆらめきながら川面に消えた。その時だった。志村の足下の橋の下から何かが飛び出し、浅い水面を水飛沫を上げながら前方に走り去った。

確かに、服を着ていた。後ろ姿だけで、顔は見えなかった。だがあの走り方は、人間じゃない……。

志村は、少年時代に高知県中村市の田舎で河童を見た時のことを思いだした。あの時は、確かに見たのだ。少なくとも自分だけはそう信じていた。だがいまとなっては、それが現実だったのか夢だったのか、心の中であやふやになってしまっている。

家に帰り、女房に話してみようか。ふと、そんなことを考えた。いや、やめておこう。どうせ糞味噌に馬鹿にされるのがおちだ。

河童、か……。

少し飲みすぎたようだ。

志村はもう一本ハイライトを取り出すと、おっとりと笑いながら火を付けた。

加藤弘子はすでに二階の寝室で床に入っていた。

隣りで夫の義和が高鼾をかいていた。若い頃から馴らされてきたつもりでも、時々その音が気になって眠れなくなることがある。

特に二年前に定年を迎えてから、夫の鼾が一段とひどくなったような気がしてならない。豆電球の小さな光の中で眠っている夫の顔を見ていると、濡れたティッシュでもその上に被せてやろうかと意地悪なことを考える。

その時、家が揺れた。最初に屋根に大きな物が落ちるような音がして、瓦を踏み鳴らすように南から北へと〝何か〟が走り抜けていった。音は、一瞬で消えた。

弘子は気になって寝床を出ると、南側の窓と雨戸を開けた。目の前にある隣りの家の窓から、やはり主婦の伊東久恵が顔を出して屋根を見上げていた。

「いま何か聞こえなかった？」

弘子が小さな声で訊いた。

「うん、聞こえた。何かが屋根の上を走っていったみたい……」

「何だろう。泥棒かしら」

「まさか。鼠小僧なんて、もういないわよ。須賀神社の境内には狸が棲んでるっていうから、それじゃない」

「そうかもね……。おやすみなさい……」

そう言って弘子は窓を閉めた。

確かに隣接する須賀神社の境内には狸がいると聞いたことがある。しかし、狸が夜中に屋根の上を走ったりするのだろうか。そんなことを考えながら、布団に入った。

隣りではまだ夫の義和が高鼾をかいていた。

〝ダンサー〟は闇の中を北西に向かっていた。川の中を疾り、公園の緑の中を抜け、人家の屋根から屋根へと飛び移った。

頭の中で、〝命令〟が聞こえた。

急げ――。

なぜ自分がその地点に向かっているのか、〝ダンサー〟は理解していない。だが、向かうべき方向は知っていた。その地点が近くなるほどに衝動が強くなり、頭の中にある種の記憶が蘇(よみがえ)りはじめた。

無人の歩道橋を駆け上がり、青梅街道を越えた。阿佐谷南三丁目の込み入った住宅街の中に紛(まぎ)れ込み、さらに北西を目指した。

9

深夜の実験動物管理室に、明かりが点(とも)った。

電磁ロックが解除される信号音が鳴り、重い鉄の扉がゆっくりと開いた。

毛並の悪い、痩(や)せたラブラドール・レトリバーが重たそうに体を起こした。ステンレスの柵の間から鼻面を出し、人影を見上げながら弱々しく尾を振った。

秋谷等はしばらく無言でその姿を見下ろしていた。やがて体を屈(かが)め、手を差しのべた。

だが、普通の人間が犬にそうするように、秋谷は頭を撫でなかった。そのかわりに左手で犬の口を軽く押さえ、右手で目を開いて血管の状態を観察した。さらに犬の前肢を摑み、自分のロレックスの腕時計を見ながら脈拍を数えた。犬はかすかに体を震わせながら、秋谷の無言の強制に従った。

順調だ。黄疸は出ていない。心臓も正常に機能している。

秋谷は犬の檻を離れ、蛍光灯の青白い光の中を歩いた。空調を完璧にコントロールされた広大なスペースに、計八区画の飼育舎が並んでいる。以前はここに、トランスジェニック・ブタやヒヒが管理されていた。だがいまは、一頭のラブラドール・レトリバーが残っているだけだ。

リノリウムの床に革の靴底の音を響かせ、秋谷は管理室を横切った。突き当たりの檻の前に立ち、何もいない飼育舎の中を眺めた。

かつてはここに、〝ダンサー〟がいた。

時として自然の力は、科学の予想の範疇を超える。今回の〝ダンサー〟の行動はその典型だ。奴はどうやってこの管理システムの外に出ることができたのか。

しかも奴は、あれから少なくとも二人の人間を殺している。小貝川の事件。そしておそらく、西新宿の恒生大学病院の看護師も――。

〝ダンサー〟がそれほどの知能を持っていることは、想定の範囲外だった。奴の行動は、まったく予想不能だ。だが、いずれは自滅することになる。あの三浦雄輝とともに。

飼育舎の中から、甘いような、不快な臭気が漂ってくる。秋谷は屈み、檻の中に手を入れて床から短い体毛を拾い上げた。しばらく見つめた後、ティッシュに包みジャケットのポケットに入れた。

ここは徹底的に洗浄しておく必要がある。もしもの時のために……。

秋谷は踵を返し、出口へと向かった。

10

気が付くと、〝ダンサー〟は小学校の敷地の中にいた。

深夜の小学校は、無人だ。〝ダンサー〟は広い校庭の中央に出ると、後肢だけで伸び上がり、空に突き出した鼻をひくつかせながら懐かしい匂いを探った。

「……サ……ル……サ……」

〝ダンサー〟はまた疾りはじめた。音もなく、住宅地の闇に同化して消えた。

数分後、〝ダンサー〟は狭い路地裏に身を潜めていた。

ここだ――。

頭の中で、誰かの声を聞いた。目の前に、古い二階建てのアパートがある。自転車が通り過ぎるのを待ち、〝ダンサー〟は路地を横切りアパートの敷地に滑り込んだ。

裏手に回った。二階に上がる鉄の階段。右手に夏草の残る細い通路。左側に五つのドアと、洗濯機が並んでいる。

〝ダンサー〟は、しばらくその風景に見とれていた。色彩のない漠然とした配置。だがその風景は、〝ダンサー〟の記憶の断片と重なった。

「サ……ルサ……」

軒下の、コンクリートの細い通路を奥に向かった。ひとつひとつのドアの前で立ち止まり、匂いを嗅ぎ、さらに先に進んだ。五つ目、一番奥の最後のドア。その前に立ち、鼻をひくつかせた。

「グフ……」

〝ダンサー〟が、かすかに笑った。

安物のデコラの合板のドアを撫でた。灰色の目が光り、頬にかけて大きく裂けた口がゆがみ、唾液が滴った。作業ズボンの中で、ペニスが硬くなりはじめていた。

ドアノブを握った。鍵が掛かっていた。だが〝ダンサー〟が力まかせにドアノブを回すと、中から金属が砕ける音がして錠が壊れた。

「グフ……」

また、笑った。

ドアを開け、中に入った。闇の中に、甘い香りが漂っていた。〝ダンサー〟はその香りを胸に吸い込み、潜在意識の中の記憶を呼びさました。

壁を探り、スイッチを押した。蛍光灯が点滅し、やがて青白い光の中に部屋全体の風景が浮かび上がった。

手前の小さなダイニングルーム。奥の和室の寝室。右手にバスルームと、小さなキッチンが付いている。灰色の目の中で瞳孔が伸縮を繰り返し、背中の毛が頭頂部まで逆立った。

「サル……サ……」

〝ダンサー〟は奥に進んだ。寝室に入る。右側に、シングルのベッドが置いてある。

ベッドに飛び乗った。薄掛けをめくり、それを顔に押しつけて匂いを嗅いだ。

「サルサ……」

服を脱ぎ捨て、素裸になった。薄掛けを抱き締め、ベッドの上をころがった。

「サルサ……サルサ……」

ペニスが痛いほどに勃起していた。〝ダンサー〟はそれを奇妙な形をした右手で握りしめ、ベッドの上で悶えた。だが〝ダンサー〟は、自分でその苦痛から逃れる術を知らなかった。

〝ダンサー〟は記憶を探った。遠い昔の、本能にも似たかすかな記憶を。

滑らかな白い肌。豊かな丸い胸。引き締まった細い腹と、躍動する尻。そして〝ダンサー〟を救うことができる、唯一無二の存在……。

だが、だめだった。どうにもならなかった。〝ダンサー〟を救えるのは、サルサだけだった。

ベッドから起き上がった。〝ダンサー〟は、もうひとつの本能を思い出した。キッチンに向かい、小さな冷蔵庫を開けた。中にはキュウリやトマトなどの野菜、リンゴ、前日の残り物の肉ジャガやソーセージ、卵などが入っていた。

リンゴを手に取った。

かぶりついた。鋭い犬歯で芯まで噛み砕き、呑み込んだ。次に肉ジャガの皿を床に落とした。こぼれた肉とジャガ芋を手で摑み、口の中に放り込んだ。トマト、ソーセージ、キュウリを、次々と腹の中に収めていく。卵は丸ごと口の中に入れ、噛み割って中身を呑み下した。残った殻は床に吐き出した。

頰まで裂けた口から、卵とトマトの汁が滴った。

腹が満たされると、〝ダンサー〟はキッチンの散策をはじめた。流しによじ登ると、棚の上の鍋を床にぶちまけた。洗剤を撒き散らし、油の缶を倒した。流しから飛び降り、下の戸棚を開けた。裏に、何本かの包丁が差してあった。その中から一番長い牛刀を抜いた。

蛍光灯の光に刃をかざし、無造作に先端に触れた。

「ギャ！」

指先に痛みを感じ、〝ダンサー〟は牛刀を投げ出した。太く短い親指から、血が滲み出ていた。

〝ダンサー〟は後ずさりしながら親指の血を舐め、床にころがった牛刀を見つめた。しばらくすると、また牛刀に歩み寄った。首を傾げた。恐る恐る牛刀の柄を握ると、また蛍光灯の光に刃をかざして眺めた。

カーテンの前に立った。牛刀を横に振った。心地良い感触が右手に伝わり、カーテンが大きく裂けた。

「グ……フゥ……」

〝ダンサー〟が笑った。また牛刀を振った。カーテンが、裂けた。

牛刀を手にしたまま、〝ダンサー〟は寝室に向かった。ベッドに飛び乗り、マットレスを刺した。刃が、根本まで食い込んだ。

「グフ……」

刺した。また刺した。布団も、枕も刺した。枕から羽毛が飛び散り、蛍光灯の光の中に舞った。

〝ダンサー〟は牛刀を振り回しながら、寝室の中を走り回った。本棚を倒し、クローゼットを開き、中にあった志摩子の服を切り裂いた。

小さな赤い光があった。〝ダンサー〟は、その光に目を止めた。ソニーのポータブル型のカセットデッキに電源が入っていた。

首を傾げた。牛刀を左手に持ち換え、スイッチを押した。何も起こらない。他のスイッチを押す。それでも何も起こらなかった。だが次から次へとスイッチを押しているうちに、モーターが動きテープが回りはじめた。

〝ダンサー〟が指を引き、後ろに跳んだ。

「……?」

音楽が鳴り、フレディー・マーキュリーの声が流れた。

〈──○×△□~△♯○?€☆~△……〉

〝ダンサー〟は、カセットデッキを見つめていた。首を傾げる。しばらくすると、少しずつ体が動きだした。

肩が上下に動いた。首を左右に振り、頭が平行に移動した。腰を回し、ペニスを前後に突き出しながら、短い後肢がリズムに合わせてステップを踏みはじめた。玩具(おもちゃ)のロボットのように、ぎくしゃくした動きだった。

動きが少しずつ大きくなってくる。牛刀を持った手を左右に広げ、体をくねらせた。左手の指で空間を指さし、その一点から視線を逸(そ)らさずに体を回転させた。

動きがさらに激しさを増す。目を閉じて歯を剝き出し、天を仰(あお)いだ。片方の足を軸にし、独楽(こま)のように回った。引き締まった小さな尻が躍動する。その動きに合わせ、直立したペニスと短い尾が別の生き物のように動いた。

踊っているようだった。いや、確かに踊っていた。左右の後肢に交互に体重を掛け、肩を大きく揺らした。両腕の肘でリズムを取り、大きく広げ、自分の胸を抱いて体をくねらせた。

〈——▲%×♭!※○□＝$◎～△……〉

空間を指さした。回転した。跳び上がった。着地し、牛刀を振って空を切ると、腰を振ってペニスを突き出した。

「……サルサ……」

テープが終わるまで、〝ダンサー〟は狂ったように踊り続けた。

11

赤坂のショー・パブで仕事を終えた後、高村志摩子は地下鉄丸ノ内線を新宿三丁目で下りた。

飲み屋街の裏道を抜け、重いスポーツバッグを引き摺るように明治通りを渡った。

『純』というゲイバーは、二丁目の雑居ビルの地下にあった。人通りは少ない。志摩子はあたりを見回し、狭い階段を降りていった。ミント・グリーンのペンキで塗られたアンティークのドアを開けると、ママの幹男のハスキーな声が聞こえた。

「あら、いらっしゃい。志摩子じゃない。お久し振り」

一〇人ほどが座れるコの字型の止まり木があるだけの小さな店だ。カウンターの一番奥で、ニックが軽く手を挙げた。他には自称官能小説作家を名乗る客が一人。すべて顔見知りだ。志摩子はスポーツバッグを入口のスツールの上に放り上げると、カウンターの奥に回りニックの横に腰を下ろした。

「大丈夫だったか」

ビールを飲みながら、ニックが訊いた。

「うん、大丈夫よ。今日は〝あいつ〟を見掛けなかったわ。幹男、私にもビールちょうだい……」

幹男が志摩子の前に細いグラスを置き、キリン・ラガーの栓を抜いて注いだ。志摩子はそれを一気に飲み干し、額に指を当てて目を閉じた。冷たいビールが細胞のひとつひとつにまで染みわたり、張りつめた神経が急速にほぐれていくのがわかった。

「志摩子、あんたストーカーに狙われてるんだって?」

二杯目のビールを注ぎながら、幹男がハスキーな声で言った。幹男は短く刈り込んだ髪を、ムースで固めている。ヘインズのTシャツからのぞく腕も、筋肉質で太い。もし話しさえしなければ、誰も幹男をゲイだとは気付かないだろう。

「ニックから聞いたでしょ。一週間になるわ。もう私、限界……」

「警察には言ったの?」

「もちろん言ったわよ。でも、相手にしてくれない。私のこと、ストリッパーだと思ってるしさ……」

「でも若くていい男なんだって？　じゃあ喰っちゃえばいいじゃないよ。あんたもあまりやらないと、蜘蛛（くも）の巣が張っちゃうわよ」

「よしてよ。私、男、嫌いだもん」

男は嫌いだ。志摩子はいつも自分に言い聞かすようにそう答える。だが、それは嘘だ。嫌いなのではなく、恐いだけだ。精神的には受け付けなくても体は求めていることを、志摩子自身が一番よく知っている。

ビールを飲んだ。一杯目とは違い、ほろ苦い味が口の中に残った。

「ニック、私をしばらくあんたの家に置いてくれない。私もう、あのアパートに帰る気がしないの」

ニックは阿佐谷南一丁目に一軒家を借りている。平屋の古い日本家屋だが、部屋数は多い。室内にニックが趣味で集めた昭和初期のネオ・アンティークが並べられている。

「俺はかまわないけどさ。どうする、幹男」

幹男はニックの恋人だ。店を明け方まで営業することがあるために新宿にワンルームのマンションを借りているが、二人は事実上、阿佐谷の家で同棲している。

「私もかまわないわよ、志摩子なら。でも私達、激しいわよん。寝不足になっても知らないからね」

そう言って幹男がニックにウインクをし、意味深な笑みを浮かべながら立ち去った。

「まあ、しばらく俺の所にいろ。今度その若造が現れたら、俺が締め上げてやる」

ニックがそう言って、志摩子の肩を抱いた。

「ありがとう……」

志摩子は、ニックの丸太のように太い腕の中に体を預けた。

ニックは不思議な男だ。黒人と日本人とのミックス。色が黒く、鋼のように頑丈な体をしている。

だが志摩子は、ニックには恐怖も嫌悪感も覚えない。それどころか、肩を抱かれると不思議なほど安らぎを感じる。彼が、ゲイだからだろうか。いや、それだけではないような気がする。

もしニックがゲイじゃなかったとしたら……。

志摩子はふと、そう考えることがある。

「ねえ、今日これから私のアパートに寄ってくれない。タクシー代は私が出すから」

志摩子がニックの腕の中で言った。

「ああ、かまわないけど。なぜ？」

「洗濯物を取り込まなきゃならないの。それに着替えや、振り付けのテープも取ってこなくちゃならないし。ニックがいれば恐くないから……」

ニックは何も言わず、志摩子の肩を抱く手にやさしく力を込めた。

志摩子はニックとともに二時に店を出た。小雨が降りはじめていた。

一〇月にしては生暖かさを感じる風の中を、ニックが志摩子のスポーツバッグを軽々と担いで歩いていく。上機嫌に、口笛を吹きながら。それを聞いていると、志摩子は踊り出したい気分になった。

靖国通りまで出て、タクシーを拾った。ニックの横に乗っていると、今度は眠くなった。いつも、そうだ。まるで母熊の傍らにいる仔熊のように。

青梅街道の天沼陸橋のところでタクシーを降りた。結局タクシー代は、志摩子がうつらうつらしている間にニックが払ってしまった。

道を渡り、天沼二丁目の路地の中に入っていく。このあたりは道が細い。以前、青柳元彦に待ち伏せをされた道だ。

アパートに近付くと、ニックが言った。

「どうする？　俺は外で待ってようか」

「いいの。いっしょに来て。一人じゃ恐いから」

「ふう……。女の部屋に入るなんて初めての経験だ。男の部屋にはよく行くけどな」

ニックがおどけて言った。

志摩子はハンドバッグから鍵を出し、アパートの裏に回った。軒下の通路を奥に向かう。その時、異様な光景が目に入った。

部屋のドアがかすかに開き、中から明かりが漏れていた。

志摩子は立ち止まった。その腕を、ニックが摑んだ。

「大丈夫だ。俺が見てくる」

ニックが先に立ち、入口に向かった。ドアを開けた。

「何てこった……」

志摩子が駆け寄った。部屋の中を見た。その場に立ちつくした。

「やだ……」

とても自分の部屋だとは思えなかった。信じられない光景だった。まるで台風が吹き荒れたように、部屋の中が完全に破壊されていた。

警察が来たのは、それから一時間以上もたってからだった。最初に荻窪駅前の交番から警官が一人、のんびりと自転車に乗ってやってきた。道に迷ったことを言い訳しながら中を覗き、一言いった。

「ありゃ、これはひどいな……」

荻窪警察から刑事二人と鑑識が着いたのは、それからさらに一時間も後だった。床は散乱した食べ物や志摩子の服で足の踏み場もない。室内には、尿の臭いが充満していた。

〝犯人〟は志摩子のベッドに小便を撒き散らしていったのだ。だがそのベッドも布団も牛刀でめちゃくちゃに切り裂かれ、すでに使い物にはならない。服も、この春に換えたばかりのカーテンも、すべて汚物にまみれたぼろ布と化していた。

志摩子とニックは狭いダイニングの椅子に座り、現場検証の様子を見守った。もう、どうでもいい。一二年間も住み続けたアパートだが、今度こそはこの部屋を引き払うことになるだろう。早くすべてが終わってほしかった。

二人の横に村上(むらかみ)という刑事が一人、スツールを持ってきて腰を下ろし、事情聴取がはじまった。

「盗(と)られた物は、何でしたっけ……」

「牛刀が一本。それだけです。いまのところは……」

あの時と同じだ。加野というストーカー対策室の警官と。刑事はみんな、何度も同じことを聞く。まるで被害者の心を嬲(なぶ)るように。

「で、お二人が帰ってきたのは二時半頃でしたっけ。三時にはなっていなかった。ところでそちらの男性、どういう御関係でしたっけ。ご主人？　恋人？」

「ただのトモダチだよ。俺はゲイだ。男のケツの穴にしか興味はないんだ。関係ねえだろそんなこと」

ニックがふてくされたように言った。

「それにしても変な空き巣だね。これだけ部屋を荒らし回って、牛刀一本しか盗っていかないなんて……」

刑事が言った。

「だから空き巣じゃないんです。ストーカーなんです。加野さんという刑事さんに訊いてみてください。先週、相談に行ったばかりなんです。それに加野さんに紹介された山崎寿々子という看護師さんが殺されて……」

「ああ、そうでしたね。しかし、あっちの殺しの方は偶然なんじゃないのかな。だって高村さん、あなたはその看護師に一度も会ったことはないんでしょう。電話で話をしただけだ。まあ、調べてはみますけどね……」

志摩子は溜め息をついた。

「とにかく、加野さんに連絡を取ってください。ここに呼んでください。そうすればわかりますから」

「加野刑事は朝の八時半には署に出てきますから。ちゃんと引き継ぎはしておきますよ。まあ今回の場合は指紋もだいぶ出てるし、犯人は結構早く挙がるんじゃないかな。それにしても、変な〝空き巣〟だ……」

空き巣じゃない。そう言おうとして、志摩子は言葉を呑み込んだ。まったく、埒(らち)があかない。人が一人、死んでいるのだ。

寝室にいた鑑識の刑事が小さなビニール袋を持ってダイニングに現れた。

「なあ村上さん、こんなものがベッドの上にあったよ」

「何だそれ」

「動物の毛だね。多分、犬じゃないかな。パグとか、ブルドッグとか、毛の短い洋犬かもしれない」

村上が志摩子の方を見た。

「高村さん、犬を飼ったことは。それとも友達の誰かがこの部屋に連れてきたとか」

「この部屋に犬を入れたことは一度もないわ」

「じゃあ犯人の体に付着してたのかな。それとも犬を連れてきてベッドの上で小便をさせたとか。それにしても変わった空き巣だ」

盗みに入った家に犬を連れてきて、ベッドの上で小便をさせる。そんな間抜けな泥棒がいるわけがない。志摩子はあきれて物も言えなかった。

犯人はあの男だ。三浦という若い男。あの男が志摩子の部屋を荒らし、恒生大学病院の山崎寿々子を殺したのだ。

最初の夜、電話が掛かってきた。志摩子は、青柳元彦の声だと思った。だが、青柳が電話を掛けられるわけがない。

電話を掛けてきたのも、三浦という若い男かもしれない。青柳の声音（こわね）を真似（まね）たのだ。時間差を考えれば、辻褄（つじつま）は合っている。三浦は、青柳を知っていた。仲間だった可能性もある。昔の事件を利用し、志摩子を精神的に追い詰めようとしているサディストだ。

そうに決まっている……。

12

空にどんよりとした重い雲がたれ込めていた。

断続的に降り続く雨は、少しずつ雨足が速くなりはじめた。

カーラジオから流れるニュースが、台風一六号の接近を告げていた。今夜半から明日の昼に掛けて、関東沿岸部は暴風雨に見舞われる恐れがある――。

メルセデス230Gのワイパーが、慌ただしくフロントガラスの上を行き来していた。だがエアコンが壊れているために、曇りが取れない。有賀雄二郎はウエスでフロントガラスを拭きながら、車を土浦警察の駐車場に乗り入れた。

「ジャック、ここで待ってろ。誰かが近付いてきたら、吠えろ。でも噛みつくのはやめとけ。ここの奴らに怪我をさせたら、面倒なことになるからな」

「クウ……」

ジャックが声を出し、尾を振った。

車を降りて、入口に向かった。金色の大きな紋章の下に、木刀を持った警官が一人、雨に濡れて立っていた。警官も楽な仕事ではない。低い階段を登りながら有賀が敬礼をすると、警官は横目で睨み口元がかすかに笑った。

受付で副署長の阿久沢健三を呼び出した。有賀はそのまま応接室に通された。税金の無駄遣いをしていないことを主張するように、小ざっぱりとした何もない部屋だった。女性警察官が出してくれた官給品の安物のお茶を飲んでいると、間もなく制服を着た阿久沢が大きな腹を揺すりながら入ってきた。

有賀が席を立ち、手を握り合った。

「久し振りだな。すっかり偉くなりやがって」

有賀が言った。

「お前は相変わらずだな。その無精髭も、汚れたジーパンも、昔のままだ」

阿久沢が笑った。

「あんたは変わったぜ。どうしたんだ、その腹は。まるで相撲取りみたいじゃないか」

そう言って有賀は、阿久沢の大きな腹に拳を当てた。

「雄輝君はどうした。元気にやってるのか」

「ああ、元気なことは元気だ。今日はその件で来たんだ」

有賀と阿久沢は、旧知の仲だった。一三年前、茨城県の牛久沼で起きたある事件を通じて知り合った。最初は取材する側と捜査する側で対立していたのだが、そのうちに事件の解決に向けて協力するようになり、最後には意気投合した。以来、年に一度は会う仲がしばらく続いた。雄輝の少年時代には、阿久沢の家族とキャンプに行ったこともある。ここのところ疎遠になっていたが、阿久沢が牛久署から土浦署に副署長として栄転したことは何年振りかの年賀状で知っていた。

阿久沢が椅子を引いて座り、冷めた湯呑みを一口で空けた。

「それで、雄輝君がどうしたんだ」

有賀はパソコンからプリントアウトしたニュースの記事を置いた。

「九月二七日に起きたこの事件だ。筑波恒生大学で研究員二人が実験用動物に襲われて死んだ。知ってるか」

「もちろんだ。うちの管轄で起きた事件だからな。でもあれは、事故だぜ。おれはそう聞いている。それが雄輝君と……」

「ああ。被害者はエレナ・ローウェンと農獣医学部の研究員の木田隆二。実は雄輝も、同じ大学の同じ研究室にいたんだ……」

有賀は、これまでにわかっていることを簡単に説明した。筑波恒生大学の遺伝子工学研究室でどのような研究が行われていたか。トランスジェニック・ブタやヒヒなどの飼われていた実験動物。二人を襲ったS・スクロファ・スクロファという豚は農獣医学部の方で管理されていたこと。さらにその〝危険〟な豚が、人間を襲って肉を喰う可能性があるのかどうか——。

「するとお前は、あれはただの事故じゃないと考えているのか」

阿久沢が太い腕を組みながら言った。

「わからない。しかし、疑問が残ることは確かだ。だいたい農獣医学部の農場から逃げた三頭の豚が、なぜ何百メートルも離れた遺伝子工学研究室の建物に入り込んだのか」

「二七〇メートルだ。確かに我々もそれはおかしいと思っていた。しかし、あの夜は今日と同じように嵐だったし、動物だって雨を避けるために建物の中に逃げ込むことは有り得るんじゃないか」

「有り得ないね。動物はもし自由になれば、必ず外に逃げる。それが野生の本能だ」

「なるほど。お前が言うのならそうなんだろうな」

「あの豚が二人の体を喰ったというのは事実なのか」

「それは本当だ。三頭ともうちで解剖(かいぼう)したが、胃の内容物は遺体の欠損部分と一致している。おれもあの豚の死体を見たが、凄い顔をした奴らだったぜ。牙が長くて、まるで猛獣だ。人間を襲って喰うくらいのことはやりかねないな」

「あの三頭を殺したのは、雄輝だった……」

「なるほど。そういうことか。それで雄輝君は、いまどこにいるんだ」

「あの事件の後に、いなくなっちまった。いまは、生きてるのか死んでるのかもわからない……」

有賀は溜め息をついた。

「大丈夫さ。雄輝君は、お前の息子だぜ。変なことは考えない方がいい。しかし、被害者(ガイシャ)

と同じ研究室にいたなら、うちでも調書くらいは取っているはずだな。ちょっと調べてみるよ」

そう言って阿久沢が席を立った。

「じゃあついでにこれも頼む」

有賀が、もう一枚紙を差し出した。やはりパソコンのニュースをプリントアウトしたものだ。

〈——9月28日未明、茨城県伊奈町在住のトラック運転手、井沢久育さん（36）が小貝川沿いの側道で遺体となって発見された。井沢さんはかなり酒を飲んでおり、喉に犬に噛まれたような傷があることから野犬に襲われたものと見られているが、衣服が無くなっていたことから警察は事件と事故の両面で捜査している——〉

「これは？」

阿久沢がプリントアウトを読みながら訊いた。

「まだわからない。ただ、ちょっと気になるんだ。恒生大学の事故から、わずか一日しかたっていない。しかも両方とも動物がらみの事件だ。それに……」

「距離も近いな。大学から小貝川だと、直線距離で二〇キロしか離れていない。気になるな……」

「調べられるか」

「管轄が違うな。こっちは取手署の管内だ。しかし、基本的なデータくらいは出てくるだろう。やってみるよ」

阿久沢が部屋を出ていった。有賀は、冷めたお茶を飲みながら待った。無意識のうちに、胸のポケットのタバコに手が伸びた。だが室内を見渡しても、灰皿が見当たらなかった。いい環境だ。健全な警察は、こうでなくてはいけない。

しばらくすると阿久沢が缶コーヒーを二本と書類の束を持って戻ってきた。有賀の頭の中には、夏花と飲んだ昨夜の酒がまだ残っている。砂糖が大量に入った濃い缶コーヒーは、二日酔いと渡り合う武器としてはセンスの良い選択だ。

「部外者には見せられないんだが、要点だけを読もう」

阿久沢が座り、缶コーヒーを飲んで続けた。

「雄輝君は確かに事情聴取を受けてるな。自分が豚を殺したとも供述している。午前六時、通常の時刻に大学に出校。餌をやるために豚舎に行き、猪型外来種の豚三頭が逃げているることに気付いた。その後同日午前七時に遺伝子工学研究室主任の秋谷等教授が同研究室の実験動物管理室でエレナ・ローウェンと木田隆二の遺体を発見。同所で豚三頭を発見。農獣医学部に連絡が入り、すみやかに駆けつけた。豚は備え付けの暴徒鎮圧用のスタンガンで気絶させ、作業用のナイフ、刃渡り約二八センチで心臓を刺して処分した。凄いな、雄輝君は……」

「仕方がないさ。おれの息子なんだ。そういうふうに育てちまったんだ……」

「その後大学が同日午前七時一四分に事故を土浦警察署に通報。捜査員の到着を待った。まあ、そんなところだ」

缶コーヒーを飲んだ。やはり二日酔いの体にはいただけない代物だった。

阿久沢の話の中で、気になるところがひとつだけあった。遺体を発見した、秋谷教授だ。この名前は昨夜、柴田夏花の会話の中にも出てきていた。

死んだエレナ・ローウェンの共同研究者。異種移植の権威。だがなぜ秋谷教授が、午前七時に研究室にいたのだろうか。医学部の授業が始まるのは、午前九時のはずだ。いくら研究熱心だとしても、その二時間も前に研究室にいるのは不自然だ。

「他には」

有賀が訊いた。

「あるにはあるが……。これは個人情報に抵触するからなあ……」

「ここだけの話だぜ。エレナ・ローウェンは実験動物管理室で死んでたんだが、その服は木田隆二の宿直室に脱ぎ捨ててあったんだ」

「いいから言えよ」

「宿直室で殺されて、死体を運んだ？」

「違うよ。あれは事故だ。つまりローウェンは、木田の部屋で服を脱いで、裸同然の格好で実験動物管理室まで歩いていったわけさ。わかるだろう」

　阿久沢が片目を閉じて笑みを浮かべた。

「なるほど。それはご発展なことだ」

「そういうことだ。それだけじゃない。学生達の噂によると、エレナ・ローウェンは秋谷教授とも出来ていたそうだ。いいか。誰にも言うなよ」

　また阿久沢が片目を閉じた。

　有賀は阿久沢の言葉の意味を理解していた。誰にも言うな。だがその裏に、エレナ・ローウェンの三角関係を突けば何かが出てくるかもしれないと阿久沢は言っているのだ。確かに相手が世界的な権威を持つ大学教授ともなれば、警察としても下手には動けない。

「もうひとつの方はどうだ。小貝川の事件だ」

「害者は犬に喉を喰い破られて死んでいた。その意味では、事故の可能性が高い。だいぶ酔っていたみたいだし、飲酒運転をしていて喉が乾いたんだろう。車を停めて、自動販売機で水を買って飲んでいる所を襲われたらしい」

プリントアウトされた書類をめくりながら阿久沢が言った。

「しかし、服が無くなっていた」

「そうなんだ……」

こちらも奇妙な事件だった。

阿久沢によると、被害者のトラック運転手は下着一枚の格好で自分の車の近くにころがっていた。無くなった衣服は作業ズボンと濃緑色のスウェット・パーカー、Tシャツが一枚。これは井沢の妻の証言により確認されている。スニーカーは死体の近くに落ちていた。取手署ではこれを、近くの河川敷に住み着いているホームレスが持ち去ったものと見ている。

だが、決定的な矛盾(むじゅん)がある。被害者の財布や小銭、車のキーが、すべて死体の周囲に残っていた。もしホームレスが衣服を持ち去ったなら、まず最初に財布を盗(と)るはずだ。現場に置いていくはずがない。しかもなぜか携帯電話だけが発見されていない。

「被害者は喉を喰い破られて死んだと言ったな」

「そうだ。ほとんど即死だっただろう」

「筑波恒生大学の事件はどうだ。二人の直接の死因はわかるか」

阿久沢が書類をめくった。

「同じだな。木田隆二の方は遺体の損壊が激しいために直接の死因はわからない。しかしエレナ・ローウェンはそうだ。喉に、豚の深い牙の跡が残っていた」

「調べてみた方がいい。ローウェンの傷が本当に三頭の豚のどれかと一致するかどうか。そして小貝川の被害者、井沢というトラック運転手の傷と一致するかどうか……」

「どういうことだ。おれにはよくわからない。大学で暴れた豚は、三頭とも処分されてるんだぜ。嚙み傷が一致するわけがないだろう」

「まだわからないのか。ちょっとは頭を働かせろよ」

阿久沢は目を閉じ、腕を組んで考えた。そしておもむろに手を打った。

「なるほど……」

外に出ると、雨足がさらに強くなり始めていた。阿久沢は傘を手に、有賀を駐車場まで見送った。二人が車に近付くと、ジャックが少し開いた窓から身を乗り出し、懐かしそうに吠えた。

「ジャックはあんたのことを憶えてる」

有賀が言った。

「飼い主に似ないで利口な犬だ」

阿久沢が窓から手を差し入れ、ジャックの頭を撫でた。

「何かわかったら知らせてくれ。もちろん警察として教えられる範囲でかまわない。雄輝のことが心配なんだ」

「わかってる。そのかわり、お前もだぞ。お前はどうも一人で突っ走る傾向がある。少しは警察のことも信用しろ。その意味じゃ雄輝君よりも父親の方が心配だ」

「何を言ってやがる」

有賀が車に乗り込み、エンジンを掛けた。

「いい車だな。ベンツじゃないか。高いんだろ」

「いや、廃棄寸前のやつをタダ同然で手に入れたんだ。もう一五万キロも走ってる。車も運転手も犬も、みんなポンコツだ」

「お前も、おれもさ。これからどうするんだ。秋谷教授に会うのか。あんまり締め上げるなよ」

「とりあえず今日は千葉に帰る。週明けまでにやらなくちゃならない原稿があるんだ。それに台風が来ている。〝家〟も心配だ」

「まだキャンピング・カーに住んでいるのか」

「ああ。でも三年前にもう一台、大きなのを買ったよ。今度遊びに来てくれ。メジナを釣るにはいい季節だ」

手を握り合った。車を、ゆっくりと出した。バックミラーの中に、傘をさして立つ阿久沢の姿がいつまでも映っていた。

13

蛍光灯の青白い光の中で、数頭のランドレース種の豚がせわしなく歩き回っていた。いつになく、落ち着きがない。台風が接近していることを本能で察知し、不安なのか。それとも単に腹が減っているだけなのか。

「ちょっと待ってて。これが終わったら御飯あげるから」

柴田夏花は平底のスコップで糞(ふん)を掻き集めながら、豚の群の中を走っていた。

体重が二〇〇キロ近くもある豚を押しのける。後ろから餌を催促(さいそく)して尻を押してくる奴がいれば、振り向いて蹴り飛ばす。時には汚れた床に押し倒されることもある。豚舎の中で過ごすこの時間は、毎日が喧嘩だ。

動物の飼育は、重労働だ。特に、大型の家畜はそうだ。手間が掛かるだけでなく、体力も神経も消耗する。

筑波恒生大学の農獣医学部では、実習用として様々な家畜を飼育している。現在はランドレース種の豚が七頭。ニュージャージー種の乳牛が三頭。ポニーが二頭。その他に鶏、家鴨、兎、犬もいる。しかも豚は日常的に出産するし、春になれば牝牛とポニーにも仔が生まれる。

これだけの動物を、七人の研究員と学生が当番制で管理してきた。だが先日の事故で研究員のリーダー格だった木田隆二が死に、最も作業に手馴れていた雄輝も姿を消して助手は五人しか残っていない。しかも今夜は、台風が来る。いつもより仕事が多い。夏花は、あらためて二人の力の大きさを思い知らされていた。

ユウちゃんは、どこに行っちゃったんだろう。せめて連絡をくれればいいのに……。

黙々と作業をこなしながら、夏花は常に雄輝のことを考えていた。忘れようと思っても、頭から離れない。つい一時間前にも、雄輝にメールを送ったばかりだった。だが、返信はなかった。

豚舎の掃除を終えると、夏花は豚用飼料のタンクの下に一輪車を置き、レバーを開いた。目分量で、およそ二十キロ。一輪車の中に飼料が山になるとそれを押していき、ステンレス製の餌箱の中にスコップで撒いていく。

待ちかねたように、豚が我先に柵から首を出して餌にかぶりつく。世話の焼ける奴らだ。だが、鼻を鳴らしながら無心に餌を食べる愛らしい顔を見ていると、不思議と心がなごむ。

豚が餌を食べる様子を眺めながら、夏花は首に掛けたタオルで汗を拭った。だが、のんびりしてはいられない。入口に掛けてある黄色いゴムのカッパを着込むと、夏花は雨の中に飛び出していった。

牧柵に沿って走り、牛舎に向かった。外で大塚(おおつか)という学生が脚立(きゃたつ)に乗り、高い窓にコンパネを打ちつけていた。

「ご苦労様。大塚君、一人で大丈夫？」

夏花が走りながら声を掛けた。大塚が手を振り、無言で笑った。

牛舎の中では女子学生二人が牛の世話をしていた。床の掃除はもう終わっている。

「中田(なかた)さんは寝藁(ねわら)の方をやって。三谷(みたに)さんは飼葉(かいば)。飼料も三キロくらいまぜて。あの袋がそうだから。私はポニーの方を見てくる」

指示だけを出して、夏花はまた外に飛び出していった。

当番の日には朝六時には大学に出てくる。水をやり、飼育舎の掃除をすませて餌付(えづ)け。コンビニで買ってきたサンドイッチを食べる間もなく午前中の実習が始まる。昼食も飼育舎を見回りながら食べることが多い。午後の実習を終えて掃除、寝藁を換えて、餌付け。体が空くのは早くても夕方になる。

週に一度は当直で大学の研究室に泊まり込む。いや、木田と雄輝がいなくなってから当番は週二回になった。忙しい。年明けまでには助教授の論文を仕上げようと思いながら、自分の勉強をしている時間もない。だが、いまは忙しい方が心が安らぐ。その方が少しでも雄輝のことを忘れていられるから。

ポニーの厩舎に入り、桶の水を換えた。

「待っててね。いま掃除してあげるからね」

熊手で古い寝藁を掻き出し、フォークで一輪車に積み込む。女には辛い力仕事だ。腰に手を当てて体を伸ばすと、牡のポニーと目が合った。物憂い表情で夏花を見つめている。

ポニーの顔を見ていると、なぜか昨夜の有賀雄二郎のことを思い出した。面白い人だった。無精髭を生やした荒々しい風貌の男だったが、なぜか目だけは草食動物のようにやさしかった。この、ポニーのように。

有賀は雄輝のことを、本当に心配していた。ぶっきらぼうな言葉の端々から、それが伝わってきた。夏花と同じ二五歳の息子がいるのだから、少なくとも年齢は四十代の後半にはなっているはずだ。だが、信じられないほど若く見えた。

夏花のベッドの下に布団を敷くと、少年のように照れた表情で頭を掻いた。その顔が、やはり雄輝にそっくりだった。雄輝もあと二〇年もたてば、有賀のような男になるのだろうか。

想いを打ち消し、夏花はまたフォークを手にした。早くやってしまわなければ。台風は、刻一刻と近付いてくる。

手が空いた時には、八時を過ぎていた。学生達を帰し、夏花は農獣医学部の研究室に戻った。誰もいない、静かな空間。近代的な大学の中にあって場違いな2×4（ツーバイフォー）建築の古い洋館は、以前この土地を所有していた地元の有力者が別荘として建てたものだと聞いている。学生達は「お化け屋敷」と呼んでいるが、夏花はこの古い家が好きだった。特に一人でいる時には、自分の家のように落ち着くことができる。

濡れたカッパと長靴を脱ぎ、バスタオルで頭を拭いた。シャワールームのガスの元火を付ける。さて、動物達の次は自分だ。晩御飯は何にしようかと考えて、思い止まった。その前に、やることがあった。

バスタオルを首に掛けたまま、冷蔵庫から缶ビールを一本出した。それを持って奥のコンピューター・ルームに向かい、雄輝のデスクトップ・パソコンの前に座った。

ビールを一口飲み、電源を入れた。ジーンズのポケットから財布を抜き、中から箸袋を取り出した。本当にこのパスワードが、雄輝の秘密の扉を開いてくれるのだろうか。

ごめんね、ユウちゃん……。

そう心に念じて、キーボードに指を載せた。

〈——rainbow-trout-58cm-motosu——〉

パスワードを打ち込み、実行をクリックした。僅かな待ち時間の間に、ささやかな緊張が走った。だがＭａｃのデスクトップ・パソコンは何のストレスもなく、それが当然であるかのようにメニューを開いた。

「ビンゴ！　やった！」

夏花はビールを飲み、メニューを進めた。フォルダーが沢山ある。ひとつずつ、開いていく。だが中身はすべて実験動物の飼育データ、農獣医学部内の実験データ、実習や授業の予定表や備品の購入リストで埋まっていた。夏花のパソコンに保存してあるデータとほとんど変わらない。

メールのフォルダーも開いてみたが、すべて学部内の連絡事項だ。夏花からのメールもある。やはり、遺伝子工学研究室のデータは何も入っていなかった。

だが、その中に気になるフォルダーがひとつあった。タイトルは〈Dancer〉となっている。意味がわからない。

何だろう……。

夏花は〈――Dancer――〉のホルダーを開いてみた。その中に、さらに二つのタイトルがあった。〈――事件――〉と〈――Salsa――〉だ。

まず〈事件〉を開いた。画面に意外なものが現れた。長い文字の羅列だ。どうやら新聞記事らしい。

〈――平成12年10月27日読売新聞

一昨日発覚した拉致監禁事件の容疑者、青柳元彦（26）は群馬県長野原町の貸し別荘に潜伏していたことが判明。軽井沢署員が急行したが、容疑者は被害者の高村志摩子さん（28）とともに車で逃走した。警察車輛が追跡中に事故を起こし被害者、容疑者ともに重傷を負ったが、同署では「適切な措置だった」としている――〉

何だろう。確かに夏花も、この事件は記憶にある。だが、なぜ雄輝が事件に興味を持ち、自分のパソコンにデータを保存してあるのか。その理由がわからない。

同じような新聞記事が、いくつか続いた。その後に、週刊誌の記事らしいデータが入っていた。

〈——製薬会社の社長御曹司と美人ダンサー　危険な恋のアバンチュール——。
先日の美人ダンサー拉致監禁事件、犯人の青柳元彦は青柳恒生薬品の社長、青柳恒彦氏の一人息子だった——〉

青柳恒彦——。
その名前は筑波恒生大学の職員ならば誰でも知っている。薬品会社や病院を経営する財界の大物だ。筑波恒生大学の事実上のオーナーでもあり、理事長を務めている。そう言えば、理事長の息子が何か事件を起こしたという噂は耳にしたことがあった。だが雄輝は、事件について何も話していたことはない。
記事は続いた。

〈——被害者の高村志摩子さんは通称〝サルサ〟の名で知られる有名ダンサー。ミュージカルにも出演し、スペイン人とのハーフと噂されたこともある。身長一七〇センチ近いスタイル抜群の美人で、フラメンコやベリーダンスをアレンジしたセクシーな踊りに定評があった。二ヶ月に及ぶ監禁生活の中で、いったい何が行われたのか――〉

サルサ――。

Salsaはダンサーの名前だった。夏花は画面を戻した。〈Salsa〉のファイルを開く。画面いっぱいに、小さなスパンコールのビキニを身に着けただけのダンサーの写真が映し出された。

美しい女性だった。写真が次々と続く。闘牛士のジャケットのようなものを着ている写真。薄いベールで顔を隠し、シースルーの巻きスカートで腰を振っている写真。まるで裸のように見える淡いピンクのレオタード。艶(つや)のある長い黒髪。しなやかな手足。臍(へそ)にピアスをした引き締まったウエスト。彫りが深く、日本人離れした美しい顔。その口元が、女神のように微笑(ほほえ)みかけてくる……。

どの写真を見ても、完璧だった。雄輝がなぜいなくなったのか。何日も連絡がない理由がわかったような気がした。理屈ではない。女としての直感だ。雄輝はいま、このサルサというダンサーといっしょにいるのではないか……。

夏花はパソコンを閉じ、窓辺に立った。暗いダブル・ハングの窓ガラスに、強い雨が打ちつけていた。

闇の中に、ぼんやりと自分の姿が浮かび上がっている。夏花は、しばらくその顔を見つめていた。短くぼさぼさの髪。薄汚れたトレーナーとジーンズ。日本人にしか見えない幼い顔……。

夏花はこれまで自分の容姿に、多少なりとも自信があるつもりだった。化粧はしないし、色気がないことはわかっていたが、それが自分の個性なのだと思っていた。雄輝は、そういう自分が好きなのだと信じていた。

しかし違った。あのサルサというダンサーには、顔も、体も、女としての魅力において何ひとつかなわない……。

窓に映る自分の姿を見ていると、涙が溢れてきた。

もう終わりだな……。

そう思った。

14

一〇月五日夜——。

台風十六号は小笠原(おがさわら)諸島の西約五〇キロの海上をゆっくりと北上していた。中心勢力は九三二ヘクトパスカル。最大瞬間風速は秒速四六メートル。中型だが、半径二〇〇キロの広い暴風域を維持したまま関東沿岸域に向かっていた。

その後、台風は進路を変え、関東と東北の太平洋岸に沿って北東に進むものと予想された。台風に押し上げられた秋雨(あきさめ)前線が午後一〇時現在、関東一帯に停滞している。気象庁は今後、翌六日の夕方までに予想される雨量を関東南部で二五〇ミリ、北部で二〇〇ミリ、東北地方で二〇〇ミリと発表した。

有賀雄二郎は千葉県岬町の自宅に戻っていた。海までは、一〇〇メートルも離れていない。暗い海は闇の中で荒れ狂い、波を護岸壁にたたきつけて鬼神のごとく吠え続けた。

ゴムのカッパを着込み、横から殴りつけるような豪雨の中で全身を濡らしていた。有賀の〝家〟は、モーターホームだ。三〇フィートの大型のエアストリームとはいえ、基本的には車で牽引(けんいん)して移動させることを前提に造られている。

強風には弱い。家全体が、風で浮き上がるように揺れていた。ブロックの上に載ってはいるが、コンクリートの基礎に固定されているわけではない。

LEDライトを片手に、モーターホームの周囲を回った。アンカーに結合されたワイヤーを、一本ずつハンドウインチで締めていく。さらに太いロープを屋根の上に渡し、一方を裏の桜の木に、一方をゲレンデバーゲンの二トンを超えるボディーに固定した。

これで何とかもってくれるだろう。室内に戻り、濡れた衣服を着替えた。ジャックは家が揺れることも気にせずに、お気に入りのソファの上で静かに寝息をたてていた。

体が冷えていた。有賀はバカラのロック・グラスを氷とジム・ビームで満たし、口に含んだ。強い刺激臭が鼻から喉に疾り抜けるのと同時に、心地良い熱が全身に広がった。

パソコンのボディーに青い発光ダイオードが点滅し、メールの着信を知らせていた。有賀はグラスを手にしたままデスクの前に座り、メールを開いた。夏花からのメールだった。

〈——有賀雄二郎様

昨日はご馳走(ちそう)さまでした。久し振りにお酒を飲んで、とても楽しかった。無理矢理私のアパートに泊めちゃって、すみませんでした。私、少し淋しかったんです。

今日、雄輝君のパソコンを開いてみました。教えてもらったパスワードはばっちり！　見事に大当たり！　さすが、ユウちゃんのお父さん！　でも残念ながら、やはり遺伝子工学研究室の方のデータは何も入っていませんでした。

それでも収穫がひとつ。こんなデータが見つかりました。これ、何だかわかりますか？

――〉

文面の後に、奇妙なファイルが入っていた。六年前に起きた拉致監禁事件の記事。さらに被害者のサルサというダンサーの写真とデータ。その後に、夏花の追伸が続いた。

〈――なぜユウちゃんがこの事件のことを調べていたのか、私にはわかりません。私に一度も話してくれていなかったし、ユウちゃんの知らない一面を見てちょっとショックでした。

このサルサという女の人、とても綺麗（きれい）ですね。この人がいまのユウちゃんの彼女なのかしら。私達、もう終わりかも……。

失恋しちゃったら、またお酒に付き合ってくださいね。

柴田夏花――〉

いったい、どういうことだ。

なぜ雄輝が六年も前の拉致監禁事件に興味を持ったのか、理由がわからない。筑波恒生大学の事故と、何か関係があるのだろうか――。

有賀はこれまでにわかっていることを頭の中で整理した。九月二七日の未明、筑波恒生大学で研究員二人が実験動物に襲われて死亡するという事故が起きた。その二四時間後に、今度は直線距離で二キロしか離れていない小貝川沿いの側道で、やはり男が動物に襲われて死亡するという事件が起きている。この二つの事件が何らかの要因で関連しているのかどうか。大学で研究員を襲った動物が本当にS・スクロファ・スクロファという豚なのかどうかについては、いまのところ推察の域を出ない。いずれにしても、土浦署の阿久沢の連絡待ちだ。

雄輝が姿を消したのは、最初の事件があった当日だった。恋人の柴田夏花に「しばらく戻らない」とメールを入れたまま、一週間以上も失踪を続けている。その雄輝が、六年も前の拉致監禁事件のことを調べ、データをパソコンに残していた。事件の犯人は、青柳元彦。青柳恒生薬品の社長、筑波恒生大学理事長の青柳恒彦の一人息子だった。そして被害者の、サルサというダンサー……。

秋谷教授の存在も気になる。秋谷は現在四七歳。もちろん既婚者だ。その秋谷は死んだ共同研究者のエレナ・ローウェンと愛人関係にあった。さらにローウェンは、同じ日に死んだ研究員の木田隆二とも関係があった。

すべてが筑波恒生大学に帰結する。だが一連の要素は個々がばらばらで、脈絡(みゃくらく)がなく、輪郭(りんかく)が見えてこない。そして雄輝は、いまどこにいるのか……。

タバコが必要だ。どうしても、一本だけ。ラークの箱から一本抜き取り、ジッポーのライターで火を付けた。

キーボードに向かい、メールを作成した。

〈――柴田夏花様

さっそくのメール、ありがとう。送ってくれたデータ、とても参考になった。しかしいまはそれぞれの情報がばらばらで、考えがまとまらない。何かわかったら連絡するよ。

※追伸・サルサという女性は、確かに美人だ。しかし僕は、君の方が魅力的だと思う。雄輝だってそれはわかっているはずだ。

僕は雄輝の父親だから、奴の性格はよく知っている。そういう奴なんだ。許してやってくれ。

有賀雄二郎――〉

メールを送信した。グラスからジム・ビームを口に含み、ラークを深く吸い込んだ。

〝家〟は、まだ風で揺れていた。ソファの上でジャックが物憂げに薄目を開け、有賀を見つめていた。

風の音で、なかなか寝つかれなかった。

夏花は研究室のベッドに横になり、染みの広がった暗い天井を見つめていた。

雄輝のことを考えていた。いま頃、どこにいるのだろう。なにをしているのだろう。誰と、いるのだろう。しかし、元気でいてくれさえすればそれでいい。

右手に携帯を握っていた。最近、寝る時にはいつもそうしている。雄輝がいなくなってから、片時も携帯を体から離したことはない。

何気なく、携帯を開けた。闇の中に小さな液晶の灯り、待ち受け画面の中で雄輝のポートレートが白い歯を見せて笑った。

夏花はしばらくその顔を見つめた。少し、迷った。メールを打とうか……。

無駄なことはわかっていた。疎(うと)ましい女だと思われたくもなかった。だが、止められなかった。

思いつく限りの言葉を並べ、送信した。そしてまた携帯を握り、目を閉じた。

しばらくして、メールの着信音が鳴った。夏花はベッドの上に飛び起きて、携帯を開いた。

ユウちゃんかもしれない……。

だが、違った。父親の有賀からのメールが、パソコンから転送されてきたものだった。メールの文面を読んでいるうちに、夏花は思わず笑ってしまった。

君の方が、魅力的、か……。

嘘でもその言葉がうれしかった。今度は本当に、眠れそうな気がした。

街灯の光の下に、強い雨がまるで生き物のように荒れ狂っていた。

三浦雄輝は建築現場の二階部分に上がり、足場の上で凍えていた。屋根はない。全身が雨に濡れ、体の芯まで冷えきっている。

以前、父親に聞いた話を思い出した。雨に濡れ、風が吹けば、人間は赤道直下のジャングルでも凍死する。この世の中に、人間ほど弱い動物はいない――。

あの時は、何気なく聞いていた。だが、本当だった。まともな雨具を準備しておかなかったことを、後悔していた。

いまはこの場所を離れるわけにはいかない。〝奴〟は、すぐ近くにいるはずだ。

窓を取り付けるためにコンパネに開けられた四角い穴から顔を出した。眼下に、平屋の古い家が見える。あの家を見張れる場所は、ここだけだ。

正面の西側の窓には、まだ明かりが点っていない。

前日、雄輝は天沼二丁目のアパートからサルサの後をつけた。彼女は重そうなスポーツバッグを持ち、いつもの荻窪とは逆に住宅街の中を阿佐谷方面へと向かった。中杉通りを渡り、パールセンター街を抜け、辿り着いたのがこの一軒家だった。

黒人の大柄な男が彼女を出迎えた。男の顔には見憶えがあった。新橋の『スパンコール』でサルサとペアを組んで踊っていたダンサーだ。彼女の恋人なのだろうか。

サルサは家の中に入り、午後遅くになって黒人の男と出てきた。二人がいなくなるのを待って、雄輝は家の敷地に忍び込んだ。南側に小さな庭があり、その前が縁台になっていた。植え込みがある。周囲をブロックの塀で囲まれ、死角が多い。身を隠す場所は、いくらでもある。

次に二人が帰ってきたのは、明け方だった。黒人の男が、サルサの肩を抱いていた。遠くから、サルサが泣いているように見えた。

今夜も二人は明け方まで帰らないのだろうか。風が吹き、雨が染み込み、体温が少しずつ奪われていく。寒さで歯が鳴った。眠い。だが二人が帰るまで、意識を保ち続けなくてはならない。

ジーンズのポケットから携帯を出し、迷彩の上着で雨を遮りながら開いた。電源を入れる。サーバーをチェックすると、メールが入っていた。

夏花からだった。

〈――何度もメールしてごめんね。今夜はひどい嵐だね。ユウちゃん、元気にしてるの？　いま、どうしてるの？　もし元気なら、一言でいいから返事ください。そうしたらもう私からはメールしないから。私はユウちゃんが元気なら、それでいいの。夏花――〉

雄輝は、しばらく画面を見つめていた。光の中に雨粒が落ちて広がり、やがて液晶パネルが暗くなった。だが、いまは返信するわけにはいかない。もし自分が警察に追われているとすれば、携帯の発信地からこの場所が知られてしまう。

雄輝は携帯の電源を切り、ポケットに仕舞った。濡れた毛糸の帽子を目深に被りなおし、闇の中を見つめた。温もりが、体に少し戻ってきたような気がした。

高村志摩子は踊っていた。

情熱のオレンジ色の光の中で、相棒のニックの腕に体を預けながら。

フラメンコ・ギターの弦が鳴いた。その音に合わせ、激しくサパティアを踏んだ。ピルエット・ターンで体を回し、漆黒の長い髪を振りほどいた。

すべてを忘れていた。踊っている時だけが、自分自身だった。人生は、この瞬間のために存在する。

赤いバラを口に銜えた。無心にサパティアを踏み続けた。これがニックと踊る最後のアダジオとなることも知らずに。

阿久沢健三は土浦警察署内の副署長室にいた。

一人だった。静かな室内に、雨が窓を打つ音がかすかに伝わってくる。

デスクの上の電話機を見つめていた。冷めたコーヒーを飲みながら、もう何時間も連絡を待ち続けていた。

午後、鑑識に指令を出した。九月二七日未明に起きた筑波恒生大学の事故。さらに翌二八日未明、取手警察の管内で起きた野犬による殺傷事件。二つの事件の被害者の傷が、一致するかどうか。至急確認すべしと——。

だが、両事件の被害者の遺体はすでに所定の解剖を終え、火葬されていた。あとは、解剖所見だけが頼りだ。しかも特に筑波恒生大学の被害者の遺体は、豚に食害されて損傷が激しい。確認作業は、予想どおり手間取っていた。

無理かな……。

そう思った時、電話が鳴った。呼び出し音が三回鳴るのを待って、受話器を取った。

「阿久沢だ……。何だ、お前か」

電話は阿久沢の妻の良江(よしえ)からだった。

「今夜は遅くなりそうだ。先に寝ててくれ。家の方は大丈夫か」

受話器を置いた。

阿久沢はコーヒーを淹(い)れ換えるために、椅子を立った。

〝ダンサー〟は潜んでいた。

教会の裏手の倉庫に忍び込み、古着の詰まった段ボール箱の陰で体を丸めていた。

信者が持ち寄った菓子袋や野菜、果物が食い荒らされ、周囲に散乱していた。ここが神の加護の下(もと)にある場所であることを、〝ダンサー〟は知らない。

雨が降り、すべての〝匂い〟が消えた。頭の中で、〝命令〟も聞こえなくなった。

闇の中で、静かに灰色の目を閉じた。

〝ダンサー〟は、まだ見ぬサルサの夢を見た。

第三章　殺戮（さつりく）

1

抜けるような秋空に、海鳥が鳴いた。

波はまだ高い。台風の余波が残っている。南からのうねりは怒りをぶつけるように消波ブロックを洗い、泡立つ渦（うず）と晒（さら）しを作っていた。

有賀雄二郎は波をかぶる岩の上に立ち、一二フィートのシーバス・ロッドを振った。ブルーとシルバーのグラデーションを施された自作のルアーが、陽光に輝きながら美しい放物線を描いて波を越えた。

着水を待ち、スピニングリールのラインを巻き取る。ルアーに命が吹き込まれ、返す波の晒しの中を生きた小魚のように泳ぐ。

先程から、幾度となく同じことを繰り返していた。タックルも、ルアーも、有賀の狙いも完璧なはずだった。だが、アタリはない。ルアーは何事もなかったかのようにうねりの中を泳ぎきり、有賀の手元に戻ってくる。

「だめだな、ジャック。移動するか」

振り返って声を掛けると、ジャックは高い岩の上で背中と四肢を伸ばして立ち上がり、気怠そうにあくびをした。

千葉県岬町の九十九里浜の南端から太東崎にかけて、海岸の防波堤に沿って続く遊歩道がある。途中に岩場があり、消波ブロックの護岸があって、時には小さな砂浜が点在する変化に富む道である。天気の良い日には、有賀はこの道を釣り竿を片手に歩くことを日課にしていた。後ろには、常にジャックが付いてくる。

遊歩道に出ると、熱い照り返しが体を包み込んだ。空の色はすっかり秋の気配を漂わせているが、肌を焦がす陽光はまだ夏の名残りを含んでいた。

いつもの砂浜に差しかかり、有賀は防波堤から降りた。半月状に消波ブロックが並び、その前にわずかな砂地がある。幅が五十メートルもない小さな浜だ。ジャックが有賀の後に続いて浜に降り、日溜りの中に自分の場所をせしめて体を伸ばした。

ハイウェーダーを着て海に立ち込み、竿を振った。遠投し、放射線状に探っていく。波頭の中に、イワシの群れが横切るのが見えた。

以前、この場所で、何度かヒラメを釣ったことがある。だが、いまはヒラメの季節にはまだ早い。前々日までの嵐で、底も荒れている。今日は無理だろうな、と思いながら、竿を振り続けた。

波の音を聞きながら、雄輝のことを考えた。あいつはいま頃、どこで何をしているのか。昔はよく二人でこの浜に立ち、ビールを飲みながら釣りを楽しんだものだ。

男は樫の木のように硬く、反面どうしようもなく脆い動物だ。一人でいる時には何ものも恐れない。だが愛する者ができると、その愛の重さの分だけ確実に弱くなる。

いまの有賀がそうだ。雄輝が生まれた時にはまだ若く、ただ闇雲に現実に立ち向かっていくことだけに夢中になり、父親としての実感すら湧かなかった。だが雄輝が成長するにつれて、いつの間にか、自分の中でその存在が少しずつ大きくなっていった。そしてある日、気が付いてみると、冷静さを見失うほど心を惑わす存在にふくれあがっていることに気付く。父親とは、そういうものだ。

来た！

ロッドに鋭い衝撃が伝わり、ラインがうねりの中を疾った。

合わせる。リールのドラグが悲鳴を上げた。有賀はロッドを立てて胸に構え、魚の動きに合わせて波打ち際を移動した。

ヒラメの抵抗は一瞬だ。ルアーに掛かって疾り、あとは頭をこちらに向かせてしまえばおとなしくなる。竿を立てて魚体を浮かし、体を砂底にへばりつかせさえしなければラインを切られる心配はない。

有賀は竿を持って浜に上がった。ラインにテンションを掛けたまま、機会を窺う。次の大きな波に乗せるように、リールを一気に巻いて浜にヒラメを引き上げた。

波打ち際の砂の上に、ヒラメの薄い魚体が踊った。ジャックが駆け寄り、吠えながらヒラメの周囲を駆けた。いつもの儀式だ。

「どうだ、ジャック。美味そうなヒラメだろう。後でお前にも分け前をやるからな」

ジャックの頭を撫でた。だがジャックはヒラメに夢中になり、尾を振って走り回る。動きが、意外なほど若い。

大丈夫だ。まだしばらくは、こいつといっしょにいることができるだろう。

有賀はフィッシング・ベストから大型のスイス・アーミー・ナイフを抜き、ヒラメをその場で野締めにした。血の付いた手とナイフを波で洗い流し、ヒラメをアイスボックスの中に入れた。

気が付くと太陽は西に傾き、午後の斜光にあたりが色付きはじめていた。最近は、陽が落ちるのが早い。季節はやはり、秋だ。

家に戻ると、庭に白いエルグランドが停まっていた。デッキチェアに、釣り仕度の阿久沢健三が寝そべり、片手を挙げた。

「早かったじゃないか」

アイスボックスをデッキに置き、有賀が言った。ジャックが阿久沢に駆け寄り、顔を舐めた。

「朝から八幡岬の方でメジナを釣ってたんだ」

阿久沢がジャックの頭を撫でながら言った。

「首尾は？」

「だめだな。一昨日までの台風で、まだ水に濁りがある。細かいのばかりだったんで、ほとんど逃がしてきた」

阿久沢がそう言って自分のアイスボックスの蓋を開けた。中に、三十センチほどのメジナが二尾入っていた。

「ほう……まずまずだな。まだ身に臭いがあるかもしれない。後で皮を炙って磯造りにでもしてみよう」

「そっちは？」

有賀がアイスボックスの中からヒラメを取り出した。

「ソゲ（小さなヒラメ）が一尾。まあ刺身くらいにはなるだろう」

「上等だ。でもジャックの分を入れるとちょっと足りないな。お前が料理を作っている間に、一宮の市場にでも買い出しに行ってこよう」

阿久沢がデッキチェアから立ち、背筋を伸ばした。

話があると言いだしたのは、今回は阿久沢の方だった。

金曜に電話があり、週末の休みを利用して、釣りがてら千葉に出向くと言う。言葉とは裏腹に、何やら気が急いているような様子もあった。電話口で「何かわかったのか」と訊いても、阿久沢は肩をすかすように何も答えなかった。何事ももったいぶる性格は、昔のままだ。

阿久沢が出掛けている間に、有賀は肴を作った。メジナは三枚に下ろし、二尾のうちの身三枚を磯造りにした。皮を炙り、氷水に入れて冷やす。あとは厚目に切り分け、大根おろしと生姜を載せてポン酢を掛ける。それだけだ。

夏から初秋にかけてメジナは身の臭いが強くなるが、手を掛けてやれば締まりのいい白身は悪くない。残る一枚の身は、ジャックの取り分だ。

ヒラメは五枚に下ろし、普通に刺身にした。大根でツマを作る。魚料理は手馴れたものだ。男も長年独身を通していると、包丁さばきにも年季が入ってくる。

尾に近い部分の身を、足下で待っているジャックにやった。うれしそうに食べるジャックを見ながら、有賀は雄輝の顔を思い出した。雄輝もやはり、ヒラメの刺身が大好きだった。

阿久沢が黒と赤、二種類のアワビと丸蟹(まるがに)を買って戻ってきた。悪くない選択だ。アワビは黒を刺身に、赤はバターを使ってソテーに仕上げた。これが一番、美味(うま)い。丸蟹は籠(かご)で蒸して、黒酢と紹興酒(しょうこうしゅ)の垂れを作った。

出来上がった料理を、阿久沢がデッキのテーブルの上に並べていく。むさ苦しい男二人で楽しむには豪勢な食卓だ。有賀が座ると、阿久沢が車の中からシングル・モルトのスコッチのボトルを一本持ち出してきて目の前に置いた。マッカランの一八年。警察官も副署長にまで出世すると、食い物も酒も贅沢(ぜいたく)になる。

ビールを飲み、蟹の脚を黙々としゃぶりながら阿久沢が言った。

「で、どこまで話したかな……」

有賀が蟹の味噌(みそ)を掻(か)き出しながら答えた。

「まだ、何も聞いてないぜ……」

その後、しばらく言葉が途切れた。蟹を味わっている時には、正常な感性を持ち合わせている人間ならば誰でも無口になるものだ。

一匹目の蟹を大きな腹に収め、阿久沢が満足そうに溜め息をついた。

「例の件だ。筑波恒生大学の被害者と、小貝川で野犬に襲われたトラックの運転手。両方の傷を照合してみた」

「一致したのか」

「いや、何とも言えない。害者はすでにみんな火葬されていて、解剖所見しか残っていない。それに筑波の二人は豚に食われて遺体の損傷が激しかったしな。唯一、エレナ・ローウェンの首と井沢久育の首に残っていた牙の跡が、一本だけ深さがほぼ一致した。解剖所見だけでは、それ以上は無理だ」

有賀は何事もなかったかのように蟹を食べ続けている。

「つまり〝犯人〟が同一の可能性もあるが、断定はできない。そういうことか」

「そんなところだ」

阿久沢がビールを飲み干し、バカラのロック・グラスに氷を入れ、マッカランの封を切った。

「いいグラスだ。バカラじゃないか。お前は変わってるよ。家はキャンピング・カー。電化製品は拾い物。車は一五万キロも走ったポンコツのメルセデスだ。そのくせ変なところに金を掛ける」

「主義の問題さ。実用品は使えれば何でもいいが、嗜好品に贅沢を怠ると、男は精神が枯渇する」

「犬はどうなんだ」

デッキに寝そべるジャックを見ながら、阿久沢が言った。ジャックは一五年前に、牛久沼で拾ってきた雑種の野良犬だ。

「奴はおれの家族だ。少なくとも嗜好品じゃない」

有賀がアワビのバター・ソテーを口に放り込み、満足そうに頷いた。

「そっちはどうだ。雄輝君の件で、何かわかったか」

阿久沢がマッカランを口に含み、訊いた。

「ひとつだけ、ちょっと気になることがある。大学で、雄輝の恋人という娘と知り合った。その娘に、雄輝のパソコンを探らせてみた。遺伝子工学研究室の情報でも入ってるんじゃないかと思ってね」

「それで?」

有賀が自分のバカラのグラスにマッカランを注いだ。

「結果としては、何も出てこなかった。研究室のデータは、研究員も外部への持ち出しを禁止されているらしい。死んだエレナ・ローウェンはヒトES細胞の研究者だった。もしかしたらノーベル賞に関わってくるような研究だからな。まあ、秘密厳守は当然だろう。しかし雄輝のパソコンから、意外なものが出てきた。どうもあいつ、変なことを調べていたらしい……」

有賀は、柴田夏花から送られてきたメールの内容を話した。六年前に起きた拉致監禁事件。犯人の青柳元彦という男が、筑波恒生大学理事長の息子であること。被害者はサルサという名のダンサー。二人は警察が追跡中に事故を起こし、重傷を負った——。

だが、有賀の話を聞くうちに、阿久沢の表情が険しくなりはじめた。

「どうしたんだ」

有賀が訊いた。

「いや、ちょっと引っ掛かるんだ。その被害者のダンサー、サルサと言ったか。本名はわからないかな」

「新聞記事に書いてあったな。確か高村志摩子。そんな名前だ」

「やはり、そうか……」

「どうしたんだ？」

「小貝川の事件だ。害者の財布や小銭は現場に残っていた。ところが衣服といっしょに、携帯電話だけがなくなっていた。携帯は、まだ見つかっていない」

「前に聞いたよ。それで」

「奇妙なのはその後さ。携帯のキャリアに問い合わせてみると、害者の井沢の携帯からその後に一回だけ発信されていることがわかった。場所は事件のあった小貝川の周辺から。時間は九月二九日の未明。つまり事件の約二四時間後だ」

「衣服を盗んだホームレスが使った？」

「そうかもしれない。取手警察もそう考えていた。しかし問題はその発信先だ。調べてみると、相手は東京の杉並区に住む三四歳の女性だった。その女の名が高村志摩子。職業はダンサーだ」

「奇妙だな……。その高村志摩子、サルサという名のダンサーは何と言ってるんだ」

「取手警察の署員が東京に向かったのは、一昨日だった。ちょうどお前がうちの署に来た日だ。それまで何度も電話してみたが、呼び出し音が鳴っても誰も電話に出なかったらしい」

阿久沢はヒラメの刺身をまとめて三枚口に放り込み、話を続けた。

取手警察の署員二人が自宅を訪ねた時には、高村志摩子は留守だった。アパートの隣りに住む大家に訊ねると、前日に空き巣に入られたばかりだという。さっそく、所轄に照会した。空き巣の被害届があったのは、一〇月四日の深夜から五日未明にかけて。室内は、ひどい荒らされようだった。だがそれ以後、高村志摩子はアパートから姿を消した。

「それだけじゃないんだ。高村志摩子はその何日か前にも、ストーカー被害で所轄の荻窪警察を訪ねている。脅迫(きょうはく)の電話を受けたそうだ」

「その電話が例の携帯の……」

「察しが早いな。その通りさ。少なくとも高村志摩子が脅迫電話を受けた時刻は、井沢のなくなった携帯の発信記録と一致している」

阿久沢がグラスをマッカランで満たし、ボトルをテーブルの上に滑らせた。有賀がそれを受け取り、グラスを空け、氷とマッカランを足した。

「誰からの電話だったんだ。そのサルサというダンサーはストーカーだと警察に相談しに行くくらいだから、相手がわかってたんだろう」

「……………」

阿久沢はウィスキーを口に含み、腕を組んで黙っていた。

「言っちまえよ。そこまで話したんだからさ。誰にも話さない。一晩寝たら忘れる。それでいいだろう」

「お前のことだ。おれが言わなくてもどうせ調べるんだろう。その方が厄介(やっかい)だ。青柳元彦。六年前の拉致監禁事件の犯人さ。少なくとも彼女はそう主張している」

「なるほど……。すべて繋(つな)がるというわけか。しかしそれなら話は早いじゃないか。青柳を調べてみればいい」

「そうは簡単にいかない。もちろん調べてはみたさ。ところが青柳は、六年前の事件の折に事故で重傷を負っていた。脳挫傷(のうざしょう)だ。いまも生きてはいるが、植物状態で病院のベッドに寝たきりだ。とても電話なんか掛けられない。もちろん青柳が井沢殺しの犯人ということも有り得ない。しかも……」

「しかも？」

「青柳が寝ているのは、父親の青柳恒彦が経営する西新宿の恒生大学病院だった。その病院で、一〇月四日の未明に事件があった。知らないか」

「何かで見たような気がするよ。確か看護師が殺された……」

「そうだ。害者(ガイシャ)は山崎寿々子。死んでいたのは六階東病棟の六〇七号室。青柳元彦の病室だった」

「何だって」

「もちろん青柳は犯人じゃない。奴に人は殺せない。まともに意識もないんだ。犯人は他にいる」

「じゃあ、誰が……」

阿久沢がグラスを空けた。

「わからない……」

そう言って目を閉じた。

何かが変だ。今日の阿久沢は、妙によそよそしい。仕事の話をするために、なぜ千葉に住む有賀を訪ねてきたのか。しかも高価なウィスキーを手みやげに。本気で釣りを楽しむつもりだったとも思えない。

「雄輝君の方はどうだ。まだ居所はわからないのか」

阿久沢がおもむろに言った。

「まだだ。連絡も取れない」

「恋人の方はどうだ。何か言っていなかったか」

「夏花か。あの娘も知らないよ。大学の事件があった日に雄輝から一本メールが来て、それきりだそうだ」

阿久沢がメジナの磯造りを口に入れた。

「夏メジナはやはりだめだな。口の中に臭いが残る」

だが、阿久沢は有賀の目を見ない。

「遠回しな言い方はやめてくれ。言いたいことがあるならはっきり言ったらどうだ。おれとあんたの仲だろう。それにおれは、何があってもうろたえるほどガキじゃない。雄輝に、何かあったのか」

有賀はそう言ってグラスの中のマッカランを一気に空けた。ボトルを摑む。封を切ったばかりのボトルには、すでに半分も残っていない。

「例の高村志摩子のストーカーさ。彼女が電話を受けた直後に、ある若い男が彼女のアパートに押し掛けてきている。二十代半ばの、背の高い男だ。名前は、三浦。名字しかわからない。ところが筑波恒生大学の件でうちの署の調書を確認してみたら……」

「わかった、もういい。確かにいまの雄輝の名字は、三浦だ」

タバコを一本抜いた。迷わずに、火を付けた。

「おれにも一本くれ」

有賀がラークの箱とジッポーを投げた。阿久沢が受けとり、続けた。

「別に、雄輝君が犯人だと言ってるわけじゃない。井沢の携帯は小貝川周辺から発信されていた。その時刻に雄輝君は東京の高村志摩子のアパートの前にいた。少なくとも井沢殺しには関与していない。しかし、彼は何かを知っている。いま、四ヶ所の現場の指紋の照合を進めている。もし雄輝君の指紋が大学以外から出れば、警視庁が手配の手続きを取る可能性はある。あくまでも重要参考人としてだが……」

阿久沢がタバコに火を付け、グラスにマッカランを注いだ。

2

重い夢を見ていた。

得体の知れない黒い影が胸の上にのしかかり、体を動かすことができない。

影は、生き物だった。それ自体が何らかの意志をもち、片時も止まることを知らず、めまぐるしく姿形を変えていく。

やがて影は分裂をはじめた。そのひとつひとつに、別々の意志が宿りはじめる。影には、顔があった。目が暗く光り、口が耳まで裂けた。上顎(うわあご)から突き出た、二本の鋭い前歯。キメラ・マウスだ。小さなネズミの群れは顔をゆがめて這(は)い回り、体のいたる所に噛(か)みつきはじめた。

呪縛の鎖を断ち切るように、寝返りをうった。体が軽くなり、キメラ・マウスの群れが、一瞬で消えた。

気が付くと雄輝は、いつの間にか湖の上にいた。浅く濁った水の中に、無数の鱒(ます)が泳いでいた。

ボートには、なぜか柴田夏花が乗っていた。彼女が、笑っている。だが、その美しい顔が歪(ゆが)みはじめた。

肉が腐り、割れていく。割れ目に灰色の虫が蠢(うごめ)いている。肉は虫とともに落ち、暗い眼窩(がんか)が雄輝を見つめた。顎の骨が、音を立てて鳴った。

雄輝は夏花に歩み寄った。だが、体が重い。見ると無数の鱒がぬめるようにボートに這い登り、雄輝の手足に喰らいついていた。

声を出した。その瞬間に、目を覚ました。車のシートを倒して眠ってしまったことを思い出すまでに、しばらく時間がかかった。

体を起こした。寒気がした。体の節々(ふしぶし)が痛み、頭が割れるように重い。

一昨日の夜、雨に濡れたのがいけなかったのかもしれない。風邪(かぜ)をひいたようだ。

だが、こうしてはいられない。三浦雄輝はGショックのリューズを押し、時間を見た。

午後八時三〇分。そろそろ、準備に取りかからなくてはならない。

車の中で、シャツを着換えた。脱いだTシャツは、絞れるほど汗を含んでいた。新しいシャツにセーターを着込み、その上に特殊部隊用のV‐3SWATベストを身に着けた。ベストに装着されているTM‐11大型スタンガン、1WLEDプロポリマーライト、ガーバーのサバイバル・ナイフをひとつずつ確認していく。最後に〝武器〟を隠すために、迷彩の上着を着た。予備に、TM‐06型ハンディタイプのスタンガンを上着のポケットに入れた。いくら夜とはいえ、大型のクロスボウだけは街なかを持ち歩くわけにはいかない。

車を出た。足元が、少しふらついた。建築現場にはすでに人はいない。一昨日と同じ建築途中の建物に登り、壁に開いた窓枠の穴から下を見おろした。

目の前に、古い平屋が見える。西側の窓に、今夜は明かりが灯っていた。その明かりの温もりが、妙に懐かしいもののように思えてならなかった。

ふと、〝母さん〟の顔を思い出した。

美しく、若い母親だった。だが〝母さん〟はもういない。再婚し、自分のよく知らない男とアメリカに行ってしまった。いま頃は何をしているのだろうか。幸せならば、それでいい。

次に、〝父さん〟のことを思った。

父親のことは、いまもよく理解できない。自分と、母親のことを捨てた男だ。家族のことを考えず、好き勝手に生きてきた人間だ。あの男を父親とは認めない。いや、自分には最初から、父親など存在しなかったのだ。

夏花の顔を思い浮かべた。やさしい笑顔。そして温もり。無性に会いたかった。声が聞きたかった。

三人の顔を、心から消した。いまは自分だけだ。頼れる者はいない。一人で戦わなくてはならない。

風が吹いた。寒気が背筋を疾り、全身に悪寒(おかん)が這い登ってくる。体の震えが止まらない。

熱が高い。だがいまは、ここを動くわけにはいかなかった。

3

最初に「鍋をやろう」と言いだしたのは志摩子だった。

ニックと幹男は諸手(もろて)を挙げて賛成した。

三人が揉(も)めたのはその後だった。ニックはどうしても、すき焼きが食いたいと言う。幹男は、キムチ鍋だと譲らない。志摩子は、キリタンポだと主張した。結局じゃんけんで幹男が勝ち、残る二人の意見も取り入れて、キムチ鍋の具に牛肉とキリタンポも入れることになった。

一〇月七日、土曜日――。

久し振りに、三人の休みが重なった。ニックを家に残し、志摩子は幹男と二人で買い出しに出掛けた。週末ということもあり、阿佐ヶ谷駅前の西友はいつになく混雑していた。

「あら、牛肉って高いのねえ。それにニックは和牛を買ってこいなんて言うしさ。あいつお金もないくせに、どうしてあんなに贅沢なんだろう」

精肉売り場の前で顎に手を当て、主婦のような顔をして幹男が言った。幹男は人前でもごく自然に女言葉を使う。

「いいんじゃないの、オージービーフでさ。どうせあいつ、わかりゃしないよ」

志摩子が面倒臭そうに言った。

「あらだめよ。ニックはお馬鹿だけど片仮名くらい読めるんだからさ。もしばれたらすねるわよ」

「もう……。勝手にしな。私はキリタンポ探してくる」

二人のやり取りを、周囲で他の客が興味深げに眺めている。

野菜やビールを山のように買い込み、レジに並んだ。週末ということもあり、レジには長い列ができていた。やっとあと一人というところまできて、幹男が突然言いだした。

「あらいけない。卵を忘れちゃった。私、取ってくる」

「卵なんてどうでもいいじゃない。もう次だよ」

「だめよ。ニックは牛肉は卵を付けて食べるものだってきかないんだから。すぐ戻ってくるから」

そう言って幹男が人ごみを分けて走っていった。志摩子はその後ろ姿を見て、溜め息をついた。どうして幹男は若い男のくせに、〝オバサン〟なんだろう。

家に戻った時には、すでに暗くなっていた。三人で共同生活をしていると、自然に役割分担ができてくる。食事の仕度は、いつも幹男の役目だ。包丁を片手に台所に立つ後ろ姿は、「お母さん」と呼びたくなるほど堂に入っている。

志摩子は食膳を出し、その上にコンロや鍋、幹男が刻んだ野菜や買ってきた刺身などを並べていく。ビールは一番後だ。少しでも冷やしておいた方が美味(おい)しい。

ニックは何も手伝わない。前日に近所のリサイクルショップで買ってきたレコード用のプレイヤーの配線に没頭している。

まるで子供のようだ。歳は一番上のくせに。部屋の中にはここ数年、買い集めてきた古いジャズのLPレコードが山のように積まれている。それがニックの〝宝物〟だ。

「よし、できた。これでレコードが聞けるぜ。おい志摩子、飯はまだか」

「何を言ってんだい。偉そうにさ。少しは手伝え」

牛肉の皿を運んできた志摩子が、ニックの尻を蹴とばした。

鍋が温まってくると、八畳間に湯気とともに食欲をそそる匂いが立ち込めた。キムチ味の赤い汁の中に、牛肉、野菜、キリタンポ、ソーセージ、鮭の切り身からおでんの具まで放り込んだ得体の知れない鍋だ。だが、たとえそれがどんな味であったとしても、鍋ほど心を温めてくれる料理は他にない。

生ビールの樽を回し、乾杯した。一日のうちで、最も解放感を味わえる一瞬だ。それは休みの日でも、仕事が終わった後でも、どんな境遇にある時でも変わらない。

ニックがまだ火の通っていない牛肉に箸を伸ばした。

「さて、味見するか」

「ちょっとあんた、まだ生でしょ。少しは落ち着きなさいよ」

幹男が止めようとしたが遅かった。ニックは半生の牛肉を生卵に浸すと、舌なめずりをしながらそれを頰張った。いったいどんな味がするのか。

「うむ。和牛のレアは最高だぜ……」

また箸を伸ばす。

「こら、やめろってばさ。私達の分も取っときなさいよ」

幹男が母親のように怒る。

志摩子は二人のやり取りを笑いながら見ていた。社会のはみ出し者。いつまでも大人になれない人生の落伍者。だがこの世で最も信頼できる、愛すべき男達。

その時、志摩子の携帯が鳴った。ビールを飲みながらジーンズのポケットから取り出し、開いた。ディスプレイに相手の名前が表示されない。やはり、知らない番号だ。志摩子は電話を受信せずにスイッチをオフにし、その場で履歴に残る番号を着信拒否リストに設定した。

「志摩子、誰からなの」

幹男が訊いた。

「わからない。知らない番号。この前、空き巣に入られてから、毎日いろんな番号から掛かってくるの」

「警察じゃないのか」

ニックが言った。

「知らないよ。一度、警察から留守電が入ってたことはある。それが、取手警察だって。私、そんな所に行ったことないし、悪戯に決まってるじゃない」

「例の男じゃないの。あのストーカーのさ」

幹男が言った。

「でしょう。そうに決まってるよ。だから私、掛かってきた番号、片っぱしから着信拒否にしてるの」

「大丈夫だ、志摩子。奴はお前が消えちまったんで焦ってるのさ。ここに居れば安全だ。見つかりっこない。それにもし見つかったとしても、俺がいるんだ。たたきのめして、食ってやる。こんなふうに……」

ニックはそう言うと幹男の皿から肉を奪い取り、生卵といっしょに大きな口を開けて掻き込んだ。

「こら、ニック。私の肉、返せ」

幹男がニックに掴み掛かった。志摩子はそれを見て、笑った。この二人といると、嫌なことをすべて忘れられる。どうしてこんなに楽しいのだろう。

和(なご)やかな時間だった。ただひたすらに食べ、飲み、そして話した。時間がたつのが早かった。この瞬間が過去に押し流されていくことが恐いほどに。

ニックは酒に酔うと、夢を語る。いつもそうだ。この日も一回目の鍋を空け、幹男が二回目を作っていると、突然突飛(とっぴ)なことを言いはじめた。

「なあ、家を買わないか。三人でさ」

「何を夢みたいなこと言ってんのよ。文無しのスカンピンのくせにさ」

　幹男が鍋に具を入れながら言った。

「だから金を貯めるんだ。三人で力を合わせて、そう……一〇年後までに。牛肉はオージービーフで我慢するさ」

「でも家は高いよ。何千万円もするんでしょ。私達ダンサーは、銀行のローンも通らないし……」

　志摩子が笑いながら言った。

「違うんだ。都内になんか買わない。田舎（いなか）に、古い農家を探すのさ。荒ら家（あばらや）でいい。それをみんなで直して住むんだ」

「山の中で、土地の広い所？」

　幹男が訊いた。

「もちろんさ。畑を作るんだ。鶏も飼う。そうすれば自給自足できる。そこで三人で暮らすんだ」

「コミューンだね」

　志摩子が言った。

「そう、コミューンだ。昔のアメリカのヒッピーみたいに。奴らにできたんだから俺たちにもできるさ」

「そしたら私、犬を飼いたい。大きな犬。子供の頃から、それが夢だったの。孤児院とアパートにしか住んだことないから……」

「もちろんさ。コミューンには、犬がつき物なんだ」

「私は馬を飼いたいわ。ポニーでもいいからさ。あのお尻を見てると私、むらむらするのよね……」

幹男がうっとりとした顔で言った。

「尻じゃなくて、ペニスの方だろう」

ニックがそう切り返し、三人で笑いころげた。

「俺たちは仲間だ」

「そう。家族になるのよ」

「運命共同体、だね」

話は尽きない。途方もない夢であることはわかっていた。どうせ実現しないことも知っていた。だが酒に酔い、ニックの法螺(ほら)話に耳を傾けていると、本当にそんな日がやってくるような錯覚(さっかく)があった。

いまは、それだけで十分だった。

4

〝ダンサー〟は気配を殺していた。

もう何時間もその場所にいた。ブロックの塀と、古い民家の壁にはさまれた狭い空間だった。右手に、錆が浮いた長い牛刀を握っていた。

目の前で、何かが動いた。卵で腹の膨れたエンマコオロギだった。灰色の目が光り、左手が素早く動いてそれを摑んだ。口の中に入れ、奥歯で嚙み潰して呑み込んだ。

「グフ……」

家の中から、賑やかな笑い声が聞こえてくる。男が二人。女が一人。女の声を聞くと、体の芯が熱くなった。

「……サ……ル……サ……」

小さな声を出した。

〝ダンサー〟の時間と記憶の感覚は曖昧だ。数日前の、志摩子のアパートでの出来事はすでに「遠い昔」になっている。しばらくアパートの近くに潜んでいたことも、いまはよく憶えていない。本能に残るわずかな記憶は、アパートの部屋の中で嗅いだサルサの甘い匂いだけだ。

だが強い雨が降り、すべてを洗い流した。匂いを見失い、頭の中で鳴る〝命令〟も聞こえなくなった。〝ダンサー〟は、路頭に迷った。

日中は物陰に身を潜め、夜になると闇の中を徘徊した。方向を定めず、円を描くように。少しずつ、その円を大きくしていく。

誰に教えられたわけでもない。遠い昔、おそらくまだ人間が地球上に存在する以前に、〝ダンサー〟の祖先のDNAに刻まれた本能だった。

ある時、〝ダンサー〟は〝臭い〟を見付けた。サルサの〝匂い〟ではない。だが、記憶と好奇心を刺激する〝臭い〟だった。

〝ダンサー〟は、臭いを追尾した。臭いの主は、すぐに見つかった。〝ダンサー〟はその男の名前を思い出した。〝ユウキ〟だ。

隠れろ——。

〝命令〟が聞こえた。〝ダンサー〟は気配を殺して身を隠した。あの男は、危険だ——。

だが、〝ユウキ〟の周囲には、別の匂いがあった。甘く、切なく、胸を締めつけられるような匂い。何ものにも代え難く、すべてを支配する官能的な匂い。自分に安らぎと目的を与えてくれる唯一の存在。サルサの〝匂い〟だった。

いまも〝ダンサー〟は闇の中で鼻をひくつかせ、サルサの匂いを嗅いでいた。耳を欹(そばだ)て、声を聞いた。

「サ……ルサ……」

目の前で、またエンマコオロギが跳んだ。〝ダンサー〟の手が素早く動き、それを口の中に入れた。

その時、意識の中で声が聞こえた。

急げ――。

〝ダンサー〟が動きだした。

5

夜になって、風が冷たくなりはじめた。

有賀はデッキに切った囲炉裏(いろり)に流木を入れ、火を付けた。

海沿いに住んでいると、薪(まき)はいくらでも手に入る。炎がゆらめき、周囲の闇をほのかに赤く染めた。

阿久沢がマッカランの最後の一滴をグラスに落とし、空(から)になったボトルを静かに倒した。二人とも、無言だった。時間だけが、無意味に過ぎていく。

「どうせ泊まっていくんだろう。バーボンならある。持ってこよう」

有賀が席を立った。モーターホームの中から飲みかけのバーボンのボトルを持ち出し、テーブルの上に置いた。

「変わらないな。お前はいつも、ジム・ビームだった」

グラスを飲み干し、阿久沢が言った。

「これが一番、安く酔える。それだけさ」

有賀が空のグラスに、ジム・ビームを注いだ。

「おれ達はもう若くない。ほどほどにしよう」

「お互いにな。しかし、とことん飲みたくなる時もある。付き合えよ」

グラスの中で、氷が小さな音をたてた。

静寂(せいじゃく)が戻った。二人の会話が途切れてしまうと、かすかな波の音しか聞こえない。ジャックが心地良さそうに、デッキの上で眠っている。

有賀がまたラークに火を付けた。今日は、夜だけでもう三本目だ。だが、禁煙なんてどうでもいい。

最初に口を開いたのは有賀だった。

「健太君と詩織ちゃんはどうしてる。もう大人になったろう」

健太と詩織は阿久沢の子供だ。腕白坊主と、物静かな女の子だった。

「健太は一年浪人して、来年の春に大学を卒業する。埼玉県警に就職が決まった」

「蛙の子は蛙か……。詩織ちゃんは」

「去年、短大に入った。家政科だ。あれは、女房に似たんだな。女の子というやつは、父親にはどうもわからない……」

有賀は昔のことを思い出していた。

小さな風景がある。湖のほとりで、三人の子供が遊んでいる。雄輝と健太、そして詩織。三人は、まるで兄弟のようだった。年長の雄輝が釣り上げた魚を見て、嬌声を上げた。有賀と阿久沢は、ビールを片手にその光景を見守っていた。あの頃は、いい時代だった。

また、会話が途切れた。話す言葉が見つからない。流木が、静かに燃え続けている。

しばらくして、阿久沢が口を開いた。

「ひとつ、訊いていいか」

「ああ……。何でも聞いてくれ」

「雄輝君のことだ」

「わかってる」

阿久沢がジム・ビームを口に含み、続けた。

「今回のこと、どう思う。つまり、父親としてだ」

「どう思う、とは」

「雄輝君のことさ。彼がいまどこで何をしているのか。何を考えているのか。もしこの世にそれを理解できる人間がいるとすれば、有賀。お前だけだ」

有賀は手に持ったグラスを眺めながら、弄(もてあそ)んでいた。そして徐(おもむ)ろに言った。

「ひとつだけ確かなことがある。やつはストーカーをやるタイプの人間じゃない。女に暴力も振るわない。まして無抵抗の女を殺すなどということは、絶対に有り得ない」

「それはおれにもよくわかっている。雄輝君は子供の頃からよく知ってるんだ。しかし、それならなぜ彼は姿を消した。なぜお前にも連絡してこないんだ。こんな時に頼れる人間は、父親であるお前だけだろう」

「いろいろと事情があるんだ……」

ジム・ビームを口に含んだ。飲み下すと、鉛(なまり)を溶かしたような熱が重い胃の中に落ちていった。

有賀は話しはじめた。妻との離婚。その後の雄輝との関係。六年前に別れた妻が再婚したこと。なぜ雄輝が三浦の姓を名乗ることになったのか。そして七年前に突然届いた、最後の手紙――。

「知らなかった……」

「まあ、そういうことさ。奴はもう、おれのことを父親だとは思っていない」

「別れた奥さんの方はどうだ」

「サンフランシスコに住んでるらしい。連絡先は、わからない」

「しかし、それならなぜ自分の恋人にも連絡を取ってこないんだ。それが理解できない」

「奴は、頭がいいんだ。もし携帯を使えば、発信地から自分の居所が割れることを知っているんだろう。それともいまは一人になりたいのか。もしくは恋人に連絡もできないほど、切迫した状況に置かれているのか……」

もしかしたら生きていない可能性もある。そう言おうとして、有賀はその言葉を呑み込んだ。

「しかし、だとしたら雄輝君は、自分が警察に追われるかもしれない可能性を認識していることになるな。そう考えないと、辻褄が合わない」

「そうなんだろう。しかし、これは父親の立場から見た希望的観測として聞き流してくれ。雄輝は、犯罪に手を染めてはいない。何か、とてつもないことに巻き込まれているような気がする。それで身動きが取れないのかもしれない。そうとしか考えられない」

「確かに、それは有り得る。しかし、いったい雄輝君は何に巻き込まれてるんだ。それがわからない」

阿久沢が腕を組んだ。

「おれにだってわからないさ……」

「いずれにしても筑波恒生大学だな。あそこで何か起きてるんだ」

「そう。六年前のダンサー拉致監禁事件に起因する、何かが、だ……」

二人は、考えた。波の音だけが、聞こえてくる。

「前に、言ってたよな。筑波恒生大学の二人の遺体と、小貝川の事件の遺体の嚙み跡を照合してみろって。もし一致していたとしたら、お前は何を考えてたんだ」

「大学から、何かが逃げたんじゃないかと思ったのさ。実験動物の、何かが……」

「そこまではおれにも読める。それを雄輝君が追っているとすれば、一応の筋道は通る。しかし、逃げたとしたら、いったい何が……」

「雄輝の恋人から聞いたんだ。あの大学の遺伝子工学研究室では、トランスジェニック・ブタやヒヒまで飼っていた」

「それはうちの署員も確認しているよ。しかし、豚と言ってもミニブタだし、ヒヒといってもちょっと大柄な普通の猿だったそうだ。それにもう、実験動物はすべて処分されている」

「処分? いったいどういうことだ? 処分されたのは研究室を襲ったS・スクロファ・スクロファだけじゃなかったのか」

「違う。事件の二日後だった。大学から署に、人手が足りなくなったので大型の実験動物をすべて処分すると報告があった。何でも、あの手の動物を処分する専門の業者がいるらしい。後から業者にも確認したよ。トランスジェニック・ブタが二頭に、ヒヒが二頭。すべて焼却処分された書類が残っている」

「ひどい話だな……」

確かに実験動物は、人類の医学の進歩のために命を捧げることを前提として生まれてきた動物だ。人間が作らなければ、最初からその命も存在しない。だが、本来の目的のためにではなく無意味に殺されたと聞くと、許し難い憤りを憶える。

有賀は、ジャックの安らかな寝顔を見た。どんな動物にも、心がある。

有賀が続けた。

「死んだエレナ・ローウェンはヒトES細胞株の研究の第一人者だった。何か、それに関係しているのかもしれない」

「おれにはそんな難しいことはわからんね。トランスジェニック・ブタが人間の遺伝子を持った豚だと聞いて、驚いているくらいなんだ。うちの署員だって、見た目は普通の豚だと言っていた。それに遺伝子の研究をしている大学なんて、最近はそんなに珍しくもないだろう」

確かに、阿久沢の言うとおりだ。遺伝子工学は、医学だけではなく農業や畜産の分野においてもごく普遍的な先端技術のひとつにすぎない。おそらく、現代の医学部と名の付く場所において、遺伝子操作の研究の行われていない大学を探す方が難しいだろう。キメラ・マウスやトランスジェニック・ブタなどの人間の遺伝子を持つ動物は、一般人の知らないところでごく日常的に生み出されている。

「しかし、何かがいたんだ。トランスジェニック・ブタでもヒヒでもない、他の何かが。S・スクロファ・スクロファは、単なる囮だ」

「有り得ない話じゃないな。唯一の物証の遺体が喰い荒らされるなんて、確かに都合が良すぎる」

「秋谷教授は何と言っていたんだ」

「第一発見者としてうちでも調書を取ってある。しかし、実験動物に関しては何も知らないな。何を何頭飼っていたのか、見てもいないし数も把握していなかったようだ。実験動物の管理責任者は、死んだ木田隆二と雄輝君だった……」

奇妙だ。同じ研究室の主任教授が、研究室内で飼われていた実験動物の数すら把握していないということなど有り得るのだろうか。

しかも、またしても雄輝だ。秋谷教授が遺体を発見し、まず第一に雄輝が呼び出された。遺体を喰い荒らしたのも、雄輝が農獣医学部で管理していた三頭のＳ・スクロファ・スクロファだった。その雄輝が、事故の直後に姿を消した。さらに秋谷教授は、実験動物の管理責任まですべて雄輝に押しつけている。

罠の臭いがする……。

「大学の方に捜査令状を出せないか。至急にだ」

「難しいな。例の一件はもう事故として処理されてるんだ。雄輝君が他の署から手配されればうちも動くだろうが、型どおりの事情聴取がせいいっぱいだろう。何か事件を裏付ける新しい物証でも出てくれれば別だが……」

有賀は考えた。物証――。そんなものがあるのだろうか。やはり頭を使う時には、タバコが必要だ。

「ひとつ、方法がある。小貝川の事件。西新宿の恒生大学病院。サルサというダンサーのアパート。三つの事件の現場の遺留品を洗いなおしてくれ。動物がいた痕跡、例えば体毛か何かが残っていないか。それがすべて同一のものと一致すれば……」

「わかった。西新宿署と荻窪署の方にも問い合わせてみよう。しかしもし一致したとして、大学側との関連をどうやって証明すればいいんだ」

「DNA解析さ。もし奇妙な遺伝子を持った動物なら、少なくともあの大学を疑う理由にはなる」

「なるほど……。それもひとつの手ではあるな」

「あとは雄輝だ。親の口からこんなことは言いたくないんだが、もし高村志摩子のアパートか、恒生大学病院のどちらか一方から雄輝の指紋が出れば……」

「合わせ技か。それならば十分に捜査令状を取る理由にはなる。しかし、DNA鑑定には時間がかかるぞ。早くても五日。普通ならば一週間だ。それまでは動きようがない」

囲炉裏(いろり)の火が消えかけていた。

一週間、か……。

この状況において、一週間は絶望的な時間だった。

6

西田京子は、靴を換えた。

恒生大学病院の看護師は、規定で白い靴を履(は)くように決められている。それまで京子はアディダスの白いスニーカーを使っていた。動きやすく、足音も立たない。深夜の見回りの時に、入院患者を起こさないようにとの配慮もあった。

だが、同僚の山崎寿々子が殺されてから考え方を変えた。あの日、何があったのか。なぜ寿々子は殺されたのか。

寿々子もやはり、京子とお揃(そろ)いのアディダスのスニーカーを愛用していた。足音を立てずに歩く気配りも忘れなかった。

京子は考えた。おそらく犯人は、寿々子が近付くことに気付かなかったのではないかと。それで病室で出くわし、咄嗟(とっさ)に殺されてしまった……。

いま京子は、踵(かかと)のある靴を履いている。わざと、床に足音を残して歩く。自分がそこにいることを、闇に潜む何者かに教えるように。

だが、靴を換えてから、かえって恐怖が増したような気がする。誰もいない廊下に、足音が響く。その足音が、自分を追いかけてくるような錯覚がある。何者かの、まったく違う足音が背後に迫っているかのように。

九時の消灯と同時に、京子は病室の見回りに出た。ひと部屋ずつ明かりが消えていることを確認し、就寝前の患者の様子を見て歩く。何も異状はない。

最後に六〇七号の個室の前に立った。

「面会謝絶」。その下に、「青柳元彦殿」の名前。文字を見ただけで、胃を鷲摑みにされたような不快感を覚えた。

記憶が蘇る。あの日、何があったのか――。

深夜一時過ぎに、まず最初の異変が起きた。ナース・ステーションのモニターのブザーが鳴り、青柳元彦の心拍数に異状があることを知らせた。普段は八〇前後の心拍数が、一二〇以上に上がっていた。

それまでナース・ステーションで何気ない会話を交わしていた寿々子が、病室に様子を見に行った。すぐに戻るはずだった。だが、京子が次の見回りのための準備に追われているうちに、いつの間にか三〇分近くがたっていた。

何かあったのかな、と思った。もし面倒なことになっているなら、手伝わなくてはならない。最初はその程度の気軽な気持ちで病室に向かった。そこで見た光景がいまも脳裏に焼きついている。つい三〇分前まで笑いながら話していた寿々子が、首を奇妙な方向にねじ曲げ、恐怖で目を見開いたまま、素裸で床にころがっていた。

だが、あのようなことは二度と起こらない。起こるわけがない……。

京子は記憶を心の中に閉じ込めた。腕時計を見た。九時三〇分。早く見回りを終えて、ナース・ステーションに戻りたい。

意を決して、青柳の病室のドアを開いた。ベッドの枕元の、蛍光灯の青白い光。静かだった。薄暗い病室の中に、患者の肺に空気を送り込む人工呼吸器の音しか聞こえない。

暗さに目が馴れるまで、京子は病室の入口で待った。神経を研ぎ澄まし、室内の様子を探った。大丈夫だ。患者以外の気配は感じない。恐る恐る、足を踏み入れた。

カーテンをそっと開き、患者の顔を見た。白くむくんだ肉の固まり。その半分が人工呼吸器のプラスチックのマスクで覆われ、長く伸びた黒髪の中に脳波を測る電極が埋め込まれている。機械の一部に同化した、非現実的な生物――。

やることを早くすませてしまおう。二種類の点滴は異常なし。チューブのクリックを回し、落ちる量を微調整した。これで午前一時の巡回までもつだろう。

次に、尿の袋。この患者は六年間、何も飲んでいないのに尿を出す。人間の体は不思議だ。袋は、濃い色の液体でいっぱいになっていた。京子はそれを、馴れた手つきで素早く交換した。

次に体温計を脇に入れ、待つ間に脳波のモニターを見た。かすかな動きがある。この男も、夢を見ることがあるのだろうか。そして、心拍数。明らかに、異状があった。あの日と同じだ。一一〇のラインを超え、一二〇に近くなっている。

背後に、誰かが立っているような気配を感じた。振り返った。だが、誰もいない。

気のせいだ。あの事件以来、いつもそうだ。六〇七号室の病室にいると、誰かがどこからか見つめているような気がしてならない。

大きく息を吸い込み、呼吸を整えた。モニターの数値を、カルテに書き込む。体温計の信号音が鳴った。手を伸ばしてそれを取ろうとした時、小さな異変に気付いた。

青柳元彦が、目を開けていた。白くむくんだ肉の固まりの中で、黄色く濁る両目が暗い天井を見つめていた。

息を呑んだ。京子は震える手で、青柳の体から静かに体温計を抜いた。その時、青柳の目が、ゆっくりと京子の方に動いた。

「ひっ……」

京子は、声にならない悲鳴を上げた。足が竦(すく)んだ。

青柳の顔が、人工呼吸器のマスクの下でかすかに笑ったように見えた。

京子は、後ずさった。薬を載せたステンレスの手押し車に躓き、大きな音を立てた。ころげるように病室を飛び出し、暗い廊下をナース・ステーションに向けて走った。

7

いつの間にか二リットル樽の生ビールが二本空になり、次に安物のイタリアのワインを開けた。

ダンサーは、いわば職業体育人だ。その気になれば、スポーツ選手と同じように酒が強い。志摩子、ニック、幹男の三人で腰を据えて飲みだすと、ワインならば五本は簡単に空になる。

志摩子はワイングラスを片手に笑っていた。酒に酔うと、いつもそうだ。ニックがだんだん人間離れしてきて、火星から飛来したマウンテンゴリラのように見えてくる。

ニックは昔から「変な奴」だった。いや、むしろ「どこかずれている」と言った方が正確かもしれない。孤児院時代から、まったく変わっていない。何かがあった時に、ホームの子供達を笑わせるのはいつもニックの役目だった。

ある日、シスターが子供達を集め、「将来はどんな人になりたいか」を聞いた。普通、男の子ならば、バスの運転手、飛行機のパイロット、もしくは神父様と答える。ところがニックは真面目な顔をして、「僕は白雪姫になりたい」と大きな声で言った。

前の週に、孤児院でディズニー映画の映写会があったばかりだった。それにしてもなぜ「王子様」ではなくて「白雪姫」だったのか。他の仲間達は大笑いして囃し立てたが、ニック本人はまったく事情が摑めない様子できょとんとしていた。

すべて、そんな調子だった。赤いクレヨンを唇に塗りたくってみたり、乳児用の粉ミルクで顔を真っ白にしてみたり、女の子のグループに紛れて風呂に入りシスターに怒られたりもした。そうかと思うと妙に骨っぽいところもあって、仲間が学校でいじめられると助けに行くのはいつもニックの役目だった。

なぜニックが普通の子と違っていたのか。志摩子がその理由を知ったのは孤児院を出て一九になった時だった。

ある日、ニックに電話をかけてみると、〝恋人〟ができたと言う。志摩子はそれを聞いて、少なからずショックを受けた。心の中では密かにニックに憧れていたからかもしれない。だが、その〝恋人〟に会って愕然とした。ニックの〝恋人〟は、志摩子よりもひと回りも年齢が上の〝男〟だったのだ。

その後、ニックは、一年以上も日本から姿を消していた時期がある。事情を訊くと、

「ロスアンジェルスでストリッパーをやっていた」という。だがやっていることとは裏腹に、ニックは年齢を重ねるごとに逞（たくま）しく、むしろ男っぽくなっていった。少年のように悪戯な目の光と、何事にもずれている性格は昔のままだったが。

この日もニックは、酒に酔って奇妙なことを始めた。古いジャズを聞くために買ってきたレコードプレイヤーに、だが最初に載せたレコードはピンク・レディーの『ペッパー警部』だった。しかも音楽が鳴りはじめると跳ぶように立ち上がり、全盛期のフレディー・マーキュリーのように踊りだした。

両手を翼のように広げ、なまめかしく腰を振った。そのうち体をくねらせてTシャツを脱ぎ捨て、リズムに合わせてジーンズのベルトを外しはじめた。

「いいぞ、ニック！　素敵よ」

幹男が黄色い声援を送る。

「やめろ。脱ぐな。気持ち悪い！」

志摩子が笑いながら言った。だが、遅かった。ニックは志摩子を指さして視線を送ると、腰を回しながらジーンズを脱いだ。

下は黒いビキニ一枚だ。しかも臍（へそ）の下に、変な生き物が飛び出している。そのとんでもない格好で、這いつくばって逃げる志摩子を追いかけてくる。

「やめろってば。そんなモノ、見たくない！」

「やれ、ニック。全部脱いじゃいなさいよ」

ニックが幹男を振り返り、うれしそうに笑った。ビキニに手を掛け、一気にずり下げた。

「キャー！」

志摩子は両手で顔を覆った。だが指の間から、天変地異が起きたようなその光景を見逃さなかった。

「ほら志摩子、あきらめて男を作れ」

ニックが『ペッパー警部』を歌いながら言った。

志摩子は笑った。腹がよじれ、痛くなるほどに笑いころげた。

こんなに笑うのは、何年振りだろう。遥か昔のことで、思い出せなかった。

北側の窓が開け放たれ、夜風が流れ込んでくる。

湿気を帯びた黴(かび)と、古い畳の臭いが、時間とともに少しずつ薄らいでいった。

四畳半の狭い空間が、脈絡のない品物で埋まっていた。壊れかけた桐箪笥(きりだんす)、ブラウン管のない家具調テレビ、安物の壺(つぼ)、解釈を拒否する油絵、偽物のガレ、虫喰った古い着物。

骨董(こっとう)というよりも、がらくたに近い。すべてが眠るように朽(く)ちかけている。

〝ダンサー〟は闇の中に座っていた。右手に、牛刀を握っている。

鼻をひくつかせ、周囲の様子を探った。隣りの部屋から、賑やかな笑い声と音楽が聞こえてくる。音楽に合わせ、〝ダンサー〟は小刻みに肩を揺すった。

「グフ……」

がらくたの中で、何かが光っていた。〝ダンサー〟はその光に目を止めた。歩み寄る。

ブリキでできた、自動車の玩具(おもちゃ)だった。

玩具を手に取った。首を傾げた。頰の筋肉が引きつり、口元がかすかに笑った。

「グフ……」

〝ダンサー〟は、遊びはじめた。自動車の屋根を摑み、畳の上を這いながらそれを走らせた。弾み車の小さな音が鳴った。灰色の目が、闇の中で輝いた。

その時、頭の中で〝命令〟を聞いた。

急げ――。

〝ダンサー〟の手の動きが止まった。また、聞こえた。

殺(や)れ――。

ブリキの玩具を、ポケットに仕舞(しま)った。ゆっくりと立ち上がり、襖(ふすま)を開けた。廊下に出た。

天井に小さな白熱球があるだけの薄暗い廊下だった。突き当たりの部屋の襖がわずかに開き、明かりが漏れている。〝ダンサー〟は右手に牛刀を握り、沈むように光る古い杉板の床の上に腰を下ろした。

嵐のようなショータイムが終わって、ニックがやっと静かになった。

いまはもう、音楽もパティ・ペイジのアルバムに換わっている。渋々服を着たニックは畳の上に寝そべり、安物のムードランプの光の中でワインを飲んでいた。

「だけど志摩子、これからどうするんだ。俺達とずっと一緒にいるのはいい。将来、田舎で暮らすのもいいだろう。だけどお前は、女なんだぜ」

ニックが、真面目な顔で言った。

「そうだよ、志摩子。あんたまだ、ちゃんとした家庭を持てる歳なんだからね」

幹男は志摩子よりも若い。だが、時々保護者のような顔になる。

「私はいいよ。踊りさえあれば。家庭なんかいらないもん。あんた達二人がいればそれでいい。それとも、私は迷惑？」

「そうじゃない。俺達は、家族さ。だけど俺には幹男がいる。幹男には俺がいる。しかしお前には愛する相手が誰もいない。友情と愛は違う。俺達は、それを言ってるんだ」

「あんた、男を作りなさい。まだ若いんだからさ」

「やだよ……私、男きらいだもん。見捨てないでよ……」

志摩子は、俯いた。口元が、震えはじめた。頬にひと筋の涙が伝い、手に持ったワイングラスの中に落ちて消えた。

ニックが体を起こし、志摩子の肩を抱いた。

「もういい、志摩子。俺達が悪かった。時間が解決してくれるさ。好きなだけ、ここにいればいい」

「ごめんね、志摩子」

幹男が寄ってきて、志摩子の手を握った。二人が同時に、涙で濡れた志摩子の両頬にキスをした。古いレコードの中で、パティ・ペイジが失恋の詩を唄い続けていた。

「ほら、泣くのをやめろ。もっと飲もうぜ」

ニックが言うと、志摩子が頷いた。

「その前に私、トイレ行ってくるわ。もう膀胱が満タン。さっき笑いすぎてちびっちゃたしさ」

幹男が股間を押さえ、内股で立ち上がった。その様子がおかしくて、志摩子は泣きながら少し笑った。

幹男は襖を開け、部屋を出た。酔ったせいか、足元が少しふらついた。

襖を閉め、暗い廊下を歩きはじめた。その時、幹男は異様なものを見た。白熱球の薄暗い光の中に、〝誰か〟が座っている——。

最初は、人形だと思った。だが次の瞬間、〝人形〟が動きだした。体を伸ばし、毬のように弾みながら幹男に向かってきた。

えっ、何……。

鈍い光が一閃した。それが長い包丁だと脳が理解する前に、幹男の首が胴体から離れて飛んだ。

音がして、家全体が揺れた。

何かが倒れるような、もしくは隕石でも落ちたような音だった。同時に、志摩子とニックが顔を見合わせた。

「幹男だろう。あいつ、酔っぱらってころんだんじゃないか。見てこよう……」

ニックが笑いながら立った。廊下に向かう。だがその時、襖が爆発音とともに砕け散った。中から、黒い固まりが飛び出した。

「キャー！」

志摩子が頭を抱えて伏せた。ニックは呆然と立ちつくした。〝ダンサー〟は一瞬も躊躇することなく空間を飛び、ニックの左肩に牛刀を深々と突き立てた。

淡いピンクのムードランプの光の中に、ニックの肩から血飛沫が噴き上がった。だが、ニックはその瞬間に〝ダンサー〟を摑んだ。二つの体がひとつになり、鍋の載った座卓の上に倒れ込んだ。

志摩子はその一部始終を見ていた。何が起きたのか、わからなかった。現実とは思えない光景。そしてあれは〝何〟なのか。だが、ひとつ確かなことがある。このままでは、ニックが殺される――。

志摩子は、近くにあった自分のスポーツバッグを取った。それを持って座卓に向かい、ニックにしがみつく奇妙なモノに力まかせに振り下ろした。

その時、志摩子は見た。短い毛に覆われた巨大な頭。灰色の、ガラスのような目。ひしゃげた鼻。犬のように突出した口。口は丸く奇怪な形に盛り上がる褐色の頰にかけて大きく裂け、中に白く長い牙が並んでいた。

長い腕の先の、歪な形をした手が牛刀の柄を握り締めていた。荒い息吹とともに、異様に広い肩と背中が風船のように伸縮を繰り返している。

服を着ていた。でも、これは、人間じゃない……。

暗い光の中で、怪物の顔がアメーバのように変化した。その表情に、一瞬、なぜか青柳元彦の面影(おもかげ)が重なった。

悪魔のような生物は、その長い牙でニックの首に喰らいついていた。ニックの太い腕が、その体を締めつけている。

志摩子はもう一度、悪魔の上にスポーツバッグを振り下ろした。だが、その生物はニックを離さない。

「……志摩子……逃げろ……」

ニックが言った。

「いやだ。こいつ、離せ」

バッグを振り下ろした。

「もう……いい……。逃げろ……」

ニックが、片目をつぶった。

「いやだ……」

ニックが、悪魔を抱えたまま立ち上がった。

「……俺達……は……家族……だ……」

ニックが、血飛沫の中で笑った。次の瞬間、西側の窓に向かって走った。頭からガラスを突き破り、夜の闇に消えた。

「ニック！」

志摩子はスポーツバッグを持ったまま、廊下に出た。床の上に、幹男の顔と胴体が別々にころがっていた。

恐怖で体が震え、足がもつれた。何が起きたのかわからない。悪夢を見ているようだった。血溜りに足を滑らせてころび、這いつくばり、必死で玄関に向かった。

物音で目を覚ました。ガラスの砕ける音、だ。

しまった――。

三浦雄輝は眼下を見た。だが高い塀に囲まれて、何もわからない。

建築現場の二階から跳び降りた。高熱で、頭が揺れた。だが、こうしてはいられない。

〝奴〟が動きだしたのだ。

ポケットの中のスタンガンを摑み、道に出た。ちょうど家の玄関から、誰かが飛び出してきた。サルサだ。

志摩子は外に出て、走った。道の向こうから、誰かがこちらに向かってくる。

「助けて！」

だが、街灯の光の中で相手の顔を見た。足を止めた。そこにいたのは、あの若い男だった。三浦という名の、ストーカー……。

足がすくみ、その場に座り込んだ。もう、逃げられない。男の右手に、スタンガンが見えた。志摩子は泣きながら、懇願（こんがん）するように首を横に振った。

雄輝は志摩子に駆け寄った。腕を摑み、訊いた。

「何があった」

だがその瞬間、鋭い痛みが疾った。志摩子が左の二の腕に、嚙みついた。

雄輝は顔を歪めた。

「離せ。離すんだ」

志摩子は離さない。さらに顎に力を込めた。夢中だった。

「離せ。こんなことをしている場合じゃない」

雄輝は激痛を堪（こら）えながら、周囲に気を配った。家の、西側だ。高い塀を、何かが跳び越えるのが見えた。〝奴〟だ。〝ダンサー〟だ。

〝ダンサー〟が向かってくる。右手に牛刀をかざしながら。だめだ。間に合わない。

雄輝はスタンガンを志摩子の体に押し当てた。志摩子の体が一瞬硬直し、崩れた。

立った。雄輝は左手でベストからLEDライトを抜き、迫る〝ダンサー〟に向けてスイッチを入れた。四〇ルーメンの高速ストロボが、〝ダンサー〟を捉えた。

「ギャーッ！」

〝ダンサー〟が悲鳴を上げた。光の中で、反転した。〝ダンサー〟は逃げまどい、塀を越えて消えた。

雄輝は志摩子の体を抱え上げた。高熱で、力が入らない。だが、ともかくここから早く退散しなくてはならない。

ふらつきながら、建築現場に戻った。裏に停めてあるオペルのワゴンの後部座席に志摩子の体を寝かせ、エンジンを掛けた。

車を走らせた。途中で停まり、道に落ちている志摩子のスポーツバッグを拾った。周囲を見渡す。だが、〝ダンサー〟の姿はない。

車に戻り、後部座席を見た。志摩子が口を開いたまま、虚空を見つめている。

「すまない。こうするしかなかった。事情は後で説明する……」

アクセルを踏み込み、走り去った。

8

一〇月九日、月曜日――。

有賀雄二郎は車で学園都市に向かっていた。

爽やかな秋晴れだった。日射しが、夏のように熱い。

こんな日にはまだエアコンが必要だ。だがメルセデス230GEのコンプレッサーを修理するには、五〇万円は掛かる。車の本体より高くつく。

馬鹿げた話だ。どうせもうすぐ、冬がやってくる。

リアシートで、ジャックが気怠そうに横になっていた。助手席側の窓を開けてやろうと思ったが、パワー・ウィンドウも壊れていた。

携帯が鳴った。車を路肩に寄せ、着信履歴を見た。阿久沢のプライベートの携帯からだった。

有賀は、すぐに返信した。呼び出し音が二回鳴ったところで、阿久沢が出た。

「有賀だ。電話をくれたか」

有賀が訊いた。

——今朝のニュースは見たか——。

出し抜けに、阿久沢が言った。

「いや、よくは見ていない。何かあったのか」

——ああ、ちょっとな。だけど話が複雑なんだ。会えないか——。

「いま車で学園都市に向かってる。署に寄ろうか」

しばらく、間があった。

——いや、署はまずい。国道六号線の桜土浦の近くに、『桜川』という鰻屋がある。部屋を取っておく。そこで昼飯でも食おう——

「わかった。あと一時間くらいで着く」

電話を切った。

昼近くだというのに、『桜川』の客は疎らだった。

考えられる理由は二つだ。老舗という看板を偽るほどに料理が不味いのか。それとも金のかかった店の造りと同じように価格が高いのか。

入口で応対に出た中居に名を告げると、奥の座敷に通された。阿久沢は、すでに茶をすすりながら待っていた。私服に着換えてきたようだ。大柄で角刈りの阿久沢が濃いグレーの背広を着ていると、警察官とはまったく逆の職業にしか見えない。

有賀が席に着くと、阿久沢が勝手に料理を注文した。鰻重の松が二つに、ざる蕎麦が二枚。それに鯰の天ぷらがひとつ。有賀は、自分の分のざる蕎麦を断った。中居が立ち去ろうとすると、阿久沢は鰻重のひとつを大盛りにするように付け加えた。どうりで腹が出るわけだ。

「ここの鰻は旨いぜ。霞ヶ浦の天然物の活き割きなんだ。焼くのに時間はかかるけどな」

それを聞いて、安心した。試しに品書きを覗いてみると、どうやら昼時になっても客が疎らな理由は、後者だったようだ。どうせ副署長の阿久沢が官費から払うのだから、価格が高い分には何の問題もない。

「それで、話というのは何だ」

有賀が訊いた。

「これだよ」

阿久沢がそう言ってテーブルの上に新聞の切り抜きを置いた。今朝の朝刊だった。

〈――民家で男性二人の他殺体を発見――。

10月8日午後5時頃、杉並区阿佐谷南の住宅街の民家で訪ねてきた管理人が男性2人の遺体を発見した。死亡していたのは同民家に住む宮島秀樹さん（35）と杉田幹男さん

（31）で、殺害に刃物が使われた形跡があることから警察は殺人事件として捜査中。なお近隣の住民が前日の夜10時頃に何者かが争うような声を聞いており……〉

「なるほど。例のサルサとかいうダンサーのアパートと近いな……」

有賀が記事を読みながら言った。

「ああ。直線距離で一キロしか離れていない。これも一連の事件の延長線上の事件だ」

「この記事だけじゃまったくわからないな。説明してくれるか」

「まず現場の状況だ。家の中は、ダンプカーでも突っ込んだみたいにめちゃくちゃだった。害者（ガイシャ）の宮島の方は黒人と日本人とのハーフで身長が一八五センチもある大男なんだが、こいつが窓の外にころがっていた。致命傷は左肩の上から心臓の近くにまで達する刺し傷だ」

「そんな大男を上から刺したっていうのか」

「まあ、そういうことになるな。座っているところを刺されたのかもしれないが。それにもう一人、杉田という男だ。こいつは鋭い刃物で首を切断されて、廊下に倒れていた」

有賀は渋い茶をすすりながら、自分たちが注文した鰻を捌（さば）いているところを想像した。いま頃は体を三枚に下ろされ、首をはねられているだろう。活き割きの鰻を食う前に聞くには手頃な話だ。

「犯人はとんでもない大男か、それとももとてつもない運動能力の持ち主、ということになるな……」

「そうだ。どうやら敵は、プレデターらしい。まあこれは冗談だが。問題は彼らの人間関係なんだ……」

阿久沢が説明した。確かに阿久沢の言うとおり、彼らの人間関係は複雑だった。まず殺された宮島と杉田という男は、ゲイのカップルだった。もう五年近くも事件の起きた一軒家で半同棲(どうせい)の生活を続けていた。

二人の交友関係を洗うと、さらに興味深い事実が浮上した。特に、宮島の方だ。この男はニック・宮島という芸名を持つダンサーで、高村志摩子とペアで踊っていた。しかも宮島と高村は、同じ孤児院の出身だった。近隣の住民は、最近事件のあった家に高村志摩子らしい女が出入りするのを目撃している。

「彼女は、現場にはいなかったのか」

有賀が訊いた。

「いたらしい。事件のあった七日の夜に、外で女の悲鳴を聞いた者がいる。それにもうひとつ。現場に高村志摩子の携帯が落ちていた」

鰻重が運ばれてきた。すべてを忘れさせてくれるような、何ものにも代え難い匂いだ。話を中断し、しばらくは黙々と霞ヶ浦の奇跡を味わう作業に没頭した。有賀も飯を食うのは速い方だが、阿久沢はさらにその倍以上の速度で料理を平らげていく。

最後の肝吸い(きもすい)を腹の中に流し込むと、阿久沢が言った。

「さて、どこまで話したかな」

「高村志摩子の携帯までだ。つまり一連の事件は、すべて高村志摩子を中心にして起きている。そういうことだろう」

「そうだ。おそらく彼女を保護するのが一番早いのだろうが、事件現場から姿を消したまいまも居所が摑めない。それにもうひとつ……。宮島という男の首に、動物の牙の跡が残っていた」

「ほう……。面白いな。それが決め手か」

「そういうことだ。その嚙み跡が、小貝川の一件の害者(ガイシャ)の傷と完全に一致した。それだけじゃない。一昨日お前に言われて、さっそく調べさせてみたんだ。小貝川の事件、西新宿の恒生大学病院、高村志摩子のアパート、そして今回の阿佐谷の事件。すべての現場から動物の体毛が出ている。ＤＮＡ鑑定をやってみないとまだ何とも言えないが、おそらく同じ物だ」

「動物か……。するとやはり、筑波恒生大学だな」

「お前の考えていることはわかる。大学から、何か動物が逃げた。そうなんだろう」

「そうだ」

「しかし、いまのところ警視庁はその見解には懐疑的だな……」

阿久沢は理由を説明した。もし大学から何らかの動物が逃げたのだとすれば、小貝川の事件まではつながる。だがその後の西新宿の事件は、あまりにも距離が離れすぎている。

何らかの動物が、単独で移動したとは考えられない。さらに今回の阿佐谷の事件だ。

〝犯人〟は明らかに、刃物を使用している。動物は、刃物を使わない。

「しかし四ヶ所の現場からはすべて同じ動物の体毛が発見されている。小貝川の一件と今回の事件は、害者の首に残る歯型が一致した。これをどう説明するんだ」

「まず歯型だ。お前は大学から豚かヒヒでも逃げたんじゃないかと考えてるんだろうが、二人の害者の傷はそのどちらにも一致しない。豚とはまったく違うし、ヒヒよりも遙かに大きい。鑑識は、誰かが人工的に作ったものじゃないかと言っている」

「ドラキュラみたいな入れ歯でも作ったのか」

有賀が苦笑しながら言った。

「有り得ないことじゃないな。自分の舌の先を二つに割ったり、体中にピアスをして喜んでる奴がいるくらいだからな。ゲイの世界にも多いそうだ。害者(ガイシャ)の首には大量に唾液(だえき)が付着していたから、これもDNAを鑑定すればわかるだろう。人間か、それとも他の動物なのか……」

「それじゃあ体毛はどうだ。人間のものじゃないんだろう」

「確かに、そうだ。しかし犯人が日常的に動物と接触する環境にいて、その体に何らかの動物の体毛が付着していただけなのかもしれない。もしくは捜査を攪乱(かくらん)する目的で、わざと現場に動物の体毛を残していったとも考えられる。少なくとも警視庁はそう見ている」

「合理的だな……」

確かに、合理的だ。いかにも日本の警察らしい。だが合理的である反面、想像力に欠けている。

「それから、もうひとつ。これはコンピューターのミスだと思うんだが……」

「コンピューターのミス？　何だ、それは」

「高村志摩子のアパートに大量の犯人の指紋が残っていた。阿佐谷の現場にもだ。それを照会してみた。過去のファイルの中からコンピューターが類似(るいじ)する何点かの指紋を弾(はじ)き出した。その中のひとつに、青柳元彦のものがあった……」

「青柳？　例の六年前に高村志摩子を拉致監禁した、あの青柳元彦か？」

「そうだ。確かに青柳は六年前に高村志摩子のアパートに行っている可能性はある。しかし、六年も前の指紋が部屋に残っているわけがない。それに、阿佐谷の方にはまったく接点がない」

「青柳の病状はどうなんだ。本当は動けるんじゃないのか」

「いや、それはない。ほとんど植物状態なんだ。西新宿署の方で、何度も確認している。まあ、コンピューターのミスだろう。よくあることなんだ」

「それとも本当にドラキュラが蘇ったか……」

「おい、ちゃかすなよ」

阿久沢が、呆れたように言った。

9

筑波恒生大学を訪ねるのは二度目だった。

もうこの大学のシステムは把握していた。正直者は、けっして得をすることのないシステムだ。有賀は茨城県産の美女が座る受付も出世しないタイプの男が陣取る学生課も省略し、直接遺伝子工学研究室に向かった。

午後四時――。

間もなく大学のカリキュラム――授業というよりこの大学ではカリキュラムという言葉を使うべきだ――が終わる頃だ。有賀はいつものダンガリーのシャツの上に、杉綾のツイードのジャケットを羽織った。履き古されたジャスティンのウエスタン・ブーツにも、今日はたっぷりとミンク・オイルを染み込ませてある。

立派な紳士だ。これならばこの大学の研究生の父兄に見えるだろう。

研究室の建物の前で待っていると、間もなく黒のアウディA6が滑り込んできた。いかにもエリートの医学博士にふさわしい趣味のいい車だ。アウディは建物の前の駐車場に頭から乗り入れ、中から四十代の瘦身の男が降り立った。

有賀は後ろから歩み寄り、声を掛けた。

「秋谷先生ですね」

男が振り返った。怪訝そうな顔で有賀を見た。

趣味のいいラルフローレンのジャケット。フェラガモのネクタイ。自信に満ち溢れた冷静な目つき。やはりこの男が秋谷等教授だ。

「あなたは？」

秋谷が訊いた。

「有賀雄二郎。三浦雄輝の父親です」

そういって有賀が右手を差し出した。秋谷は一瞬戸惑い、それを握り返した。やはり初めての出会いの時には、右手を差し出すべきだ。相手は、ついつられてしまう。握手をすれば、無下な態度は取れなくなる。

「それで、何か御用ですか」

秋谷が言った。

「息子のことでちょっと。お時間を取っていただけるとありがたいのですが」

有賀が言った。秋谷は少し考えた末、やがて口元に薄い作り笑いを浮かべた。

「わかりました。三〇分ほどでしたら。立ち話も何ですから、中に入りませんか」

大学教授だけのことはある。この男は、利口だ。ここで有賀を追い返せば後々余計に面倒になることをよく理解している。

通された部屋は、さながら小さな美術館だった。石膏でできたセイレーン像。キマイラ像。ブロンズ製のケンタウロス像に、マーメイド像。壁にはピカソのシルクスクリーンが掛けてある。なかなか、高尚な趣味だ。

「御存じですか。これはギリシャ神話に登場する伝説の動物、キマイラです。頭が獅子、上半身が山羊、下半身が蛇の怪物です。そしてセイレーン、ケンタウロス。マーメイドは言わずと知れた人魚。すべて異種同体の動物です。人間はギリシャ神話の時代から、このような動物をすでに空想していたわけです」

秋谷が、訊きもしないのに説明をはじめた。別にサービス精神が旺盛（おうせい）なわけではないだろう。後ろ暗いところのある人間は、自分に自信があるほど饒舌（じょうぜつ）になるものだ。

「このピカソは？」

いかにも興味があるように、有賀が訊いた。

「それは単なる趣味です。私はどうも不完全なもの、いや不安定なものに魅（ひ）かれる傾向がありましてね。ピカソ、そしてこちらのダリも。もちろんダリはコピーですが。こういう作品を見ていると好奇心が刺激される。創造力が湧き上がってくるんです。そして、心が満たされる。おわかりになりますか」

わからない。

だが有賀は満面に笑みを浮かべて頷いた。いずれにしても創造力が湧き上がるのはいいことだ。警察にもこのような人材がいれば、捜査方針も変わってくるだろう。

それにしても秋谷は、饒舌すぎる。

「それで、息子のことなんですが」

有賀が言った。

「おお、そうでした。三浦雄輝君のことでしたね。ところで雄輝君は、なぜお父様と名字が違うんですか」

有賀は、簡単に説明した。自分は雄輝の母親と離婚していること。その母親が三浦という男と再婚したこと。

「なるほど。事情はわかりました。それで雄輝君について、何をお話しすればよいのでしょう」

「例の〝事件〟以来、息子が失踪していることは御存じですね。息子に連絡が取れなくて、心配しています。先生にお心当たりはありませんか」

有賀はあえて〝事件〟という言葉を使った。

「〝事件〟ではなく、〝事故〟ですね」

秋谷が柔らかく否定した。

「そう。研究員の方が亡くなられた、あの〝事件〟です」

「わかりました。事件でも事故でもどちらでもいいでしょう。実は私の方でも心配してるんです。三浦君は、何の断りもなくいなくなってしまった。あれ以来、連絡もありません。こちらの方がお訊ねしたいくらいだ」

秋谷の口元はまだ笑っている。だが、目は笑っていない。

「実験動物はすべて処分したそうですね。それも雄輝が原因だとか」

「どうしてそれを?」

「他の研究員の方から聞きました。名前は忘れましたけどね」

有賀は、うまく息子を心配する父親を演じた。だが、他の研究員から聞いたというのは嘘だ。いまここで阿久沢の名前を出すわけにはいかない。

「確かに、そうです。この研究室の実験動物はすべて亡くなった木田君と三浦君に管理してもらっていました。特に三浦君は、優秀な研究者でしたから。あの二人を同時に失ってしまって、他に方法がなかったんです」

嘘だ。

「ヒヒが二頭に、トランスジェニック・ブタが二頭。そのくらい、農獣医学部の他の学生さんたちで何とかならなかったのですか」

「実験動物というのは普通の家畜ではない。管理には、デリケートな専門知識が必要なんです。それに我々の行っている研究は、世界でもトップレベルの高度な遺伝子工学です。秘密保持には細心の注意を払わなくてはならない。研究員をころころ入れ換えるわけにはいかないんですよ。本当は、いまあなたがこの部屋にいること自体が規律違反なんですがね」

秋谷の目つきが少しずつ険しくなってきた。本性を現してきたようだ。

「すみません。余計なことを言ったようだ。しかし父親というのはいくつになっても息子のことが心配なものなんです。気持ちを察してください」

有賀が言うと、秋谷が大きく溜め息をついた。

「わかりますよ、有賀さん。もし三浦君から連絡が入ったら、まずあなたに知らせましょう。お約束します。それでよろしいですか」

「助かります。あと、もうひとつだけ」

「何でしょう」

「このような機会は滅多にありませんからね。息子が、雄輝が働いていた職場を見てみたいんです。実験動物の飼育施設を拝見できませんか」

当然、断られると思っていた。相手の反応を見るために訊いてみただけだ。だが、意外な反応が返ってきた。

小さく頷いて、秋谷が言った。

「いいでしょう、そのくらいならば。私が御案内しましょう」

秋谷が、自信に満ちた笑いを浮かべた。

実験動物の飼育施設は、研究所とは別棟になっていた。宇宙ステーションのような建物を出て、両側がガラス張りの長い通路を歩いた。正面の鉄の扉の前に立つと、秋谷はポケットからカードキーを取り出して電磁式ロックを解除した。厳重なセキュリティ・システムだ。

飼育室に入ると、かすかな動物の臭いが鼻をついた。最初の部屋の扉を開ける。窓のない、小さな部屋だ。部屋の両側と中央に三列にスチールの棚が設置され、その上に無数の飼育ケースが並んでいた。

「ここはマウスやラットなどの小動物の飼育室です。トランスジェニック・マウスは御存じ？」

秋谷が得意そうに言った。

「別名、キメラ・マウス。人間の遺伝子を持ったマウスのことですね。その程度の知識しかありませんが」

有賀が飼育ケースの中を覗き込みながら答えた。

「そのとおり。さすがは三浦君のお父様だ。しかし、もう少し詳しく説明しましょう。うちの研究所では、最新式のマイクロ・インジェクション・システムを導入して、日常的にトランスジェニック・マウスを〝生産〟しています。先日の事故以来、多少は飼育頭数を減らしましたが、それでもこの部屋だけで現在四〇〇ほどは管理している。国内でも有数い証拠だ。

秋谷はマウスに対し〝生産〟という言葉を使った。実験動物を〝物〟としか考えていな

のトランスジェニック・マウスのコロニーです」

「素晴らしい。ここにいる奇妙な形をしたマウスは？」

有賀が一匹のマウスを指さして訊いた。

「よく気が付きましたね。そのマウスの背中の突起、人間の耳ですよ。人間のDNAがマウスの体内で耳という象徴的な部分に特化した実例です。この耳を切り取れば、DNAを提供した人間に拒絶反応を心配することなく移植することができる。わかりますか。これはきわめて画期的なことなんです。正に遺伝子工学の結晶。人類が生み出した二一世紀の奇跡です」

秋谷は時に両手を広げ、またある時には右手で拳を握りながら陶酔するように力説する。まるでシェークスピアのリア王を演じる役者のように。

この男の本質がわかってきた。なぜ有賀を飼育施設に招き入れたのか。秋谷はただ自分の業績を自慢したいだけの、自己顕示欲の強い単純な男なのかもしれない。ならば、くすぐるのは簡単だ。

「秋谷先生は異種移植の権威だとお聞きしましたが」

やはり、秋谷はその言葉に反応した。右手の人差し指を立て、大きく頷いた。

「確かに。まあ権威かどうかは別として、確かに私の専門は異種移植です。興味がおありですか。それならば話が早い。次の部屋をお見せしましょう」

二番目の部屋は、大型実験動物の飼育施設だった。やはり、窓はない。高い天井に大きなスカイライトが設置され、陽光を採り入れる設計になっている。縦長の広い室内の両側に、片側に四つ、計八つの飼育舎が並んでいる。動物を飼う設備には見えない。床はすべてＦＲＰのトレイで保護され、その上に目の細かいステンレスの網が敷いてある。一段上がったベッド。シャワールームのような水洗式のトイレ。前面を覆うステンレスの柵さえなければ、まるで人間が宿泊するカプセルホテルのようだ。

だが動物の姿はない。たった一頭、一番手前の檻の中に犬がいるだけだ。ラブラドール・レトリバーだ。二人が部屋に入っていくと、犬は怯えるような目をして寄ってきた。

有賀は、手を差し出した。犬が指先を舐め、かすかに尾を振った。

「ここがトランスジェニック・ブタの管理施設です。一つの豚舎に成体が最大三頭。計二四頭まで飼育できる。国内でも最も近代的な飼育設備です。室温はエアコンディショナーで常時二五度に温度設定され、床の清掃から洗浄まですべてコンピューターで制御されている。すべて私が設計した」

秋谷は犬のことなど眼中にない様子で説明をはじめた。阿久沢の話では、秋谷は実験動物の管理にはまったく知識がないはずだった。だが秋谷は、この設備を設計したのは自分だと言っている。

施設は、清潔だった。むしろ、清潔すぎるほどに。おそらく事件の後、実験動物を処分すると同時に徹底的に設備を清掃したのだろう。かすかに、強い酸の臭いが残っていた。もしかしたら、排水パイプの中まで硫酸（りゅうさん）で洗浄したのかもしれない。ここで〝何〟が飼われていたのか、すべての痕跡を消し去るために。

「この場所で二頭のトランスジェニック・ブタが飼われていた？」

有賀が訊いた。

「そうです。もったいないと思うかもしれません。しかしいまは、そういう時代なんです。実験動物、特にトランスジェニック・ブタなどの大型動物は、管理コストがきわめて高い。そこで現在は、体細胞や胚（はい）の状態で冷凍保存するわけです。種親さえ管理していれば、いつでもクローンを発生できますからね」

「ヒヒもここで？」

秋谷が振り向いた。

「そうです。よく御存じですね」

「なぜヒヒを？」

秋谷が笑った。どうやら答えを用意してあるようだ。

「私の専門は、異種移植です。現在、ドナーとして最も有力視されているのは人間のＤＮＡを持つ豚、つまりトランスジェニック・ブタです。特にここで管理していたＮＩＢＳ系というミニ豚は心臓や腎臓などの臓器の大きさも人間に近い。ここまではわかりますか」

「ええ、わかります」

「しかし、問題もある。豚は臓器の内皮細胞の中にα（アルファ）ガラクトース抗原（こうげん）という物質を持っている。これをそのまま人体に移植すると、補体制御蛋白（たんぱく）のＤＡＦに反応して超急性拒絶反応が起こる。もちろんトランスジェニック・ブタの開発や免疫抑制剤のシクロスポリンの発明で、ある程度は解決策の目処（めど）は立っていますが、まだ臨床（りんしょう）に耐えうる段階ではない。ここまでは？」

まるで大学の授業のようだ。有賀は動物学や遺伝子工学の分野に関して多少の知識は持っているが、さすがにここまでくるとついていけなくなる。

だが、言った。

「わかります。先を続けてください」

「もっと簡単に説明しましょう。確かにトランスジェニック・ブタは、現在簡単に手に入ります。その意味ではドナーとしてきわめて高い可能性を秘めている。しかし免疫学的なバリアーという観点から見れば、生理機能が人間に近い霊長類をドナーとして用いる方が遥かに効率が高い」

だんだんと話が複雑になってくる。素人に対して専門用語を多用するのは、医者などがエリート意識を誇示する常套手段だ。

「つまり、ヒヒをドナーとして使うということかな」

有賀のその言葉に秋谷が立てた人差し指を横に振った。嫌味な男だ。

「もちろんその可能性は否定しない。しかし科学者は、もっと現実的です。ヒヒは人間よりも遥かに小さい動物です。もちろん心臓も小さい。一九八四年には米国のロマリンダ大学が生後一二日目の乳児にヒヒの心臓を移植したベビー・フェイの例はありますが、成人への移植手術を想定したドナーとしては現実的ではありませんな」

「ならば、なぜ?」

「その犬を見てください。わかりませんか」

有賀は犬を見た。ごく普通の、痩せたラブラドールだ。相変わらず怯えた目で、弱々しく尾を振っている。

「わかりませんね。少し元気がないようだが……」

秋谷が穏やかに笑い、犬の頭を撫でた。

「この犬の体内には、トランスジェニック・ブタの心臓が入っている。すでに術後五〇日を経過している。つまりそういうことです」

怒りが込み上げてきた。いまここでこの男の顔を思いっきり殴らせてもらえるなら、一生タバコを吸わなくてもかまわない。だが有賀は、表情を崩さなかった。

「素晴らしい。すると、ヒヒにも？」

「そういうことです。我々はすでに霊長類にしか存在しないＤＡＦを持つトランスジェニック・ブタを作ることに成功している。先日処分された二頭もそうでした。しかし、その臓器を人間に移植する前に、いくつかステップを踏む必要がある。その第一段階として、豚の心臓を羊に移植した。これは二二日間生存していました。そしてここにいる犬。こうしてデータを取っていくわけです」

秋谷がまた犬の頭を撫でた。不安そうな目。この犬は、自分の心臓が豚の物に入れ換わっていることを知らない。

「最後がヒヒというわけですか」

「そう。第三段階がヒヒでした。その予定だったのですが……。今回の一件で予定がすべて狂ってしまいましてね」

秋谷が飼育室を出た。有賀もそれに続いた。

「ところで、例の事件。二人の被害者は実験動物の管理室に倒れていたと聞きましたが、どのあたりに？　発見したのは秋谷先生だったそうですね」

「〝事故〟です。そう、いかにも発見したのは私です。現場をご覧になりますか」

秋谷が、管理室に隣接するドアを開けた。何もない。がらんとした狭い部屋だった。リノリウムの白い床に、コンクリートの壁。反対側に、外に通じるドアがある。

「ここは？」

有賀が訊いた。

「倉庫です。正確には飼料保管室。実験動物の飼料を保管してあった。飼料もすべて処分しましたがね。あれは本当にひどい〝事故〟でした」

この部屋も、きれいに掃除されていた。まるで部屋全体を丸洗いしたかのように。

「ここにS・スクロファ・スクロファという三頭の豚が入り込んだわけですね」

「ほう……。あなたは何でも御存じのようだ。そのとおりです」

秋谷は部屋の奥に向かい、反対側のドアを押し開けた。そして続けた。

「錠が壊れていたんです。まさか大学の構内で動物の飼料を盗むものなどいない。そう思って修理するのを忘れていました。迂闊でした。あの邪悪な三頭の豚は、ここの飼料の匂いに誘われて入り込んだのでしょう。二人の遺体は、ひどく喰い荒らされていた」

秋谷教授の隠蔽工作は完璧だ。どこを突いても、理論的な答えが用意されている。だが、その理論の中に決定的な矛盾があることに奴は気付いていない。自分に自信のある人間ほど、策に溺れるものだ。

「豚は、腹が減っていた？」

「そうなんでしょうね。農獣医の方でも、最近餌を絞っていたらしい」

「しかし、おかしいですね。腹が減っていたなら、なぜ飼料を食わずに人間の肉を喰ったんでしょうね。人間の肉は、そんなに美味いのかな」

「……」

有賀が倉庫を出ると、秋谷も無言で後についてきた。有賀が歩きながら言った。

「亡くなったエレナ・ローウェンは優秀な研究者だったらしいですね。確か、ヒトES細胞の分野では世界的な権威だったとか」

「そうです。私のよき理解者であり、共同研究者でした」

「先生もさぞかしショックだったでしょう。一度でも愛した女性があんな死に方をしたのを御自分の目で発見したのですから……」

有賀が振り返った。秋谷が、射るような視線で睨みつけた。唇が、震えている。

「あなたは、ここに何を探りにきたのですか」

有賀が穏やかに笑った。

「雄輝のことですよ。父親というものは、いくつになっても息子のことが心配なものなんです。今日は本当にありがとうございました」

右手を差し出した。だが今度は秋谷はその手を握り返さなかった。

車に戻り、阿久沢に電話を入れた。

「いま秋谷に会ってきたよ」

——首尾は？——。

「奴の隠蔽工作は完璧だ。捜査令状を取っても、物証は何も出てこないだろう。しかし奴は、何かを隠している」

——こちらもひとつ報告がある。つい先程、雄輝君に手配が掛かった。あくまでも重要参考人としてだが。

「わかった。何か動きがあったら知らせてくれ……」

電話を切った。柴田夏花に電話をかけようとして、思い止まった。いま彼女に会っても、何も話す言葉が見つからない。

エンジンを掛けた。リアシートで寝ていたジャックが起き上がり、有賀の横に顔を出した。有賀が頭を撫で、言った。

「腹が減ったろう。もう少し我慢しろよ」

「クウ……」

ジャックが尾を振った。

大丈夫だ。お前の体の中には、犬の心臓が入っている。

10

夕暮れ時の街道に、ヘッドライトの光が川のように流れていた。

田代裕司は阿佐谷の現場を終え、古いライトエースのキャブトラックを運転して自宅のある結城市に向かっていた。

田代の仕事は左官だ。最近、建築業界は景気が悪い。仕事さえあれば、東京周辺の現場まで通うことも珍しいことではない。

缶コーヒーで眠気を覚ましながら、夕刻の渋滞がはじまった笹目通りを北上した。川越街道を左折し、和光市から国道二九八号線に入る。だが、高速は使わない。荒川を越えたところで、また渋滞に捕まった。

ラジオから、夕方六時のニュースが流れていた。思ったとおり、一昨日の殺人事件についてアナウンサーが話しはじめた。殺害されたのは、男性が二人。事件現場から、被害者の知人の女性が姿を消した。警察は、その女性の行方(ゆくえ)を追っている——。

やはり、あの女が殺(や)ったんだ。世の中には凄い女もいるものだ……。

事件は土曜日の夜に起き、日曜日に発覚した。二人が殺された民家は、田代が左官の仕事を請(う)け負(お)った現場の目の前だった。

田代は、事件の起きた家の住人を何度か見かけたことがある。背の高い黒人の男と、〝外人〟のような顔をした女。あれほどスタイルのいい女を、いままで一度も見たことはなかった。震い付きたくなるようないい女だった。

事件が起きた週末は、田代の仕事は休みだった。いま思うと、それが残念でならない。だが今朝、月曜の朝に現場に着くと、周辺は大騒ぎになっていた。何人もの警察官が家に出入りし、田代も事情聴取を受けた。三〇年以上も生きてきて、初めての経験だった。警察官は、執拗(しつよう)に「女を見なかったか」と田代や他の職人仲間に訊いた。

家に帰ったら、女房に話してやろう。驚く顔が目に浮かんだ。

クラクションが鳴った。気が付くと、前の車との距離がかなり開いていた。田代は慌(あわ)ててギアを入れ、車を前に進めた。

〝ダンサー〟は荷台の中にいた。キャンバスのカバーの下で、セメントの袋や道具箱の間に挟まって体を丸めていた。

「グフ……」

なぜこのトラックに隠れたのか、〝ダンサー〟は理解していない。もし理由があるとすれば、頭の中で誰かの〝命令〟が聞こえたからだった。だが、それが誰の声だったのか、すでに忘れてしまっていた。

「……グゥ……」

車が揺れ、〝ダンサー〟が呻いた。

〝ダンサー〟は怪我をしていた。左腕が大きく裂け、肘の筋が伸びていた。ニックと戦った時に負った傷だった。

だが、自分の勝ちだ。あの男は、死んだ。

左腕を抱え、傷口を舐めた。一昨日の夜から、常にそうしていた。すでに血は止まっている。だが、左腕の自由が利かない。

「……サル……サ……」

〝ダンサー〟は、サルサのことを想った。あの夜、〝ダンサー〟は初めてサルサを見た。

その時の高揚が、いまも脳の奥で燻っている。だが、あの場にいた男。目を焼くような鋭い光。そして、サルサは消えた――。

〝ダンサー〟はまた、左腕を舐めた。本能が、危険を告げていた。いまは、動くべきではない……。

トラックが揺れた。〝ダンサー〟は体を丸め、荷台に横になった。

田代は草加から国道四号線に入った。あいかわらず少し走っては渋滞を繰り返している。五霞町を越えて利根川を渡る頃には、すでに午後七時を回っていた。一〇月に入ってから、日が落ちるのが早い。新利根川橋から見下ろす利根川の水面は、すでに闇の中に沈んでいた。

橋を登りきったところでまた車が停まった。渋滞だ。田代は携帯を取り出し、メールを打ちはじめた。背後で荷台のキャンバスがめくれ、〝何か〟が動いたことにも気が付かなかった。

〝ダンサー〟は懐かしい匂いに鼻を蠢かした。キャンバスから顔を出し、周囲の様子を窺った。水の匂いと、草いきれが風に運ばれてきた。

後方から迫ってくる車のライトの光軸を避けるように、ダンサーは荷台から滑り降りた。その動きは、以前のように俊敏ではなかった。だが、暗がりで人の目を欺くには十分だった。

住宅地の陰から陰を縫うように走った。塀を越え、飛び降りた所で犬と出くわした。大型犬が吠え掛かり、寸前のところでその牙をかわして逃げた。〝ダンサー〟は犬が苦手だった。

道を渡り、利根川の土手を越えた。目の前に広大な空間が広がった。黄色い花を付けたセイタカアワダチソウの群生に身を潜め、周囲の気配を探った。

「グフ……」

危険な気配はない。自分だけだ。

川に向かい、水辺に出ると、水面に口を直接付けて水を飲んだ。その姿が、新利根川橋を渡る大型トラックのヘッドライトの光の中に浮かび上がった。

だが、光が走り去った時には〝ダンサー〟の姿も消えていた。

自分がこれからどこに向かおうとしているのか。

それは〝ダンサー〟にもわからなかった。

第四章　潜伏

1

長いこと、夢の中を彷徨(さまよ)っていた。

けっして、悲しい夢ばかりではなかった。

大磯の孤児院で過ごした少女時代。古いディズニーの映画。定時制の高校を卒業し、体ひとつで踊りの世界に飛び込んだころ……。

初めての恋。相手はひと回り以上も歳上のダンサーだった。志摩子は久し振りに、夢の中で男に抱かれた。

幾度となく波が打ち寄せるような長い時間が終わると、夢の中にニックが現れた。ニックは笑っていた。パティ・ペイジの『ジ・エンド・オブ・ザ・ワールド』のリズムに合わせてスローなステップで踊りながら。だが、ニックの体の上に首がない。

志摩子、俺の首を知らないか？　どこかにいっちまったんだ――。

ニックが言った。

知らないよ。どこかに忘れてきたんじゃないの――。

志摩子が笑いながら答えた。

そうなんだ。首をなくしちまったのさ。さっきひとつ見付けたんだが、これは俺のじゃない――。

そう言ってニックが幹男の首を差し出した。

目を覚ました。志摩子は、温かく清潔なベッドの中にいた。体が気怠く、頭が鉛のように重い。

視界がかすみ、すべてが滲んで見えた。だが、意識の中で周囲の風景が少しずつ像を結びはじめる。同時に、志摩子の背筋に這い上がるように、暗鬱な戦慄と不安が頭をもたげはじめた。

夢とも、現実ともつかない風景。まるで古い映像を見ているようだった。記憶の底に沈んでいたはずの、モノクロームの映画の一シーンか何かを――。

もしくは眠っているうちに時空の歪みの中に迷い込み、自分だけが遠い過去に連れ去られてしまったのか。六年前の、あの忌まわしい事件のさなかに——。

自分はなぜここにいるのだろう……。

確かに、見たことのある風景だった。窓のない、薄暗い室内。ベッドがひとつ。時代遅れの応接セット。小型の冷蔵庫。やはり思った所に、バスルームのドアがあった。部屋からは狭い階段が低い天井に向かい、その先が重い扉に閉ざされている。

間違いなく、あの部屋だ。六年前、志摩子が青柳元彦に二ヶ月間にわたり監禁されていた、貸し別荘の地下室だった……。

ベッドに体を起こした。ジーンズのベルトが緩められているが、服は身に着けていた。

頭がはっきりしない。酒を飲みすぎたのか。それとも、何か薬を飲まされたのか。ポケットを探った。携帯がなくなっていた。

志摩子はもう一度考えた。自分はなぜ、この部屋にいるのかを——。

あの夜だ。志摩子はニックと幹男の三人で、鍋を囲んで酒を飲んでいた。ニックが調子に乗ってストリップを踊り、ひと騒ぎした直後だった。幹男がトイレに立ったところで、何者かに襲われた。

あれは〝何〟だったのか——。

志摩子は、見た。淡いピンクのムードランプの光の中で、ニックの首に喰らいつく〝何か〟を。確かに――。

〝人間〟ではなかった。何か他の〝生物〟だった。犬か。猿か……。

いや、違う。歪で巨大な頭。頬まで裂けた口。ガラス玉のような目は氷のように冷たく、無機質で、意志を感じなかった。

全身が濃い褐色の毛に覆われていた。腕が異常に長く、逆に短く太い足が有り得ない角度に湾曲していた。あんなに醜怪な生き物は、いままで一度も見たことはない。B級ホラー映画に出てくるような、出来そこないの肉の固まり。だがなぜか一瞬、青柳元彦の面影が重なったような錯覚があった。悪夢の中の出来事だったような気もする。

だが、現実だった。志摩子は二人のことを考えた。

幹男は、死んだ。廊下に幹男の首がころがっているところを、確かに見た。そして、おそらく、ニックも……。

不思議と冷静だった。志摩子は二人の死を、現実のものとして受けとめていた。だが、涙はこぼれてこない。

ベッドを出た。部屋の中を歩き、周囲を確かめた。応接セットの脇に、志摩子のスポーツバッグが置いてあった。

中を確かめた。着換え。化粧道具。ニックと最後に踊ったアダジオの衣装。すべて揃っていた。だが、やはり携帯電話はない。いまが何月の何日なのか。時間もわからない。

冷蔵庫を開けた。中にはミネラル・ウォーターやお茶のペットボトル、ミルクやコーヒーまで並んでいた。志摩子はその中からエビアンのペットボトルを取り、古いソファに座った。キャップを取り、喉に流し込んだ。乾いた砂に染み込むように、気怠い体に命が行き渡るような気がした。

ドアをノックする音が聞こえた。

「誰?」

志摩子が聞いた。

「僕だ。入っていい?」

三浦、あの若い男の声だ。だが、逃れる場所はない。

「どうぞ……」

諦めたように、志摩子が言った。

扉がきしむような音をたてて聞き、三浦が階段を降りてきた。手に、食事を載せたトレイを持っている。志摩子が座るソファの前まで来ると、三浦はトレイをテーブルの上に置いて向かいに腰を下ろした。

「最初は軽いものがいいだろう。もし良かったら、食べてみてくれ」

三浦が言った。クラムチャウダー、ベーコンとフライド・エッグ、トーストが二枚、コーヒー。食欲を呼び覚ます匂いだった。志摩子は恐る恐る、クラムチャウダーに口を付けた。インスタントなのだろうが、味は悪くない。

「気分は？」

三浦が訊いた。

「いいわけがないでしょう。今日は何月何日？　私は、どのくらい眠ってたの？」

志摩子が、トーストを指で千切りながら言った。

「今日は一〇月の九日だ。時間は、午後一〇時。君は丸二日間眠っていた」

どうりで空腹なわけだ。志摩子は食事を摂りながら三浦を観察した。端整な顔立ちが、青白い。額に脂汗が浮いている。体調が良くないようだ。

「あなた、私に何をしたの。スタンガン？　その後で何か飲ませたでしょう」

車の中で、口の中に無理矢理錠剤のようなものを押し込まれた記憶がある。

「すまなかった。君がパニックになっていたので、精神安定剤を飲ませた。ああするより仕方がなかったんだ……」

コーヒーを飲んだ。少しずつ、頭がはっきりとしてくる。

「幹男は死んだのね」

あの光景をまた思い出した。彼も死んだよ」

「黒人の、大きな男だね。ベーコンとフライド・エッグは、口に入れる気になれなかった。

「ニックも？」

「そうだ。助けられなかった」


「あなたは、何者なの。どうして私に付きまとうの」

「僕の名は三浦雄輝。職業は大学の研究員。信じてくれないかもしれないが、僕は君の味方だ。いまはそれしか言えない……」

「信じられるわけがないわ。それに、どうして私をここに連れ込んだの。ここは、六年前に青柳が私を監禁した別荘でしょう」

「そうだ。長野原にある貸し別荘。その理由も、いずれ話すよ……」

三浦雄輝は具合が悪そうだった。息をする度に、気管支から笛が鳴るような音が聞こえてくる。

「もうひとつ教えて。〝あれ〟はいったい、何だったの？」

「あれ？」

「あの醜い動物よ。ニックを襲った、あの怪物……」

「〝ダンサー〟だ」

「ダンサー？　いったいそれは、何なの？」

「もう少し時間をくれないか。いずれ、君にはすべて話さなくてはならない。それまで、待っててくれ……」

雄輝が席を立った。志摩子に背を向け、階段に向かった。足が、少しよろけた。

志摩子はそれを見逃さなかった。ダンサーは職業体育人だ。常に、体を鍛え上げている。腕力も、スピードも、並の男には負けない。

音もなく、ソファを立った。スポーツバッグを握り、背後からそれを雄輝にたたきつけた。確かな手応えがあった。重い音をたてて、雄輝の体が床に崩れ落ちた。

志摩子は、相手の反撃に備えた。だが雄輝は起き上がらない。床に横になったまま、虚空を漂うような目で志摩子を見つめている。その腹を、力まかせに蹴り上げた。

志摩子は階段を駆け登った。後を追うように、雄輝の声が聞こえた。

「待ってくれ……」

足を止めた。

「何よ」

「君は、運転はできるか？」

雄輝が、体を起こしながら言った。

「免許くらいは持ってるわ。どうして？」

雄輝がジーンズのポケットの中から鍵を出し、投げた。

「表に、車がある。グリーンのオペルのワゴンだ。それを使ってくれ……」

「どういうこと？」

志摩子が訊いた。

「逃げるんだ。東京には戻らない方がいい。警察もあてにはならない。車で、走れ。できれば海を渡るんだ。北海道か、九州か、それとも沖縄か……。できるだけ遠くに逃げてくれ。僕はもう、君を助けられない……」

志摩子は階段を降り、鍵を拾った。それを右手に握り締めると、ふたたび階段を駆け上がった。

2

買ったばかりの弁当を持って、柴田夏花はアパートに戻った。

明かりを点けた。一瞬、奥の部屋から雄輝の笑顔が飛び出してくるような錯覚が脳裏を過る。

だが、誰もいない。ひんやりとした空気が、無言で夏花を迎え入れた。シャワーで汗を流し、テレビを見ながら弁当を食べた。一人だけの味気ない食事だった。雄輝がいた時にはよく夕食を作ったものだが、最近は自分だけのために台所に立つ気がしない。漫然と箸を動かしながら、意味もないくだらない番組を眺めていた。

昼間、大学に刑事がやってきた。三浦雄輝はどこにいるのかと、しつこく聞かれた。だが、夏花はわからないと答えるより仕方がなかった。

本当に、雄輝の居場所を知らないのだ。警察が、なぜ雄輝を探しているのかさえわからない。いったい、雄輝の身に何が起きているのか……。

食事を終えると、やることがなくなった。無意味な雑音に耐えられなくなり、テレビも消した。自分の研究論文を書こうと思ったが、パソコンを開く気にもならなかった。

何気なく、携帯を見た。メールの受信ボックスを開く。だが、雄輝からのメールはやはり入っていない。

もう何日も雄輝にメールを入れていないことを思い出した。もう一度、連絡してみようか。そう考えて、思い止まった。

どうせ雄輝からはメールは返ってこない。おそらく、もう二度と。これ以上メールを送っても、自分が惨(みじ)めになるだけだ。

だが、夏花の周りにはまだ雄輝の気配が残っている。壁には雄輝の紺(こん)のブレザーとグレーのフラノのパンツが掛かっていた。前年の春、卒業記念のダンス・パーティーで雄輝が着ていたものだ。

あの時、夏花も淡いブルーのワンピースを新調した。胸の開いた服を着るのは初めてだった。恥ずかしくて会場の隅に隠れていた夏花を、ダンスに誘ってくれたのが雄輝だった。

あの時は幸せだった。いまのような日々がやがて訪れることなど、想像すらできないほどに。

あれから、二人の生活が少しずつはじまった。やがて雄輝が夏花の部屋を訪れるようになり、泊まっていくことも多くなった。このアパートで二人で食事をし、夜が明けるまで語り合い、体を寄せ合って眠った。そのうちに気が付くと、少しずつアパートに雄輝の私物が多くなっていった。

いまも押し入れの中には、雄輝の着換えやお気に入りの翻訳小説が山のように詰まっている。いずれ、取りに来るのだろうか。それとも、ずっとこのままにしておくつもりなのだろうか。

整理しておこうか。ふと、そう思った。雄輝がいつ取りに来てもいいように……。押し入れを開けた。夏花が洗濯して畳んだままの衣類が、ひと固まりになっていた。Tシャツ、ポロシャツ、リーバイスのジーンズ。パーティーで着たボタンダウンのピンクのシャツとネクタイは、まだランドリーのビニール袋に入ったままになっていた。手頃な段ボール箱を組み立て、ひとつずつ中に仕舞っていく度に、それを着た時の雄輝の笑顔を思い出した。

本も、別のダンボール箱に仕舞った。ヘミングウェイ、スタインベック、そしてぼろぼろになるまで読み込まれたヴェルヌの『十五少年漂流記』。いかにも雄輝らしい本ばかりだ。だが中には、夏花が一度も目にしたことのない本もある。そのような本を手にする度に、雄輝の知らない一面に触れたようでささやかな嫉妬を感じた。

本の山の奥から、古いジャックウルフスキンの小さなデイパックが出てきた。雄輝が学生時代によく持ち歩いていたものだ。

そう言えば最近、見ていなかった。何気なく、ジッパーを開いた。中から汚れたTシャツ、ブリーフ、靴下などが丸まったまま出てきた。世話の焼ける人だ。洗濯物があるのなら出しておけばいいのに。

デイパックの底の方に、さらにいろいろな物が入っていた。旅行用の洗面用具が一式。

メモ帳とボールペン。だが、メモ帳には何も書かれていない。

そしてデジタルカメラが一台と、充電器。大学の備品ではない。パナソニックのFX07という小型カメラだ。夏花は、雄輝がこのカメラを持っていたことすら知らなかった。

雄輝は旅行に行ったのだ。しかもごく最近に、このカメラを持って……。

どこに行ったのだろう。そして、誰と。すべてはこのカメラの中に記録されているはずだ。夏花は意を決するようにカメラのスイッチをオンにし、モードダイヤルを「再生」にセットした。

最初の画像が液晶モニターに映し出された。深い緑に囲まれた、水辺の写真。池か、それとも小さな湖だろうか。正面に、華やかな鴇色に塗られた眼鏡橋がゆるやかなアーチを描いている。

これは、どこだろう。美しい風景だが、見たことはない……。

カーソルボタンを操作し、画像を送る。

二枚目、下から見上げるような角度で撮られた高い鉄橋の写真。煉瓦で積まれた橋脚が、やはりアーチ状にデザインされている。かなり古い物のようだ。過去に、どこかで見たことがあるような記憶があるが、思い出せなかった。

次々と画像を送っていく。森の写真。川の清流の写真。まるで中国の古い山水画のような岩山の写真。近代的な、ショッピングモールの写真。人間は誰も出てこない。雄輝も、他の女性も。

写真はさらに、森の中の造成地に移った。カラ松の群生の中に、何軒かの家が点在している。どこかの別荘地だろうか。暗い森に、木漏れ日が差し込んでいる。

一軒の家を、アップで撮った写真があった。板張りの、いかにも別荘地に似合いそうなコテージ風の造りの家だ。平屋だが、勾配のきつい屋根の下がロフトになっているのがわかる。

建物を部分的にアップで撮影した画像もあった。最初は板張りに見えたが、どうやら角材を使ったログハウスらしい。建物の四隅に、ノッチが組まれている。窓枠も木製だが、頑丈そうだ。

家は、急な斜面に建てられていた。家の前に広い木製のデッキがあり、その下が高いコンクリートの基礎になっている。おそらく基礎の中は地下室になっているのだろう。別荘地にはよくある造りだ。

一〇枚以上もの家の画像の後に、看板をアップで撮影した写真が入っていた。

〈――管理者・津久美リゾート開発――〉

その下に、電話番号が入っていた。見憶えのない局番だった。入っていた写真は、それで最後だった。

デジタルカメラのスイッチをオフにした。夏花の知らなかった、雄輝の世界。だが不思議なことに、嫉妬という感情も他の女性の顔も浮かばなかった。

それ以上に大きな不安と、高揚があった。

雄輝はいま、この家にいるのだ……。

3

秋は、前触れもなく訪れる。

けっして忍び寄るものではない。

朝、北西から吹く風の哭く音で目を覚ました。デッキに出ると高い空に、白い綿雲が流れていた。

風が、いつになく冷たかった。このような日は、外房の海岸線はオフ・ショアになる。

海からは、遠いうねりが穏やかに砕ける心地良い音が聞こえてくる。

トーストとコーヒーで簡単な朝食をすませ、ジャックに餌をやると、有賀雄二郎はサーフボードをメルセデスのルーフに積んだ。ジャックに声を掛けたが、デッキに寝そべりながらのんびりと尾を振るだけで車に乗ろうとしなかった。

利口な犬だ。釣りは魚と遊べるので面白いが、サーフィンはただ待たされるだけで退屈なことを知っている。

ジャックを家に残し、車を走らせた。途中で、高橋太郎の家に寄った。日本で初めてサーフボードを作った男。千葉の岬町に住む伝説のサーファーだ。年齢はもう六〇を過ぎているが、いまも現役で波に乗っている。

有賀が庭に入っていくと、太郎はデッキに置いた古いソファに横になりメルヴィルの『白鯨』を読んでいた。早朝の新聞配達のアルバイトが終わると、晴れた日にはデッキで昼寝をして過ごす。それが太郎の日課だ。

「いい波が立ってるぜ。海には行かないのか」

有賀が言った。

「おう、久し振りだな。今日は太陽が出てる。昼寝をしながら、人生の哲学について学ぶべき日だ」

老眼鏡を下げながら、太郎がおっとりと言った。人間も犬も同じだ。歳をとると、海よりもデッキと太陽が好きな哲学者になる。

「北西の風だ。今日はどこの波がいい？」

有賀が訊いた。太郎が本を閉じてソファから立った。人差し指をしゃぶり、その先を空に向けた。やはり、哲学者の顔だ。そして言った。

「今日は部原(へばら)の海岸だな。〝オバチャン下〟がいい」

部原は、外房の数あるサーフ・ポイントのひとつだ。昔、海岸沿いに〝小母(おば)ちゃん〟が一人で切り盛りする食堂があったことから、古いサーファーには〝オバチャン下〟と呼ばれている。底が岩盤のポイントで初心者には向かないが、沖にテトラが入っていないので、高く大きなうねりが入ってくる。

「行ってみるよ」

「コーヒーくらい飲んでいけ」

「いや、今日はいい。沖に出て、少し考え事をしたいんだ」

「わかった。グッド・ライディング」

太郎は無理に引き止めようとはしない。いつもそうだ。来る者は拒(こば)むことなく、去る者は追わない。それでいい。太郎はまたソファに座り眼鏡を掛けると、メルヴィルの『白鯨』を開いて読みはじめた。

海岸線に沿って、国道一二八号線を南下した。太郎の言うとおり、部原の海岸にはいいうねりが入っていた。右から左にかけて、長い波が乱れることなく美しいブレイクを繰り返している。

平日ということもあり、海岸沿いの駐車スペースに車は疎(まば)らだった。有賀は車のルーフからボードを降ろし、ワックスを塗った。長さ二・九五メートル、幅六〇センチのロングボードだ。ピントップ、ラウンドテールのオーソドックスな型で、先端に〝DUCKS〟とマークが入っている。

ロングボードは浮力があって乗りやすいが、小回りは利かない。だが、もうカットバックやボトムターンを決めながらボードを振り回す歳でもない。春と秋の穏やかなうねりをのんびりと楽しむには、この程度のロングボードが向いている。

ウェットスーツに着換え、ボードを抱えて海に入った。両腕で力強くパドルを繰り返し、波を越えた。波の飛沫(しぶき)は肌を刺すように冷たく、新鮮で、時として辛辣(しんらつ)に自分の弱さを映し出してくれる。

海は、シンプルで正直だ。ここでは金持ちも貧乏人も関係ない。身分の上下も、地位や名誉も意味を持たない。

体力と経験だけを頼りに波と闘う。力のない者は、沖に出ることも身を守ることもできない。信じられるのは自分自身と、一枚のボードだけだ。

波の上にいると、すべてのものが透明になる。その中に、物事の本質が見えてくる。

沖で、波を待った。二つめのうねりだ。有賀はボードを反転させてノーズを岸に向け、最初の波をやり過ごした。

波が向かってくる。壁のように大きな波だ。タイミングを合わせ、両肩に交互に力を入れて水面を搔く。

うまく速度に乗った。テールが波に押し上げられる。両腕でボードを摑んで体をリフトさせ、波の上に立った。

角度のある波を、ボトムまで一気に滑り降りた。ノーズの先端が飛沫を上げて鏡のような水面を切り裂き、足の下から力強い波の鼓動が伝わってくる。一瞬なのか。それとも永遠なのか。透明度の高い足下の海の底に、岩盤や海草の織り成す風景が過去に走り去るように流れていく。

ボトムで大きくターンを決め、波に駆け登って越えた。有賀は体を反転させてボードを抱えると、また沖に向けてパドルを搔いた。

海は、孤独だ。本当の意味で一人になれるのは、波の上だけだ。

ここでは波の音と、高い空で鳴く海鳥の声しか聞こえない。誰にも邪魔をされることなく、波間にただよいながら、考える時間はいくらでもある。

雄輝に何が起きているのか――。

最初に事件が起きたのは、九月二七日の未明だった。嵐の夜に、筑波恒生大学で二人の研究員が実験動物に襲われて死んだ。

大学側は、その動物を農獣医学部で飼育されていた三頭のS・スクロファ・スクロファという豚だと発表した。だが、これは明らかに嘘だ。S・スクロファ・スクロファは、事件の証拠湮滅のために利用されたとしか思えない。

そして、雄輝だ。雄輝は事件のあった日に三頭の豚を自分の手で〝処分〟し、大学から姿を消した。しかもその行き先を、恋人の柴田夏花にも教えていない。連絡を取らないのは自分の居場所を知られたくないためなのか。それとも他に何か事情があるのか。

いずれにしても雄輝の行動には、何らかの確固たる理由があるはずだ。無目的に行動するタイプの人間ではない。

なぜ雄輝は姿を消したのか――。

雄輝が一連の事件の犯人であることは有り得ない。少なくとも小貝川から高村志摩子に電話が掛かってきたのと同時刻に、雄輝は東京にいた。志摩子のアパートを訪ねている。

考えられる理由は二つだけだ。雄輝自身が何者かから逃げているのか。それとも雄輝が、何者かを追っているのかだ。

いや、雄輝は逃げない。逃げるなら、戦うはずだ。雄輝を育てた自分が、それを一番よく知っている。

有り得るとすれば、後者だ。雄輝は〝何か〟を追っているのかもしれない。おそらくそれは、大学から逃げた〝何か〟だ。

奇妙なのは、後に頻発(ひんぱつ)した一連の事件だ。翌二八日未明に起きた小貝川の事件。東京の西新宿の病院で起きた看護師殺害事件。さらにサルサ——高村志摩子——という名のダンサーの周辺で、二件の事件が起きている。

決定的だったのは、一〇月七日の夜に起きた事件だった。阿佐谷の民家で、ゲイのカップルが殺された。その現場に、高村志摩子の携帯電話が残されていた。しかも被害者の一人、宮島という男の首の傷が、小貝川で死んだトラック運転手の致命傷と一致した。

少なくともこの二つの犯行の〝犯人〟は同一だ。その〝犯人〟を雄輝が追っている〝何か〟だと仮定してみる。だが、謎(なぞ)が残る。もしそれが大学から逃げた実験動物か何かだとすれば、いったいどのようにして小貝川の現場から東京の阿佐谷まで移動することができたのか——。

さらに小貝川の現場からは、被害者の服が無くなっていた。警察はそれを付近に住みついているホームレスが持ち去ったものとしているが、合理的な解釈とは言い難い。被害者は何者かに喉（のど）を喰い破られて死んでいた。おそらく服は血で汚れていただろう。いくら寒くなってきたとはいえ、ホームレスだってそのような服は着ない。しかも現場には、被害者の財布が残っていた。

他にも謎がある。雄輝と高村志摩子というダンサーの関係だ。

雄輝は、少なくとも一度は高村志摩子のアパートを訪ねている。志摩子は、それをストーカーだと警察に届け出た。

だが、それは考えられない。雄輝には、柴田夏花という恋人がいる。それに少なくとも雄輝は、ストーカーをやるような人格ではない。

雄輝には、高村志摩子と会わなければならない確固たる理由があったのだ。そうとしか考えられない。

だが、二人の接点がわからなかった。もし理由があったとすれば、雄輝のパソコンにデータが残っていた六年前のストーカー事件だけだ。

なぜ雄輝はあの事件に興味を持ったのか。引っ掛かるのは犯人の青柳元彦という男だ。現在、青柳は、脳挫傷（のうざしょう）による昏睡（こんすい）状態で病院に寝たきりになっている。人工呼吸器を付けたままの男が、今回の一連の事件を引き起こすことは不可能だ。だが青柳の存在は、偶然とは思えない状況で一連の事件に関連してくる。高村志摩子との過去の関係だけでなく、西新宿の恒生大学病院では実際に青柳の病室で看護師が殺された。しかも青柳の父親の青柳恒彦は、雄輝が研究員として籍を置く筑波恒生大学の理事長だ。

堂々巡りだ。一本の糸を手繰っていくと、またいつの間にか筑波恒生大学に帰結してしまう。やはり一連の事件は、あの大学から始まっているとしか考えられない。

〝何か〟が逃げたのだ。トランスジェニック・ブタでもヒヒでもない、〝何か〟が。そいつは茨城県の筑波から東京まで四日間で移動し、人間の服を着て、刃物で人を殺す能力を持っている。

単なる〝動物〟ではない。ならば、〝人間〟なのか。

死んだエレナ・ローウェンは、ヒトES細胞の研究では第一人者だった。それが関連しているのだろうか。だが、わからない――。

秘密を知っているとすれば、秋谷教授だけだ。奴は、確かに何かを隠している。

秋谷は、事件の後に実験動物をすべて処分させた。飼育施設も完璧に掃除させている。S・スクロファ・スクロファの役割も含めて、すべてのシナリオは秋谷によって書かれたような気がしてならない。

さらに、エレナ・ローウェンだ。彼女との関係について触れた時の、秋谷の反応が気になる。確かに阿久沢の言うとおりなのかもしれない。秋谷とローウェンの関係を探っていけば、何かが出てくる可能性はある――。

いい波が来た。

瞬間、有賀はすべての思いを頭から打ち消した。両腕のストライドを伸ばしてパドルを搔き、波を追う。水飛沫が頭上から降りそそぐ。だが、速度が足りない。波の頂点に押し上げられ、立つタイミングが摑めないまま通り過ぎていった。

サーフィンは正直だ。最近は少し筋力が落ちているのかもしれない。海は、そんなささいなことも見逃してはくれない。

近くで波を待つ別のサーファーと目が合った。同じような年代で、やはりロングボードに乗っていた。有賀が照れて笑うと、その中年のサーファーは親指を立て、白い歯を見せて笑った。

それにしても雄輝はどこに行ってしまったのか。秋谷はある程度は知っているだろう。だが、奴は絶対に口を割らない。唯一残っている突破口があるとすれば、青柳元彦の父親の恒彦だ。

最近は便利な世の中になった。インターネットで読売データバンクを検索すると、青柳恒彦の名はすぐに見つかった。昭和一二年六月生まれ。東京の下落合在住。青柳恒生薬品代表取締役、西新宿恒生大学病院理事長、筑波恒生大学理事長、日本薬学協会会長。錚々(そうそう)たる役職を歴任している。家族は妻の和子(かずこ)。なぜか長男の青柳元彦の名は記載されていなかった。

だが、住所がわかったからといって簡単に会えるわけではない。有賀は一度、下落合にある青柳恒彦の自宅を訪ねてみた。高級住宅地の一角に、長屋門を構えた武家屋敷のような豪邸だった。インターホンを押しても、留守を守る女性が応対に出るだけだ。夜まで待ってみたが、青柳恒彦夫妻が出入りしている様子はなかった。

沖から、地響きのような波の音が聞こえてくる。いつの間にか、山のようなうねりが背後に迫っていた。

周囲のサーファーが、一斉にボードのノーズを岸に向けた。有賀もそれにならった。両腕に渾身(こんしん)の力を込める。水面を、掻いた。ボードが押し上げられる。急な斜面を、滑りはじめた。

完全に波に乗った。両腕で体を跳ね上げる。立った――。

奈落の底まで落ちていく感覚だった。周囲で他のサーファーが波に呑(の)まれるのが見えた。ボードの下から、波の圧力が怒りをぶつけるように突き上げてくる。有賀は両膝でその力を受け止め、全身でバランスを取りながら耐えた。

ボトムまで一気に滑り下り、ターンしてまた波に駆け上がる。波の斜面と平行して走る。垂直に立った水の壁が、手を伸ばせば届くところにあった。

一瞬、空を見上げた。波の頂点が、覆い被さるように迫っていた。

まずい——。

そう思った時は遅かった。有賀は轟音とともに、巨大な圧力に押し潰されていた。

スープに巻かれた。ワイプアウトだ。

泡で、周囲が真っ白になる。体が重力を失い、どちらが海面なのかもわからなくなる。呼吸ができない。時間が、とてつもなく長く感じられた。気が遠くなる。両腕で頭を抱え、体を波の動きにまかせながら、有賀の脳裏に雄輝の顔が浮かんだ。

気が付くと、いつの間にか浜に打ち上げられていた。かなり離れた場所に、ボードが漂っていた。有賀は波打ち際をよろめきながら走り、ボードを浜に引き上げると、砂の上に大の字に横になった。

高い空を見上げた。白い綿雲が南に流れていく。

冷たい秋風の中で、海鳥がかん高く鳴いた。

4

街道沿いのラーメン屋で昼食を終えて家に戻ると、柴田夏花が待っていた。

夏花はデッキの上でジャックと遊んでいた。脇に、旅行用の小さなトランクが置いてある。ジャックは若い女にかまってもらえるのがうれしいらしく、有賀に見向きもしない。

海の近くで暮らしていると、犬も人間と同じように正直になる。

ロングボードを車から降ろし、モーターホームに立て掛けた。有賀がデッキに上がっていくと、夏花が右手を軽く挙げて挨拶(あいさつ)した。まるで男の子のようだ。

「どうした。よくここがわかったな」

ウェットスーツをデッキの上に広げながら有賀が言った。

「この前、名刺もらったから。連絡するより早いと思って来ちゃった。面白い〝家〟に住んでるのね」

「アメリカのエアストリームのモーターホームだ。長さは三〇フィート。それでも都内の2DKのマンションとたいして広さは変わらない。いまコーヒーでも淹(い)れるよ」

有賀はモーターホームに入り、キリマンジャロの入ったカップを二つ持って戻ってきた。朝、高橋太郎の家でコーヒーを飲みそびれたことを思い出した。

「それで。何の用だ」

コーヒーをテーブルに置き、言った。

「ユウちゃんのいる所がわかったの」

夏花が椅子に座り、コーヒーを飲んだ。有賀も口をつけた。挽きたての豆の香りが鼻をつく。海辺で飲むコーヒーはキリマンジャロのストレートに限る。なぜだかわからないが、潮風に合うのだから仕方がない。

「なぜ雄輝のいる所がわかった？」

有賀が訊いた。

「これよ。このカメラに写真が入ってた」

夏花がそう言って黒い小さなデジタルカメラをテーブルの上に置いた。

「雄輝の？」

「多分ね」

「見てもいい？」

「どうぞ」

夏花が笑いながら言った。どうやら有賀の反応を楽しんでいるようだ。

スイッチをオンにした。液晶モニターに、次々と写真が映し出される。すべて風景の写真だった。

赤い眼鏡橋のある湖。煉瓦積みの高い鉄橋。霧にかすむ鋭く切り立った岩山……。

山はおそらく、群馬県の妙義山だ。写真はすべて、松井田から旧碓氷峠を経て軽井沢に登る途中の風景だ。

広大なショッピングモールの写真。これは見憶えがなかった。そして別荘地の写真へと続いている。

「どうしてここに雄輝がいると思うんだ」

有賀が訊いた。

「女の直感よ。別荘の写真があるでしょう。ユウちゃんはいま、そこにいるわ。あのサルサというダンサーといっしょに。賭けてもいいわ」

女の直感、か。有賀も男としてこの歳まで生きてくれば、十分にその恐ろしさを知っている。だが反面、トラブルを引き起こすのは常に女の直感であることも確かだ。

写真には日付が入っていないが、風景はまだ緑が濃い。おそらく夏か、初秋だろう。

興味深いのは、別荘らしきログハウスのコテージの写真だ。フィンランド・ログだ。画一的な造りで、手前の一棟の向こうにもまったく同じコテージが建っている。いかにも貸し別荘らしい造りだ。斜面に建っているために、その下に高い基礎があり、中は地下室になっているようだ。

有賀は六年前のストーカー事件の記事を思い出していた。犯人の青柳元彦は、サルサというダンサーを軽井沢の貸し別荘の地下室に監禁していた――。

「これはいつ頃の写真だ？」

「そのＦＸ07というカメラはまだ新しいの。八月末に発売されたばかりだから、それ以後であることは間違いないわ。私の日記を調べてみたら、九月の第三週の連休にユウちゃんは旅行に行ってるの。一六、一七、一八の三日間。友達と芦ノ湖に釣りに行くと言ってたわ。多分、その時だと思う」

直感だけじゃなくて、分析力もある。だから女は恐ろしい。

「この場所がどこだかわかるかい」

試しに聞いてみた。

「箱根じゃないわ。そのくらいは私にもわかるの。でも山があって、湖があって、別荘がある。那須か、赤城か、軽井沢か、そのあたりだと思う。有賀さんはもうわかってるんでしょう」

さすがに直感を自慢するだけのことはある。

「もし場所がわかったら、どうするつもりなんだ」

有賀が訊いた。

「行くわ。大学には一週間休みを取ってきたから……」

とんでもないお転婆娘だ。

「だめだ。とりあえずおれが一人で行ってくる。もし雄輝を見付けたら、必ず連絡を入れさせる。約束するよ」

軽井沢は広い。別荘地も旧軽井沢をはじめ、中軽井沢、北軽井沢、南軽井沢の方にまで無数に点在している。だが何日か車で走り回っていれば、雄輝に出会える可能性はある。

「そう言うと思った。だからちょっと作戦を練ってきたの。まずユウちゃんのこと。有賀さんは彼が車を持ってることを知らなかったでしょ。車種も、色も」

「……………」

まずい展開になってきた。

「それから、写真。カメラの一番最後に、面白い写真が入ってたわ。それを私、消しておいたの」

夏花が悪戯っぽく笑い、ちろりと舌を出した。

「どんな写真だ？」

「別荘地の管理会社の看板の写真がアップで映ってたわ。会社の名前と、電話番号も。何度か電話してみたけど、誰も出なかった。今日は休みなのかもしれない。でも明日になれば、きっと連絡が取れるわ」

「そんな大事な写真、なぜ消しちゃったんだ」

「大丈夫。私のパソコンに保存してあるし、今朝、大学に寄ってプリントアウトしてきたから。あの旅行トランクに入ってるの。有賀さんとどっちが早くユウちゃんを探し出すか、競争ね」

夏花がまた舌を出した。このお転婆の小悪魔め……。

「その写真をよこすんだ」

睨みを利かせた。だが夏花はまったく動じない。テーブルに両肘を突き、手に顎を載せ、笑っている。そして言った。

「私と手を組んだ方がうまくいくと思うんだけどなぁ……」

有賀はコーヒーを飲んだ。カップを手に持ったまま、無言で睨みつけた。だが夏花は平然とマルボロライトを銜え、火を付け、笑いながら煙を吐き出した。

有賀は考えた。広い軽井沢で雄輝を探すのは、確かに手間取るだろう。

六年前の事件の現場だとすれば、警察か新聞社に問い合わせればすぐにわかるかもしれない。だが下手に嗅ぎ回って雄輝の居場所を阿久沢に知られたくはない。もし貸し別荘の管理会社さえわかれば、すぐにでも見付けることができる。いまは、一刻を争う時だ。

そして、夏花だ。この娘は有賀が止めても一人で軽井沢に向かうだろう。雄輝に何が起きているのかも知らずに。それは、危険だ……。

「負けたよ」

有賀はコーヒーカップをたたきつけるようにテーブルに置いた。ジャックがなぜかうれしそうに尾を振った。

5

この季節には珍しく、南西からの風が吹いた。

風は厚い雲を運び、強い雨を降らせ、雷鳴を響かせた。

だが、雨は短時間で上がった。間もなく雲が割れ、月が顔を出した。

満月の青白い光の中で、影が動いた。〝ダンサー〟だった。

〝ダンサー〟は国道四六二号線の高い橋脚の下から忍び出ると、利根川の河川敷の暗い風景を見渡した。月明かりに光る広い水面の中に、淡いグリーンに塗られた古い錆びた橋の一部が残っていた。

湿気を帯びた風の中に、〝ダンサー〟は鼻を突き出した。鼻先を蠢かせ、気配と方向を探った。やがて一抹の風の中に、懐かしい臭いを嗅ぎ当てた。

「グフ……」

〝ダンサー〟は一瞬体を丸めると、弾けるように躍動させた。葦の群生に身を投じ、川の上流に向けて走りだした。

この数日の間、〝ダンサー〟は利根川の河川敷に沿って西に向かっていた。時には方向を迷い、立ち止まり、風の中に臭いを探してはまた走り続けた。

なぜ自分が西に向かっているのか。〝ダンサー〟は理解していない。もし理由があるとすれば、心の中で〝命令〟が聞こえるからだった。もしくは、その先に自分が行かねばならない〝何か〟があることを感じていたからだった。

もし多くの動物学者に〝ダンサー〟の行動を客観的に説明することを求めれば、おそらく「帰巣本能」の一言で解決を試みるだろう。だがダンサーの心の中にある衝動は、元来は帰巣本能とはまったく異質のものだ。

なぜなら〝ダンサー〟は、棲み馴れた巣を目指しているわけではない。生まれ故郷に向かっているわけでもない。〝ダンサー〟が目指しているのは、まったく未知の場所だった。その原動力は、ＤＮＡに刻まれたかすかな〝記憶〟だけだ。

　イギリスの著名な超心理学者ゲイザ・プラネット教授は、「すべての動物はＥＳＰ（エクストラ・センサリー・パーセプション――超感覚的知覚）を保有する」と主張している。その根拠のひとつとしてプラネット教授は、米バージニア州に住む一二歳の少年と飼っていた伝書鳩の例を上げている。

　ある日、少年は、自宅から一〇〇キロ以上離れた病院に入院した。だがその数日後、嵐の日に、一羽の鳩が少年の病室に飛来した。その鳩は間違いなく、少年が飼っていた識別番号一六七番の足輪を付けた伝書鳩だった。

　元来、伝書鳩は、帰巣本能の強い動物として知られている。だが識別番号一六七番の伝書鳩の行動は、帰巣本能という安易な言葉では説明できないものだ。なぜなら鳩が向かったのは自分の巣ではなく、自分の主人の少年が入院する病院というまったく未知の場所だったからだ。

　犬に関しても、興味深い報告がある。一九八八年、米テネシー州の農場でオールドテイラーという名の牧羊犬が飼われていた。ある日、この犬を可愛がっていた農場の息子がワシントン州の大学に入学することになった。息子が農場を去ると、オールドテイラーはその翌日に姿を消した。そしておよそ一ヶ月後、オールドテイラーは農場から一六〇〇キロも離れたワシントンにいる息子の下宿先に姿を現した。

一頭の犬が一六〇〇キロを旅したことも驚異だが、この行動もまた帰巣本能では説明できないことに注目すべきだ。なぜならオールドテイラーは、生まれ育った故郷——つまり〝巣〟を離れ——ワシントンというまったく未知の土地に向かっているからだ。もちろん嗅覚の鋭い犬が、大気中に残る主人のわずかな臭いを嗅ぎ分けて追跡したとする解釈では説明できない。農場の息子がテネシーからワシントンに向かった交通手段は、当然のことながら飛行機だった。

さらに一九七三年には、信じ難いような事例も報告されている。ある日、オランダの貨物船S・S・シマール号が日本に向け、カナダのバンクーバー港を出港した。だが船長のウィレム・マンテは、深い絶望を味わっていた。愛犬のヘクトールという名のテリアが、町に出掛けたまま出港までに船に戻らなかったからだ。

船長の愛犬とはいえ、一頭の犬のために貨物船の出港を遅らすわけにはいかない。マンテは泣く泣く愛犬をあきらめ、日本に向かった。だが翌日、同じバンクーバー港に停泊するまったく別の貨物船、S・S・ハンレイ号で異変が起きていた。出航の直前に、一頭のテリアが船に駆け込んできたのである。

ハンレイ号はこの見馴れない犬を乗せたまま出航した。この貨物船の行き先もまた、日本だった。一九日後、最初に日本の横浜港に入港したのはハンレイ号だった。密航したテリアは、興奮で体を震わせていたという。

二日後、シマール号が横浜に停泊した。何人かの乗組員がボートに乗り換えて入港手続きのために港湾事務所に向かった。するとテリアはハンレイ号の高いデッキから海中に飛び込み、ボートへと泳いで向かった。やがてテリアはボートに乗っていた一人の船員に抱き上げられ、その腕の中で狂ったように尾を振った。テリアの名はヘクトール、船員はシマール号の船長のマンテだった。

この事例を単なる〝偶然〟で片付けてしまうのは簡単だ。だが、必然であったとすれば、科学では説明できない様々な動物の能力を示唆していることになる。もちろんヘクトールというテリア犬の行動は単なる帰巣本能には当たらない。それどころかこの一頭の主人思いの犬は、ハンレイ号とシマール号が同じ日本の横浜に向かうという事実を予知していたことになる。

このような動物による奇妙な能力と行動は、英米でANPSIプロジェクト（動物のESP能力を解明するプロジェクト）が発足した半世紀のうちに、事実関係が検証されたものだけでも一〇〇〇例以上が報告されている。中でも動物が未知の土地に主人やその他の目的をもって追跡する行動を、英デューク研究所のライン博士は〝サイ追跡（SI追跡）〟

と呼んで他と区別している。

〝ダンサー〟は闇を裂き、西へと向かった。この行動が、サイ追跡にあたるのかどうかは誰にもわからない。

だが〝ダンサー〟は、走った。自ら(みずか)の運命を待ち受ける未知の場所に、確実に近付いていった。

6

目が覚めると、体が軽くなっていた。

三浦雄輝は温かいベッドの上に体を起こし、体を伸ばした。

どうやら熱は下がったようだ。カーテンを開け、外を見た。カラ松の森に差し込む木漏れ日の中を、野鳥がさえずりながら飛び回っていた。

汗を吸ったスウェットを脱ぎ、洗濯石鹸(せっけん)の匂いのするTシャツとネルシャツに着換えた。部屋の外から、水を流す音が聞こえてくる。パイン材のドアを開け、リビングに出ると、すでに薪(まき)ストーブの中で炎が赤々と燃えていた。キッチンには高村志摩子が立ち、食器を洗っていた。

「具合はどう?」

　水道の水を止め、志摩子が聞いた。

「だいぶいいみたいだ。もう熱は下がったようだし……」

　雄輝がダイニングの椅子に座りながら言った。

「それにしても無茶な男だね。あんなに熱があるのに、なぜ薬を飲まなかったのさ」

「子供の頃から、あまり風邪をひいたことがなかったんだ。それに風邪をひいても、ほとんど薬を飲まずに治してたから。今度も大丈夫だと思った……」

「馬鹿だね。肺炎を起こしたらどうするつもりだったのよ」

　雄輝が倒れたのは、二日前の夜だった。志摩子にスポーツバッグで後ろから殴られ、そのまま起き上がれなくなった。だが、倒れたのは殴られたからではない。すでにその時、風邪で熱が四〇度近くまで上がっていて体が動く状態ではなかった。

　志摩子は雄輝の車に乗って出ていった。もう二度と戻らないものと思っていた。ところが志摩子は軽井沢の町でドラッグストアを探し、風邪薬や熱冷ましを大量に買って戻ってきた。

「あの時、なぜ戻ってきたんだ。君は遠くに逃げたとばかり思っていた」

「ニックと幹男を殺したのはどんな奴なのか。私に何が起きているのか。それをまだ聞いていなかったからね。それに私は、昔から損な性分なんだよ。病人とか、捨て猫とか、弱い者を見ると放っておけないのさ」

志摩子が食器を拭きながら言った。

「でも僕は君を傷つけた……」

「スタンガンのこと？　でもあの時はそうするより仕方なかったんでしょ。あんた、うわ言みたいに言ってたよ。ああしなければ、二人とも〝ダンサー〟に殺されてたって。だから今度は私があんたを助けた。これでおあいこ」

確かに、そうだ。もしあのまま一人で、車もなしでこの山に取り残されたらどうなっていただろうか。熱が下がらなければ、死んでいてもおかしくない。

雄輝が椅子を立ち、薪ストーブのローディング・ゲートを開けて薪をくべた。カラ松の薪だ。煙突は松ヤニで汚れるが、よく燃えてくれる。

「それにしても風邪薬って効くものだな。初めて飲んだけど……」

「まったく野蛮人だね、あんたは。ところで朝食は？　トーストと卵ならあるよ」

朝食と聞いて、急に腹が鳴った。

「じゃあトーストを五枚と、卵を三個……」

「ふう……。本当に野蛮人だね。まあ体も大きいし、しょうがないか」

志摩子が呆れた顔で言った。

テーブルに山のように積まれたトーストとフライドエッグを、雄輝は見る間に平らげていった。さらにコーヒー、オレンジジュース、そして馬が食べるほどのサラダ。雄輝は身長一八〇センチを超える長身だ。一見細く見えるが、筋肉質で骨格の大きな体をしている。しかも、若い。食べ物はいくらでも体が要求する。

志摩子はテーブルの向かいに座り、面白い物でも見るような表情で朝食を詰め込む雄輝を眺めていた。どこかで見たことのある光景だった。考えるまでもない。若い頃の、ニックだ。あの男も、本当によく食べた。

しかし、ニックはもういない。志摩子の手の届かない遠い世界に行ってしまった。

いい奴だったのに……。

「どうしたの」

雄輝が食べながら訊いた。

「別に。何でもないよ」

志摩子が涙を拭き、笑った。

朝食を終え、雄輝が皿をキッチンに運んだ。自分の分と、志摩子のカップにも熱いコーヒーを注ぎ、テーブルに運んだ。

「君は……」

何かを言おうとした雄輝の言葉を、志摩子が遮った。

「〝君〟って呼ぶのはやめて。どうせ私達は、ここでしばらく暮らすんでしょ。私には帰る所もないし。志摩子って呼んでよ」

「わかった。志摩子……いや、志摩子姉さんと呼ぶよ。それじゃ僕のことも雄輝でいい。OK？」

「OK。それじゃあ雄輝、私はまだ知らないことが沢山あるわ。まず、なぜ私はここに連れてこられたのか。まさか雄輝はストーカーじゃないでしょう」

「違うよ」。雄輝が笑い、左手を見せた。薬指に、ターコイズの入ったシルバーのリングがはまっている。「ペアリングなんだ。僕には恋人がいる。彼女を、愛してるんだ。いまは事情があって連絡も取れないけど。志摩子姉さんを、その……」

「わかった。それを聞いて安心したわ。私も男には興味はないし。それならなぜ私をここに連れてきたのか、まずそれを説明して」

雄輝がゆっくりとコーヒーを飲んだ。

「〝奴〟が来るんだ。たぶん、ここに。志摩子姉さんがいれば、確実に来ると思った。僕はそれを待っている……」

「〝奴〟って、〝ダンサー〟のことね。この前に言っていた。ニックや幹男を殺した、あの怪物……」

「そう、〝ダンサー〟は僕らがつけたニックネームなんだ。音楽を聞くと、踊り出す。それで〝ダンサー〟と呼ぶようになった。奴は、志摩子姉さんのことを狙っている……」

「私の部屋を荒らしたのも〝ダンサー〟ね」

「そうだ。おそらく」

「西新宿の恒生大学病院で看護師を殺したのも？」

「そう、〝ダンサー〟だと思う」

「ひとつ教えて。あの殺された山崎寿々子という看護師と、事件の数日前に電話で話をしたの。青柳元彦のことで。青柳は知ってる？」

「知っている。志摩子姉さんを六年前に拉致し、この貸し別荘に監禁した男だろう。事件のことは調べてある」

「あの看護師は、青柳の病室で殺されたわ。それも、私が原因？」

「いや、違うと思う。あの日に事件が起きたのは、偶然だった。あの看護師はたまたま青柳の病室にいて、〝ダンサー〟と出くわしたんじゃないのかな」

「よかった……。彼女が死んだのも私のせいだと思ってたの……」

「〝ダンサー〟はもう何人も人を殺している。君の恋人のニック……」

「待って。ニックは恋人じゃないわ。彼はゲイだったの。彼とは、もう三〇年も前に大磯の孤児院で出会った。私とは兄妹みたいなものよ」

「そうか、すまなかった。君の友達のニックと幹男。山崎寿々子という看護師。それにあと三人、茨城県内でも大学の研究員やトラックの運転手を殺している」

「全部で六人？」

「ぼくの知っている限りでは、そうだ。それに、君のことも。ただし志摩子姉さんのことは殺すのではなく、他の意味で狙っているのかもしれない……」

志摩子は雄輝の言葉の意味を考えた。殺すのではなく、他の意味で狙う――。

おぞましい想像が脳裏を過ぎった。あの醜怪な怪物に体を組みしだかれ、全身をざらついた舌が這い回るように……。

「いま大学って言ったわよね。それはどういうこと？」

コーヒーを飲み、志摩子が訊いた。

「僕が勤務している筑波恒生大学の遺伝子工学研究室だ。〝ダンサー〟はそこで飼われていた。九月二七日の未明に〝ダンサー〟はエレナ・ローウェンという客員教授と木田隆二という研究員の二人を殺し、逃走した。隆二は、僕の同僚であり親友だった……」

「そうだったの……。そのニュースはテレビで見たような気がするわ。それで雄輝君は、〝ダンサー〟を追ったのね」

「〝ダンサー〟は、僕の担当だった。僕が責任を負わなくてはならない。それに、志摩子姉さんを守る目的もあった」

「でも、わからないわ。それならどうして警察に相談しなかったの。私だって、警察に保護を頼めば……」

「無理だ。大学にもいろいろな事情がある。遺伝子工学というのは、特に秘密の多い分野だし。まあこんなことを志摩子姉さんに話しても仕方ないことだけど。それにもし仮に警察に話したとして、信じてもらえると思う？　あんな怪物のことを」

確かに、そうだ。警察は相手が人間の単純なストーカー事件だってまともに取り合ってはくれない。六年前の事件の時もそうだった。志摩子が警察に相談し、拉致されて監禁されるまで、二ヶ月以上も動かなかった。

「ところで、その〝ダンサー〟よ。いったいそれは何ものなの。動物？　それとも、人間なの？」

雄輝はコーヒーを飲み、腕を組んで考えた。大きく、溜め息をついた。

「動物と言えば〝動物〟だ。しかし、人間と言えば〝人間〟でもある……」

「いったいどういうことなの。私にはまったくわからないわ」

「志摩子姉さんは遺伝子工学について知識はある？」

「全然……」

「DNAという言葉は？」

「知らない……」

「それならクローン。〝羊のドリー〟とかは？」

「聞いたことはあるような気がするけど……」

「キメラとか、トランスジェニック・ブタとか」

「まったく……」

「そうか。説明するのは難しいな。でもできる限りやってみよう。〝ダンサー〟は、四年前、二〇〇二年の秋に大学の研究室で生まれたんだ。生み出したのはエレナ・ローウェン教授。彼女はマサチューセッツ工科大学の出身で、ヒトES細胞とクローンの研究の第一人者だった……」

雄輝は、話しはじめた。この五年間に、筑波恒生大学の遺伝子工学研究室で起きたすべてのことを。さらに雄輝が農獣医学部を卒業し、〝ダンサー〟の担当になった一年間の出来事を。

時間が、ゆっくりと過ぎていった。その間に雄輝は何度か椅子を立ってストーブに薪をくべ、志摩子は新しいコーヒーを淹れた。リビングの窓からは秋の穏やかな陽光が差し込み、森の中で野鳥が鳴いていた。

「話は、それだけだ。僕の知っていることはすべて話した」

「その怪物――〝ダンサー〟は言葉を話せるのね」

「少しは。しかし、完全にではない」

「あなたに〝サルサ〟という名前を教えたのも〝ダンサー〟ね」

「そうだ。何度も、〝サルサ〟という言葉を繰り返していた。僕は最初、奴が何を言っているのかわからなかった。しかしある日、インターネットで検索してみたら、〝サルサ〟というダンサーのサイトがヒットした。その写真をプリントアウトして、〝ダンサー〟に見せてみたんだ。奴は、異常なほど興奮していたよ」

「おかしいと思ったわ。私はあの事件以来、六年も〝サルサ〟の名を使っていなかったから。あの時、スパンコールで雄輝君に〝サルサ〟と呼ばれた瞬間、地の底から亡霊が蘇ったような気がしたわ」

「ところで、何で〝サルサ〟という名前を付けたの？　サルサを踊るから？」

「違うわ。特にサルサを得意にしているわけじゃない。まだ孤児院にいた頃、私はメキシコ料理に使うサルサ・ソースが大好きだったのよ。何にでもサルサ・ソースをかけて食べていたの。それで〝サルサ〟と呼ばれるようになったの。その渾名を付けたのも、ニックだった……」

志摩子がそう言って笑った。

「そんなことだったのか。わからないものだね……」

「他にも訊きたいことがあるわ。〝ダンサー〟は文字が読めるの？」

「どうして？」

「ちょっと気になることがあるのよ」

「〝ダンサー〟は知能が高かった。人間の四歳児並みと言われるチンパンジーやオランウータンよりも遥かに。文字は、研究の一環として僕が教えていた。片仮名はほとんど読めると思う。平仮名は教えてなかったけれど、ある程度は読めるようだった。おそらく、〝過去の記憶〟が残ってるんじゃないかと思う」

「数字は？」

「ほぼ完全に読めるし、書くこともできる。僕が教える前から読めたみたいだ。算数をやらしてみたんだ。ひと桁の足し算や引き算は完璧にこなした。奴は、頭がいい。でも、なぜ？」

「雄輝君が最初に私のアパートに来た日のこと、憶えてる？　私の家に来る前に、電話した？」

「いや、していない。僕は志摩子姉さんの住所も電話番号も知らない」

「やっぱりそうか。雄輝君がうちに来る直前に、電話があったの。携帯じゃなく、家の電話の方に。男の声で、こう言ったわ。サルサ……おれだ、って。その声が、青柳元彦そっくりだったのよ。でも青柳は、電話をかけられるわけがない……」

志摩子の話を聞くうちに、雄輝の表情は研究者の顔になっていた。まさか、〝ダンサー〟が電話をかけたのか。どこで、どのようにして……。

だが、有り得ないことではない。〝ダンサー〟はよく、与えられた画用紙にクレヨンで一〇桁の数字を書いていた。確か、最初の数字はいつも〇三で始まっていた。何の脈絡もない数字の羅列だと思っていたのだが、それが志摩子の電話番号だったのかもしれない。可能性はある。もし電話をかけたのが〝ダンサー〟だとすれば、驚くべきことだ——。

「〝ダンサー〟だと思う。おそらく。電話をかけたのは奴だ。〝ダンサー〟には、常に玩具を与えていた。その中に、いくつか奴が気に入っているものがあった。ひとつはブリキの自動車。もうひとつが古い携帯電話だった。奴はよくその携帯電話を持って、誰かと話す真似(まね)をしていた」

「やはりね。それで納得がいったわ」

「僕の説明で、理解できた?」

「全然。だって私、〝ディーエヌエー〟とかいうのまったくわからないもの。でも、いくつかわかったことがあるわ。つまりその〝ダンサー〟という怪物は、青柳元彦の子供みたいなものなんでしょう?」

雄輝は、少し考えた。青柳元彦の子供……。

正確ではないが、間違っているとも言えない。

「そうだ。子供、と解釈してもらってもかまわない」

「それでその〝ダンサー〟は、いつか私の前に現れて、私を襲う。そうなのね」

「そうだ。おそらく、そうなると思う。それが奴のいまの〝本能〟と言ってもいい」

「雄輝君は〝ダンサー〟と戦うつもりでいる。この家におびき寄せて」

「そのつもりだ。しかし志摩子姉さんは気にしないでいい。奴はここを〝記憶〟しているはずだ。もし志摩子姉さんがいなくても、いずれはやってくるはずだ。僕が一人で戦う」

「でも私がここにいた方が確実なんでしょう」

「それはそうだけど……」

志摩子は雄輝の目を見据(みす)えた。

「だったら私も戦うわ。この場所で。自分のことには自分で決着をつける」

志摩子の澄んだ目の中に、薪ストーブの炎が映っていた。

7

一〇年振りに軽井沢を訪れた者は、一瞬自分がどこに迷い込んだのかわからなくなるだろう。

長野新幹線が乗り入れてから、軽井沢駅の周辺は大きく変わった。特に南口周辺の変貌(へんぼう)には目を見張るものがある。

国道一八号線の碓氷(うすい)バイパスで南軽井沢まで登り、県道四三号線、通称プリンス通りを駅に向かう。左手に軽井沢ゴルフ倶楽部(くらぶ)などの名門コース、右手にプリンスホテルの南館、西館を見て北上すると、間もなく駅の手前に広大なショッピングモールが出現する。軽井沢プリンスショッピングプラザだ。

ここは、ひとつの街だ。大手スーパーやデパートの他に、ヨーロッパの高級ブランドのアウトレットショップ、レストランや映画館までが軒を並べる。かつての軽井沢を偲(しの)ばせる閑静な別荘地の面影はない。徹底して人工的に統制されたテーマパークのようだ。海外の高級リゾート地を、そのまま移設したのではないかという錯覚すら覚える。

一〇月一二日、木曜日――。

有賀雄二郎はメルセデスの２３０ＧＥをショッピングモールの広大な駐車場に乗り入れた。助手席では柴田夏花が物珍しそうに周囲の風景に見とれている。

「軽井沢って、こんなになっちゃったんだ……」

「来たことあるのか？」

「うん、一度だけ。小学校の時に、林間学校で来たの。もう一五年前かな。浅間山に鬼押出し、白糸の滝……。あとは森と教会しかない静かな所だと思ってたのに……」

車を停め、ショッピングモールを歩いた。ちょうど昼食時だった。「信州蕎麦」という看板に魅かれ、手頃な蕎麦屋に入った。だが品書きに書いてある値段は高級なフランス料理と変わりなく、出てきた蕎麦はイタリアのパスタと区別がつかなかった。

時間が過ぎれば、すべてが変わる。人も、街も、食べ物の味も。年寄りは、黙って受け入れなくてはならない。

食事を終えて、車に戻った。途中で夏花が姿を消し、しばらくすると巨大なソフトクリームを持って帰ってきた。満面に笑みをたたえながら。観光旅行を楽しむ女子大生のように。

　この娘は大丈夫だ。四七歳の大人の男よりも、遥かにタフな神経をしている。

「もう一度、電話してみましょうよ」

　夏花がソフトクリームを舐めながら言った。

「そうだな。いくらなんでも、もう出て来るだろう」

　津久美リゾート開発に電話を入れた。雄輝のデジタルカメラの最後の画像に写っていた看板の番号だ。呼び出し音が五回鳴り、初めて電話がつながった。男の声だ。場所を聞き、電話を切った。

「誰かいたのね」

「ああ、いたよ。事務所はこの近くだ。車で一〇分もかからない」

　車に乗った。リアシートで寝ていたジャックが目を覚まし、夏花の持つソフトクリームを羨ましそうに見つめて尾を振った。夏花が食べ残しを差し出すと、ジャックがコーンカップごと嚙み砕いて呑み込んだ。こいつらは、メルセデス230GEがどのような車だかその価値を理解していない。

　駅の北口は、以前とほとんど変わっていなかった。駅前のバスターミナルの上に立体の歩道ができた以外は、古き良き時代の軽井沢の静けさと香りが残っていた。駅から旧軽井沢の別荘地に向かう一本道の風情にも昔の面影がある。

旧国道一八号を左折し、中軽井沢の方面に向かった。

昔、まだ有賀が結婚していた頃に、妻と雄輝の三人で入ったことのあるさびれた洋食屋もまだ街道沿いに残っていた。さらに先に進むと、左手に小さなフィンランド製のログハウスが見えてきた。その前に看板があり、「津久美リゾート開発」と書いてある。観光地ならどこにでもあるような、別荘地を扱う不動産屋だ。

チラシを貼りめぐらされた扉を開けて入っていくと、愛想のいい初老の男が出迎えた。有賀の車を見て値踏みし、まるで手揉みをするほどの勢いだった。

「先程連絡をした有賀だが……」

「はい、お待ちしておりました。どうぞこちらへ」

日当たりのいい場所に置かれた安物の応接セットに通された。男は自分でコーヒーを三杯淹れ、テーブルに運んできた。この人の良さそうな男をやがて失望させることを想うと、少し心が痛んだ。

「こちらの女性は、奥様ですか？」

男が夏花を見ながら言った。

「いや、娘ですよ」

夏花がその言葉を聞いて、吹き出すように笑った。だが、まんざら嘘でもない。実際に息子と同じ歳だし、いずれは本当に娘になる可能性もある。

「いや、どうりでお若いと思いました。それにしても美しいお嬢様で。それで、別荘をお探しですか」

そう言って男がテーブルの上に名刺を差し出した。『津久美秀信(ひでのぶ)・津久美リゾート開発代表取締役――』。代表取締役とは言っても、他に社員はせいぜい事務を担当する女房くらいしかいないだろう。

「いや、別荘と言っても買うわけじゃないんだ。貸し別荘を探している」

やはり、失望させてしまったようだ。その言葉を聞くと、男は破顔した表情をわずかに曇(くも)らせた。正直な男だ。だが、笑顔は崩さなかった。

「はい。貸し別荘も何棟かは扱っておりますが、どのような……」

「この別荘に見覚えがないかな」

有賀はダウン・ジャケットのポケットから、デジタルカメラを出した。スイッチを入れ、液晶モニターに画像を再生する。カーソルを操作してログハウスの写真を選び、男に見せた。

男が老眼鏡を掛け、モニターを覗(のぞ)き込んだ。

「ああ、これは確かにうちのですね。南軽井沢の八風平の物件です。これが何か……」

「貸し別荘？」

有賀が訊いた。

「ええ。まあ、小さな別荘地の中にある物件なんですがね。一五年ほど前にうちで開発した時に、五棟ほど建売りで建てたんですよ。同じようなやつを。それが三棟ばかり売れ残りましてね。それで、貸し別荘にしてるんです。いまも二棟は空いてますよ。お安くしときますが……」

さらに失望させなくてはならない。

「いや、借りるわけじゃないんだ。いまこの別荘を、知り合いが借りてるはずなんだ。そこに訪ねて行こうと思ってるんだが、場所がわからなくてね」

男の表情が、また一段トーン・ダウンした。

「はあ……。そういうご事情でしたか。確かにいま、一棟はお客様が入ってます。一ヶ月の御利用でしたか。失礼ですが、お名前は？」

「私は有賀雄二郎。友人の名は、三浦雄輝と言うんですがね。若くて、背の高い男だ」

雄輝は偽名を使っているかもしれない。だが、その心配は杞憂だった。

「はい、三浦様ですね。確かにご利用いただいてます。ただいま地図をコピーしますので、少々お待ち下さい」

男はそう言うと、席を立った。ビンゴ！　夏花が有賀を見て、親指を立てて笑った。

地図を受け取り、外に出た。風が冷たい。ダウン・ジャケットの襟を立てると、初めて周囲の山々が紅葉に色付きはじめていることに気が付いた。

男は、有賀と夏花を車まで送ってきた。そして言った。

「ストーブの薪は十分に用意してあります。サービスですので、いくらでもお使いくださ い」

有賀は、男に訊いた。

「そう言えば六年前に事件があったね。確か東京の男が女を誘拐して、軽井沢の貸し別荘に監禁したとか」

「御存じでしたか。そうなんですよ。実はその別荘というのが今回のうちの物件でしてね。いやはや、困りました。ただでさえ貸し別荘というのはお客様が少ないのに、あんな事件がありますとね……」

男はまるで世間話でもするように屈託なく話した。どこまでも人がいい。

有賀が車に乗ると、男はいつまでもバックミラーの中で見送っていた。

デッキに出ると、暖かい日射しが二人を包み込んだ。テーブルの上の落ち葉を片付け、コーヒーカップを置いた。

今年の紅葉は遅い。目の前の楓の木は、まだ青々とした葉を付けている。黄色く色付きはじめているのは、まだ漆だけだ。志摩子がパン屑を投げてやると、いつの間にかコガラやアカハラが飛んできてそれを啄みはじめた。森の奥からは、アカゲラが嘴で幹に穴を穿つ音が聞こえてくる。

「静かな所ね……」

志摩子が眼下に広がる深い森を眺めながら言った。遥か遠くの北側の山肌には、碓氷バイパスから下る曲がりくねった山道が延々と続いている。道は一度カラ松の森の陰に隠れ、さらに南へと下っていく。清水沢から下仁田町へと至る県道四三号線だ。以前は群馬県側から軽井沢に登る主要な街道のひとつだったのだが、バイパスができてからは忘れ去られたように日中もほとんど車が通らなくなった。

「ここは軽井沢といっても、南の外れなんだ。駅までも遠いし、携帯もつながらない。バブルの頃はいくつか別荘地が開発されたけど、いまはほとんど人も来ない」

潜伏するには、理想的な場所だ。おそらく青柳元彦もそう考えたのだろう。だが雄輝は、その言葉を心の中に閉じこめた。

「あれは何？」

志摩子が遥か南に見える巨大な建造物を指さして訊いた。周囲の景観には異質な、天に届くほどのコンクリートの橋脚の上に、山から山を結ぶように長い橋が架かっている。

「上信越自動車道だよ。もし昔の人が見たら、神が天界と下界を行き来するための道だと思っただろうね」

「六年前、私はここに二ヶ月もいたの。でもあの地下室から一歩も出してもらえなかった。ここがこんなに風景のいい所だって知らなかった……」

八風平の別荘地は、谷急山の西斜面にへばりつくように広がっている。ここから眺める風景は、西に御場山、南に荒船山から鹿岳を望む一大パノラマだ。六年前、青柳元彦もこの雄大な風景を毎日眺めていたはずだ。陰惨な妄想にひたりながら。

このデッキに立つことにより、雄輝はひとつの謎が解けたような気がしていた。六年前のあの日、なぜ青柳は警察の捜査を察知して逃げることができたのか。ここからならば、軽井沢側から警察車輌が大挙して下ってくれば肉眼でも視認することができる。

「六年前のこと、訊いていいかな」

「どんなこと？」

「青柳は志摩子姉さんを連れてここから逃げる途中、事故を起こした。その時、青柳は、かなり慌てたんじゃないか」

「そう、慌ててたわ。いきなり地下室に入ってきて、服も着せられないで車のトランクに押し込められたの。まわりを見てる余裕もなかった。でも、どうして？」

やはり、そうだ。青柳はここから警察車輌が下ってくるのを見ていたのだ。

雄輝は自分の考えを説明した。峠に最初に車が見えてからこの別荘地に到達するまでおよそ一〇分。それだけ時間があれば、なんとか逃げることができる。そこまで見越してこの場所を選んだのだとすれば、かなり頭のいい男だったのかもしれない。

「おそらく青柳は、この別荘地の入口で警察と出くわしたんだろう。それで、カーチェイスになった……」

「そんな感じだったわ。後ろから、パトカーのサイレンの音が聞こえてたし……」

志摩子が寒気を抑えるように両肩を抱いた。

「嫌なことを思い出させて、すまなかった」

青柳は、下仁田方面に向かって逃げた。そしてここから数キロ下った夫婦岩のあたりで、事故を起こした。

いまも軽井沢方面から、一台の車が下ってくる。ガンメタリックの四輪駆動車だ。雄輝はその光景を、漫然と眺めていた。

目的地が近付くにつれて、二人は口数が少なくなっていった。

雄輝が、もう目の前にいる。あと数分もすれば、その顔を見ることができる。有賀も夏花も、雄輝と再会することを望んでいた。だが期待とは裏腹に、心を押し潰されるような不安が忍び寄ってくる。

有賀は、考えた。この七年間の雄輝との空白の時間を。

大人になっただろう。背はもう自分を超えているかもしれない。この七年間に奴は何を考え、何を経験し、どのように成長したのか。どれだけ変わってしまったのか。

その雄輝を目の前にして、自分はどのような顔をすればいいのか。どのような態度を取ればいいのか。そして、どのような言葉を掛ければいいのか。

それ以前に雄輝は無事でいてくれるのだろうか。わからない。高揚と同時に、焦燥(しょうそう)を感じた。

夏花は、考えた。雄輝が自分の前から姿を消してからの、この二週間の時間を。

雄輝は元気なのだろうか。もし自分が突然その前に立ったら、どのように迎えてくれるのだろうか。笑ってくれるのだろうか。以前のように、抱き締めてくれるのだろうか。それとも、怒るのだろうか。

彼は、一人でいるのだろうか。それとも、あの〝サルサ〟という美しいダンサーといっしょに……。

細く、つづら折りの山道は、延々と下っていく。木漏れ日の中を平穏に、もどかしいほどにゆっくりと。だが残されたわずかな時間の中で、二人はそれぞれの心の中で迷いを断ち切らなくてはならなかった。

間もなく左手に、別荘地の静かな風景に広がった。速度を落とす。しばらく行くと、『八風平リゾート』と書かれた看板があり、入口らしきものが見えた。

「ここだな……」

有賀が呟くように言った。

家はほとんど建っていない。管理事務所もない。閑散とした小さな別荘地だった。細く、急な坂道が迷路のように広がっている。雪の降る季節になれば、乗用車ではとても登れないだろう。別荘地内の地図を片手に、何度か迷いながら、いくつかの分岐点を通り過ぎた。

「このあたりだな」

有賀が言った。急な坂を、丘を迂回するように左に回り込む。その先に、同じような造りのログハウスが五棟並んでいる。手前から二棟目のコテージの前の路上に、グリーンメタリックのオペルのワゴンが駐まっていた。

「ユウちゃんの車だ……」

いまにも泣きそうな声で、夏花が言った。

有賀は、緩やかな斜面に建つコテージを見上げた。間違いない。写真に写っていたログハウスだ。

デッキに二人の人間が立っている。男と女だ。男は、雄輝だった。

8

退屈な会議だった。

地元の小学校のＰＴＡ会長の御婦人が、似合いもしないブランド物の眼鏡を指先で押し上げながら、的外れな教育論と子供達の安全についてまくし立てていた。いまここで思いきりあくびができたら、どんなに幸せな気分になれるだろう。

阿久沢健三は、典型的な現場人間だった。警察学校を月並みな成績で卒業し、そのまま生まれ故郷の牛久市で警察官になった。元来が正義感の強い阿久沢にとって、常に現場に密着した事件の捜査という仕事は正に天職だった。

だが警察官としての生活が長くなり、結婚して子供ができると、阿久沢も人並みに出世という言葉が気になりはじめた。同僚と同じように、昇進試験を受けた。努力をすればその分だけ報われる。一時は昇進することが人生のすべての目的であるかのようにさえ考えていた時期もある。

すべてが虚飾であることに気が付いたのは、最近のことだ。昇進するにつれて阿久沢は現場から遠ざかり、人生の中で大切な物を失っていった。ある日、ふと周囲を見渡すと、自分の居場所さえ見失っていた。

一年前、五一歳の時に土浦署に副署長として栄転した。ノンキャリアとしては異例の出世だった。だが、副署長になってから、阿久沢はますます自分の存在価値がわからなくなっていた。

副署長という役職は、いわば警察署の広報担当である。一般の民間会社に喩えるならば営業部長にも等しい。毎日のように警察がらみのイベントの企画会議に追われ、マスコミの相手をし、市の要人や各官庁の担当者との付き合いに忙殺される。そのうちに、自分の署の管轄でどのような事件が起きているのかさえ把握できなくなる。

この日も阿久沢は、週末に地元の小学校で行われる交通安全イベントの打ち合わせで会議に引き摺り出されていた。子供に交通安全のルールを教えるのは、本来は親の役目だ。

ましてＰＴＡのお偉方の教育論を聞かされる義理はない。だが阿久沢は糊で固められたような笑顔を保ちながら、聞いてもいない言葉に頷き、なんとかあくびを我慢し続けていた。横では交通課の木村課長が、いまにも閉じてしまいそうな目蓋を開けておくことに懸命になっていた。

その時、会議室のドアが開いた。捜査二課の猪瀬という警部が顔を出した。例の筑波恒生大学の一件の担当者だ。猪というよりも、どちらかと言えば猿を想わせる顔をしている。猪瀬は阿久沢を探すと、目配せをして手招いた。

「申し訳ありません。何か急用が入ったようです。あとはここにいる木村課長にお申し付け下さい」

阿久沢が席を立ち、いかにも残念という顔で言った。会議場から出る阿久沢を、木村が恨めしそうな顔で見送った。

「ふう……。助かったぜ。あのＰＴＡの会長ってのは何様なんだ。まるでクリントンの女房みたいだな」

阿久沢が廊下を歩きながら言った。

「この辺じゃ有名ですよ。亭主が町会議員なんです。木村課長が可哀想だ。まだたっぷり一時間は演説を聞かされるでしょうね」

横を歩く猪瀬が、笑いながら応じた。

「それで、どうしたんだ。何か動きがあったのか」

「ええ。いま取手署の方から連絡が入ったんです。例の体毛のＤＮＡ解析の結果が出ました。そのデータが送られてきました」

「ほう……。意外に早かったな。それで」

「はい、これ」

猪瀬が持っていた書類の束を差し出した。阿久沢が受け取り、副署長室に入った。

椅子に座り、書類をめくった。何枚ものＡ４の紙に、アルファベットのＡ、Ｇ、Ｃ、Ｔの文字の羅列が延々と続いている。それが何らかのＤＮＡの配列を示すものであることはわかるが、阿久沢にはまったく意味が理解できない。

「何だこれ……」

「それはＤＮＡの配列ですよ。つまり、小貝川のトラック運転手殺害現場に残っていた何らかの体毛の解析結果ですね」

「そんなことはわかるさ。その結果が何を意味するのか、もっと簡単に説明してくれよ」

そう言って阿久沢が書類の束をデスクの上に投げ出した。

「まあ、私もちゃんと理解しているわけじゃないんですけれどね。鑑識の話によると、つまり……」

「つまり?」

「小貝川、西新宿の病院、荻窪のダンサーのアパート、そして阿佐谷の民家の男二人の殺害現場。その四ヶ所で発見された動物の体毛が、すべて同一のものであることがわかったわけです」

やはり、そうか。有賀雄二郎が言っていた通りだった。四つの事件が、同一の〝犯人〟による犯行であることがこれで確認できたことになる。

「それで? 〝犯人〟の正体は?」

「それが面白いんですがね。これを読んでみてください」

猪瀬がそう言って書類の一番下から一枚抜き、阿久沢に渡した。紙には今回のDNA解析の手順と結論が整然と書き記されていた。

〈——①今回のDNA解析はⒶ、Ⓑ、Ⓒ、Ⓓ四つの検体からミトコンドリアDNAを抽出し、それぞれPCR法により解析を行った。

②四つの検体のDNAはすべて一〇〇パーセント配列が一致した。つまりⒶ、Ⓑ、Ⓒ、Ⓓの検体はすべて同一のものと結論づけられる。

③検体の特定は不可。ヒトのDNAときわめて近い配列を持つが、一部にヒトには存在しないDNA配列も見られる。推論として、何らかの遺伝子操作を受けた実験用動物である可能性は否定できない――〉

「何じゃ、こりゃ……」

阿久沢が頭を掻きながら言った。

「つまり、あれですよ。恒生大学に奇妙な動物がいっぱいいたじゃないですか。トランスジェニック・ブタとかマウスとか。人間のDNAを注入された実験動物です。最近はどんどん新しいキメラ動物が開発されるし、各研究室の単位でそのDNA配列が秘密にされるんで、とても特定なんてできないそうです」

猪瀬が得意そうに説明した。

「どうせ鑑識の受け売りだろ」

「もちろん」

「取手署の方からは何か言ってきたか」

「ええ。何か摑んでいるなら教えろと。まあ、適当に答えておきましたよ。いまのところ該当する事実はないと。恒生大学の事故の件で探りを入れてきたので、一応は事情聴取の内容は送っておきました」

猪瀬は阿久沢の前に立ち、にやにや笑っている。

「それで、大学の方に捜査令状は取るのか」

「問題はそこなんですよね。署長と恒生大学の理事長、青柳恒彦っていいましたっけ。二人の仲もあるからなあ。何か物証か有力なタレ込みでも出れば別ですけど、すぐには無理でしょうね。署長が受理しないでしょう」

署長の三代直実(みしろなおみ)は、その名のとおり実直で名より実を重んじるタイプだ。最近は職務をそっちのけで、引退後の天下り先を探すことに躍起(やっき)になっている。

恒生大学理事長の青柳恒彦とも、ここ一年ばかり急接近していると聞く。猪瀬の言うとおり、三代は恒生大学の再捜査に慎重にならざるをえないだろう。だが、それならそれで阿久沢にはむしろ都合がいい。

「捜査令状の件は、いざとなったらおれが署長に話をつける。もう少し待っててくれ。それまで大学の周辺でもそれとなく聞き込みをやっててくれないか」

「もうとっくにやってますよ」

「何かわかったことは?」

「とにかく口が固いですね。特に例の遺伝子工学研究室の周辺は。しかし、ちょっとした動きがひとつ。例の阿久沢さんの友人の息子、三浦雄輝と言いましたっけ。彼のガールフレンドの柴田夏花という研究員、昨日から姿を消しましたよ。大学に一週間の休みを取っているそうです。行き先はわかりませんけどね」

「ほう……」

阿久沢は、有賀の顔を思い浮かべた。有賀と柴田夏花が行動をともにしているのかどうかはわからない。だが少なくとも柴田夏花は、雄輝の居場所をつきとめたようだ。

「阿久沢さんは今回の事件にずいぶん御執心ですね。副署長の職務を逸脱するほどに」

猪瀬が意味深長な笑いを浮かべながら言った。

「たまには現場に首を突っ込まないと、頭がぼけちまうからな。署長には黙ってろよ」

「もちろん。私は署長に腰を使うよりも、阿久沢さんに寿司でも奢ってもらう方を選びます」

「おい、それじゃ収賄の要求じゃないか」

「堅いことは言いっこなし。じゃまた何か動きが出たら知らせますから」

猪瀬が軽く敬礼して部屋を出ていった。面白い奴だ。

気になるのは、柴田夏花だ。もし彼女が雄輝の居場所を探り当てたとしたら、一人で会いに行くだろうか。

彼女は一週間の休みを取っている。つまり雄輝は、筑波からはかなり離れた場所にいるということか。もしくはおおよその見当をつけ、探しに行ったか――。

もし阿久沢の推理が正しいとするならば、柴田夏花は一人では行動しない。まず有賀に連絡を取るはずだ。その有賀からは、ここ数日、連絡が入っていない。

阿久沢は有賀の携帯に電話を入れた。だが、通じない。どうやら有賀は携帯が圏外になるような場所にいるようだ。

仕方なく阿久沢は、馴れない手つきで携帯メールを打った。DNA解析の結果が出たこと。四ヶ所の現場で発見された体毛がすべて同一のものと判明したこと。何らかの遺伝子操作を受けた動物のものであることを報告した。そして最後に、付け加えた。

〈――どうやら雄輝君を見つけたらしいな。柴田夏花もそこにいるのか？　連絡を請う。
阿久沢健三――〉

これで有賀が、何かを言ってくるはずだ。

9

車を降りて、有賀はコテージを見上げた。

だが、何も言わない。その表情には感慨はなく、怒りを表しもせず、ただ静かに七年振りに会う息子の目を見つめていた。

雄輝はその様子をデッキの上から見守っていた。かつて父と呼んだ男の視線から目を逸らすことなく、むしろあえて感情を押し殺すように、すべてを受け止めた。

「誰？」

横に立つ志摩子が訊いた。

「僕の父親だ。もう一人は柴田夏花。恋人だ……」

「なぜ？」

「わからない……」

夏花が有賀の脇をすり抜け、コテージに向かう斜面を走った。雄輝がデッキから階段を降り、それを出迎えた。雄輝の胸に、夏花が飛び込んできた。

「ユウちゃん、どうしてたの？　なぜ連絡をくれなかったのよ……」

「ごめん。いろいろあったんだ……」

雄輝が夏花の体を抱き締めた。だがその目は、下から見上げる有賀を見据えていた。

有賀が、ゆっくりと斜面を登ってくる。

「元気だったの？　いったい、何が……」

夏花の言葉を、雄輝が制した。

「大丈夫だ。心配はいらない。事情は後で説明する」

雄輝がそっと夏花の体を押しのけた。有賀が、向かってくる。七年振りの親子の再会に相応（ふさわ）しい距離を置いて、立ち止まった。

二人は無言だった。夏花が、雄輝と有賀を交互に見渡した。だが、二人の間には何者も立ち入り難い空気があった。いつの間にか志摩子がデッキを降りてきて、夏花の肩をそっと抱いた。

重苦しい時間が流れた。最初に言葉を掛けたのは、有賀だった。

「元気だったか……」

ポケットに手を入れたまま、照れたように言った。

「何をしにきたんだ。呼んだ覚えはない」

雄輝が言った。その言葉を聞いて、有賀の目に初めてかすかな怒りが芽生えた。

「それが七年振りに会った父親に対する言葉か」

声に、静かな怒気を含んでいた。

「僕は、あなたのことを父親だとは思っていない。そう言ったはずだ」

「あなた、か……。あの手紙は読んだ。あんなもので親子の絆(きずな)が切れると思ってるのか」

有賀は、あえて〝絆〟という言葉を使った。

「少なくとも僕は親子の縁を切るつもりだ。用はない。帰ってくれ」

雄輝が有賀に挑むような視線をぶつけた。

「ならばなぜ直接会って言わなかった。こそこそ逃げ回るような男に育てた覚えはない」

「逃げちゃいないさ。会う必要はない。そう思っただけだ」

「おれが怖いのか？」

「怖くなんかない」

「それなら男らしいやり方で決着をつけようじゃないか」

ポケットから手を出し、有賀がゆっくりとダウンパーカーを脱いだ。口元にかすかに笑いを浮かべながら、ネルのシャツの腕をまくった。

「あいかわらず野蛮人だな。だから母さんに愛想を尽かされるんだよ」

「屁理屈(へりくつ)をこねるな」

「汚いぜ。いくら何でも父親を殴れるわけないだろう」

「いま父親だとは思わないと言ってたじゃないか」

「僕は剛柔流(ごうじゅう)の二段だぜ……」

雄輝がそう言って、迷彩の上着を脱ぎ捨てた。

「遠慮はいらない。おれは喧嘩(けんか)一〇段だ」

その時、夏花が二人の間に割って入った。

「やめてよ、二人とも、親子でしょ。いったい何を考えてるのよ」

だが、志摩子がそれを止めた。

「無駄だよ。こいつら、男なんだから。やらせた方がいい」

二人が拳(こぶし)を構え、睨み合った。お互いに間を取りながら、ゆっくりと回りはじめた。

最初に仕掛けたのは、有賀だった。

左のジャブ。さらに右のストレートを打ち込んだ。

雄輝がそれをすべてかわした。鋭い右の正拳を返す。有賀の頬(ほお)をかすった。だが、倒れない。

「やるじゃないか……」

有賀が言った。

だが今度は、雄輝が無言で仕掛けた。左の正拳を繰り出す。有賀がそれに気を取られているうちに、右のミドルキックをたたき込んだ。脇腹に、もろに入った。だが有賀はそれを腕で抱え込み、雄輝の顎に右ストレートを打ち込んだ。

雄輝がもんどりうって倒れた。

「くそ……」

口に滴る血を手の甲で拭い、雄輝が起き上がる。有賀に飛び掛かった。がむしゃらに拳を振った。その一発が、今度は有賀の頰を捉えた。

倒れた。即座に起き上がる。向かってくる雄輝の腹に、タックルを決めた。

二人が草の上をころがった。上になり、下になって殴り合った。腕を締め上げ、首に腕を回し、またころがった。

身長は雄輝の方が高い。だが、体重は有賀の方が重かった。腕力も勝っている。

上になった雄輝を押し上げ、体を返した。今度は有賀が雄輝の体の上に馬乗りになった。上から拳を、容赦なく雄輝の顔にたたき込んだ。

さらにもう一発。有賀が拳を振り上げた。

だがその腕を、志摩子が歩み寄り、押さえた。

「いい加減にしなよ、あんた。息子に怪我をさせる気かい」志摩子はさらに雄輝を見て言った。「雄輝も雄輝だ。前に何があったか知らないけどさ。これはあんたの父親だろ。いいかい。私の両親はね、私が五歳の時に両方とも事故で死んじまったんだ。私のことを心配してくれる母親も、私のことを殴ってくれる父親もいないんだ。顔も覚えてないんだよ。親が生きてるだけ有り難いと思ったらどうなんだい。それでもやるかい。やるならやりなよ。二人とも死ぬまでやればいい。もう勝手にしな」

　志摩子は一気にまくしたてると、有賀の腕を放して一人でコテージに帰っていった。有賀と雄輝は、草の上に座り込んだまま呆然とその後ろ姿を見送った。

　夏花が走り寄り、雄輝の顔に滲む血をハンカチで拭った。

「どうでもいいけど、凄い女だな。あれがサルサか？」

　有賀が訊いた。

「そう、サルサだよ。本名は高村志摩子……」

「それにいい尻をしてやがる」

「またそんなことを。だから父さんは母さんに……」

「お前いま、おれのことを父さんと呼んだぞ」

　有賀が雄輝の顔を見て言った。

　雄輝が夏花に顔を拭かれながら、照れたように笑った。

第五章　宿命

1

夕食を終えて、有賀は薪ストーブの前の一人掛けのソファに座った。

マグカップの中のジム・ビームを舐めながら、カラ松の薪が燃える暖かい炎を眺めた。

強いアルコールが、口の中の傷に沁みた。だが、けっして不快な痛みではなかった。

有賀の横には、やはりマグカップを手にした雄輝が床に座っていた。頰と口元が青黒く腫れ上がり、血が滲んでいる。

ひどい顔だ。だが、それでいい。男には、けっして避けて通れない痛みを経験する時がある。一人の人間として成長していくための、ひとつの儀式として。その痛みを教えるのは、父親の役目だ。

痛みを乗り越えた後に、わかり合える時が来る。

言葉はいらない。お互いに、男ならば――。

ダイニングからは、志摩子と夏花の話し声が流れてくる。時折、笑い声をまじえながら。平穏で、心が安らぐ声だ。

女は男とは逆に、言葉を交わすことによってわかり合えるのかもしれない。女には女同士で、男には立ち入ることのできない別の世界がある。

「その〝ダンサー〟という動物だ。そいつは本当に、この山小屋にやってくるのか?」

有賀が炎を眺めながら聞いた。

「来ると思う……」

ジム・ビームを口に含み、雄輝が言った。その膝の上で首を撫でられながら、ジャックが心地良さそうに眠っている。

「根拠は?」

「父さんは、サイ追跡という言葉を聞いたことある? 動物行動学ではよく使う言葉なんだけど……」

「聞いたことはある。帰巣本能では説明のできない動物の追跡能力のことだろう」

「そう。もうひとつは〝ダンサー〟が持っていた記憶さ。なぜだかわからないけど、奴は青柳元彦の記憶を引き継いでいるらしいんだ。サルサの名前も、彼女の電話番号も覚えていた。こんな話を聞いたことがないかな……」

雄輝が奇妙な話を始めた。

一九九〇年代の初頭、フランスのパリで一人の三十代の女性が心臓移植の手術を受けた。もちろんフランスの法律により、女性にはドナーの名前も性別も教えられない。

ところが術後しばらくして、女性に異変が起きた。子供の頃から心臓が悪く、一切運動をしたことなどなかったのに、テレビでボクシングの番組があるとつい何気なく見入ってしまう。無理だとはわかっていながら、ジョギングがやりたくなる。食事の好みも変わった。それまでは見るのも嫌だったフライドチキンを好きになり、毎日のように食べるようになった。

ある日、女性は旅に出ることを思いつく。それまでは病気のために一度もパリから出たことすらなかったのだが、突然ある小さな町の名前が頭に浮かんだからだった。その町は、確かにフランス国内に実在した。

駅を降りて、町に立った。そこでまた女性に小さな異変が起きた。初めて訪れた町であるはずなのに、その風景に見覚えがあった。確かに自分はこの町に来たことがあると感じたのだ。

女性は、町を歩いた。するとまた不思議なことが次々と起こった。次の角を曲がると、古いカフェがあるはずだと感じる。そこに行くと、本当にカフェがあった。さらに先に進むと、ドイツ人がやっているソーセージの店があると感じる。歩いていくと、そのとおりの店があった。

やがて女性は、一軒の古い家の前に立った。その家を見た時、女性は衝動を抑えられなくなり、ベルを押した——。

「家の中から中年の夫人が出てきたんだ。夫人には息子が一人いた。その息子は大学のボクシングの選手で、毎日ジョギングをしていた。フライドチキンが大好物だったんだ。しかしその一年ほど前に、息子はオートバイの事故で死んでいた。ドナーカードを持っていたんで、心臓はその日のうちにパリに送られたそうだ。息子が死んだ日と、その家を訪れた女性が移植手術を受けた日は、まったく同じだった……」

「よくある話だな」

「そう。珍しい話じゃない。臓器移植手術にはつき物の話さ。日本では伏せられているけど、欧米では同じような話が一〇〇例以上も報告されてるんだ」

「その話と、〝ダンサー〟が青柳の記憶を受け継いでいることとどう関係してくるんだ。青柳の何らかの臓器が〝ダンサー〟に移植されたわけじゃない」

「臓器じゃない。問題はＤＮＡだよ。これは僕の推理だけど、ダンサーは何らかの形で青柳元彦の遺伝子を持っているような気がするんだ」

「トランスジェニック・ブタと同じようにか？」

「そう。しかし奴は、トランスジェニックじゃない。いまのマイクロ・ピペット法では注入できるＤＮＡの量に限度があるんだ。一定量以上注入すると、注入された受精卵の方が死んでしまう」

「じゃあ〝ダンサー〟はいったい何者なんだ？」

「僕にもわからない。奴の正体を知っているのは、死んだローウェン博士と秋谷教授だけだ……」

雄輝が初めて〝ダンサー〟を見たのは、大学を卒業して研究室に移った前年の春だった。それまでの責任者が大学を退職し、後を引き継ぐ形で管理を担当することになった。

最初に秋谷教授から、〝ダンサー〟に関して基本的な説明を受けた。〝ダンサー〟が二〇〇二年の九月に生まれたこと。エレナ・ローウェンと秋谷の共同研究の一環として〝作製〟されたこと。羊のドリーと同じ手法を用いたヒヒのクローンであること。それ以上のことは何も知らされなかった。

「〝ダンサー〟は、クローンなのか？」

「秋谷教授の説明ではね。でも、クローンなんていまさら珍しいものじゃない。僕の大学での専攻はクローン技術を応用した品種改良だし、実際に実習でクローン・ブタを作ったこともあるからね」

一九九七年二月、科学雑誌『ネイチャー』に衝撃的な記事が載った。英国のロスリン研究所のイアン・ウィルムットによる世界初の「クローン羊ドリーの誕生」に関する報告書である。

クローン動物とは本来の受精卵を介することなく、一個の細胞を起源として発生した生命体を意味する。ロスリン研究所のウィルムット博士の研究チームは、羊の乳腺からあらゆる細胞に分化する全能性を持った体細胞の抽出(ちゅうしゅつ)に成功。これを代理母の胎内で育て、クローン羊のドリーを誕生させた。

以後、世界のクローン技術は目覚ましい進化をとげている。イタリアでは歴史的な名馬がクローン技術により復活し、話題を呼んだ。アメリカではすでに、死んだ犬や猫などのペットを生き返らせるビジネスが確立されている。日本もまた、畜産の分野ではクローンの先進国のひとつだ。肉質の良い松坂牛(まつさかうし)などの黒毛和牛にその技術が応用され、すでに大量に生産されている。そのクローン牛が無許可で市場に出回り、社会的な問題を引き起こしたこともあった。

クローン技術は家畜やペットだけでなく、すべての動植物に応用できる。倫理面でのガイドラインさえクリアできれば、死んだ人間のクローンを作ることも可能だ。

「しかし、ヒヒのクローンならば誰が見てもわかるだろう」

「そうなんだ。でもあれは、どう見ても普通のヒヒじゃない。ローウェン博士と秋谷教授は、クローンの作製の過程で何らかの遺伝子異状が起きたと言っていたけど……」

ヒヒとは、元来はアフリカに広く分布する大型の地上性のサルの総称である。七種の亜種が知られ、中でもサハラ以南のアフリカ全域に分布する普通種のサバンナヒヒ（P. cynocephalus）は古くから「人間に最も近い実験動物」のひとつとして医学に活用されてきた。現在、世界最大のヒヒ繁殖施設である米テキサス州のサウスウエスト財団研究所から供給されるヒヒもこのサバンナヒヒである。ヒヒとしてはかなり大型で、牡は体重約三〇キロ、牝は一五キロにまで成長する。

だが、雄輝が見た動物は、明らかにヒヒとは異なる特質を備えていた。体重は五〇キロを超え、体型もヒヒに比べて明らかに直立していた。尾が短く、尾骶部にその痕跡しか残っていない。ヒヒ属の特徴である尻だこが存在しない。体毛も短く、薄い。顔もヒヒには見えなかった。鼻づらがヒヒに比べてつぶれたように短く、頭部を含めて異常なほど大きかった。

雄輝は〝ダンサー〟の特徴について、こと細かく有賀に説明した。ダイニングからは相変わらず、志摩子と夏花の話し声が聞こえてくる。まるで旅行にでも来たように楽しげな声だ。

「そんな特徴に該当する動物はいないな。しかも〝ダンサー〟は、とんでもなく頭が良かったんだろう」

「最初は僕も驚いたんだ。僕はチンパンジーやオランウータンと接したことはないけれど、奴の知能はおそらくそれ以上だと思う。なにしろ片言だけど言葉を話したし、片仮名や数字を理解してたんだから……」

信じられないような話だ。人間の言葉を話す動物など、オウムや九官鳥以外には聞いたことはない。

「しかし妙だな。その〝ダンサー〟と呼ばれていた動物は、体重が五〇キロ以上もあった。普通、サバンナヒヒは牡の成体でも三〇キロ程度だ。それにサバンナヒヒは、普通は性成熟するのに五年から七年はかかる。なぜ〝ダンサー〟は生まれてから四年でそれほど大きくなったんだ？」

「それについては説明はつくよ。クローン動物は、羊のドリーもそうだったけど、成長して歳をとるのが早いんだ。科学的に原因は解明されていないけど、元になる体細胞のドナーの年齢に早く近付こうとするらしい」

有賀はストーブのローディング・ゲートを開き、カラ松の薪を足した。松ヤニを含んだ樹皮に瞬時に炎が燃え移り、あたりを赤く染めた。カラ松は火力は強いが、燃え尽きるのも早い。

「エレナ・ローウェンが来日したのはいつだった？」

「二〇〇一年の九月……」

「ヒヒの妊娠期間は？」

「約十ヶ月……」

「それで〝ダンサー〟が生まれたのが二〇〇二年の九月だったな。〝ダンサー〟がクローンだとしても、時間的には矛盾はないわけか……」

「僕も何度もそれは確かめたよ。ローウェン博士や秋谷教授に直接聞いてみたこともあったし。でも教えてはくれなかったけどね」

確かに時系列に矛盾はない。だが、何かがおかしい。

「研究室にはヒヒが二頭いたそうだな」

「うん、トミーとサリー。〝ダンサー〟は牡のトミーのクローンだったんだ。あまり似ていなかったけど。両方とも、僕に懐いてたんだ。夏花から聞いたよ。処分されたんだってね。可哀そうなことをした……」

「なぜ秋谷はヒヒを処分したんだ？」

「多分、証拠を消そうとしたんじゃないかな。牝のサリーは〝ダンサー〟の代理母だったし。母体内で胎児が大きくなりすぎて、帝王切開の跡があったから……」

秋谷が何かを隠そうとしていたことは明らかだ。エレナ・ローウェンと木田隆二が死んだ現場に、三頭のS・スクロファ・スクロファを連れてこさせたのも秋谷の命令だった。有賀はすでにその事実関係を雄輝から確認している。しかも秋谷は事件の後に動物の管理施設を徹底的に洗浄させた。

だが、秋谷はなぜそこまで証拠湮滅を謀る必要があったのか。それがわからない。単純に〝ダンサー〟の存在を隠そうとしていただけなのか……。

「どうしたの、父さん」

考え込む有賀に、雄輝が訊いた。

「いったい秋谷は、何を隠そうとしているんだ。それがわからない」

「〝ダンサー〟かな……」

「しかし〝ダンサー〟はただのクローンなんだろう。だとしたらいまさら隠す必要なんかないじゃないか」

の研究データが外に漏れることを恐れたのか……」

「そうだね。もし〝ダンサー〟が本当にただのクローンだとしたら。それともあの研究室

わからない。秋谷が何を考えているのか。あの大学で、何が起きているのか——。

「ところで、エレナ・ローウェンだ。彼女と秋谷は共同でどんな研究をしていたんだ」

「ローウェン博士はヒトES細胞の権威だったんだ。その他にもトランスジェニック動物やキメラ、クローンに関しても、遺伝子工学全般のエキスパートだった。秋谷教授と共同研究とはいっても、主導していたのはほとんどローウェン博士さ。僕の知ってる限りでは、最近はヒヒのES細胞の樹立を目指していたと思う」

「なぜヒヒを?」

「ヒヒは人間に近いからさ……」

二〇〇一年、アメリカのブッシュ大統領は新しくヒトES細胞株を作ることを全面的に禁止する声明を発表した。以後アメリカでは、ヒトES細胞に関する研究は完全にストップしてしまった。

エレナ・ローウェンは法的に許される日本でヒトES細胞の研究を続けていた。だが、ヒトES細胞株を樹立するためには細胞研究の先進国であるアメリカとの情報交換が不可欠となる。そこで思いついたのが、まずヒヒでES細胞の樹立を目指すことだった。ヒヒ

ならば、ローウェンの母校のマサチューセッツ工科大学との情報交換も可能になる。生理学的にきわめて人間に近いヒヒのＥＳ細胞株を樹立することに成功すれば、ヒトＥＳ細胞の樹立にも飛躍的に近付くことになる。

「父さん、わかる？」

「まあ、何となくな……」

ヒトＥＳ細胞株の樹立が、世界中から注目されていることは理解できる。二〇〇五年に韓国ソウル大学の黄禹錫（ファンウソク）教授が、データを捏造（ねつぞう）してまでヒトＥＳ細胞の樹立に成功したと発表したこともその重大性を物語っている。現在、羊のドリーと同じ体細胞からＥＳ細胞が樹立されている哺乳類はマウスだけだ。もしヒヒによるＥＳ細胞の樹立が実現すれば、その科学者はとてつもない地位と名誉を手にすることになるだろう。

「父さんは大学の研究室には行ったの？」

雄輝がジャックを撫でながら言った。

「ああ、行ったさ。まるでホテルだな。あそこの動物管理棟は、人間の家よりよっぽど上等だ」

「犬がいなかったかな。牝のラブラドール・レトリバー。ラッキーっていうんだ……」

「ああ、いたよ。元気だったぜ」

そう、確かに元気だった。自分の体の中に豚の心臓が入っていることも知らずに、弱々しく尾を振るほどには……。

「そうか。ラッキーはまだ生きてたんだ。あいつ、まだ二歳なんだ。ジャックは幸せだよな。一五年も生きられてさ……」

有賀はマグカップにジム・ビームを注いだ。口に含み、考えた。あの動物管理棟だ。確かに、贅沢な造りだ。セキュリティ・システムも完璧だった――。

「なあ、雄輝。あの事件があった日だ。あの日のことをもう一度思い出してくれ」

「僕はあの日、夏花のアパートに泊まってた。宿直は木田君だったからね。朝六時半頃に農獣医の方に行くと、そこに秋谷教授が待っていた。S・スクロファ・スクロファを三頭研究室の方に連れてこいと言われて……」

「それから?」

「まさか二人の死体があることなんて知らなかったんだ。秋谷教授に、S・スクロファ・スクロファは夜中に逃げたことにしろと口止めされた。その後で僕が三頭を処分した。それだけだけど……」

「問題はそこじゃない。なぜ〝ダンサー〟はあの厳重な管理システムの中から逃げることができたんだ。檻の錠は、電磁ロックと機械式の二重構造になってたぜ」

「秋谷教授は嵐で停電が起きたんじゃないかと言っていた……」

「そんなことであの錠が外れると思うのか？」

雄輝は説明した。確かに、おかしい。〝ダンサー〟が入っていた檻の電磁ロックは万全だった。もし停電が起きたとしても、瞬間的に自家発電システムが稼働してバックアップする。しかも機械式のロックは、檻の中から絶対に開けることは不可能だ。

「有り得ない。停電くらいでは、〝ダンサー〟は逃げられない。でも、どういうこと？」

「誰かが、逃がしたのさ。〝ダンサー〟を逃がして得をする、誰かが……」

その時、有賀の携帯の着信音が鳴った。メールだった。夜になり、電波の状態が良くなったのだろう。メールは、阿久沢からだった。

「誰？」

雄輝が訊いた。

「阿久沢だよ。よくいっしょにキャンプに行ったじゃないか。いま奴は、土浦署の副署長なんだ。お前のことを、心配してたぞ」

「阿久沢さんには、僕がここにいることを教えたの？」

「いや、教えてない。大丈夫さ。あいつも、何があってもお前の味方だ」

メールを読んだ。内容は阿久沢らしく、ぶっきらぼうかつ端的だった。

〈――ＤＮＡの解析結果が出た。四つの現場の体毛がすべて一致した。何らかの実験動物。
どうやら雄輝君を見つけたらしいな。柴田夏花もそこにいるのか？　連絡を請う。
阿久沢健三――〉

「阿久沢さん、何だって？」

雄輝が訊いた。

「奴はおれとお前がいっしょにいることを感づいてるよ。お前のガールフレンドもだ。だてに長年刑事をやっているわけじゃないな。それに、ＤＮＡ解析の結果が出たと言ってきた」

「ＤＮＡ解析？　まさかそれ、〝ダンサー〟の……」

「そうさ。〝ダンサー〟だよ。奴は四つの現場に体毛を残してたのさ」

「ねえ父さん、そのＤＮＡ解析の結果、手に入らないかな」

「阿久沢に頼んでみてもいいが……。でも、どうして？」

「僕はここに自分のノート・パソコンを持ってきてるんだ。その中に、僕が管理していたいろんな実験動物のデータが入ってる。〝ダンサー〟以外はほとんど。ヒヒのトミーのDNA配列もある。もし〝ダンサー〟の解析結果と比較照合すれば、何かがわかるかもしれない。もしかしたら、〝ダンサー〟の正体も……」

有賀はヒヒのトミーのDNA配列と聞いて、心に引っ掛かるものがあった。それだ。秋谷がなぜヒヒを処分したのか、わかったような気がした。

「よし。明日、阿久沢に連絡してみよう。その前に、もうひとつ聞いておきたいことがある。さっき言っていたエレナ・ローウェンのヒヒのES細胞の研究だ。それは、どのくらいまで進んでたんだ？」

「詳しくは知らないけど……。でもいい所まで行ってたんじゃないかと思う。もしすでにES細胞株の樹立に成功していたと聞いても、僕は驚かないな」

「研究のことを知っていたのは？」

「ローウェン博士と秋谷教授。それに可能性があるとすれば木田君。彼はローウェン博士の恋人だったから。でも、なぜ？」

「そしてお前を入れて四人か。でも、二人は死んだ。残るは、お前と秋谷だけだ」

雄輝が、喰い入るような目で有賀を見つめた。有賀が続けた。

「もしお前も死んだら、どうなると思う」

「なるほど、そういうことか……」

雄輝が、大きく頷いた。

「〝ダンサー〟が逃げることによって、得をする奴がいるんだ。それならそいつを、炙り出してやろうじゃないか」

有賀が親指を立て、片目を閉じた。

2

その日から男女四人の奇妙な共同生活が始まった。

フィンランド・ログのコテージは、建売りの別荘として設計されたためにそれほど広くはない。一階はリビングとダイニングの他に、ベッドルームがひとつ。二階は半分がロフトになっている。あとは基礎を上げて造られた地下室があるだけだ。

だが、部屋割りは自然に決まった。雄輝はそれまでどおり、夏花とともに一階のベッドルームを使った。

有賀は別に何も言わなかった。二人とも、大人なのだ。好きなようにすればいい。

志摩子は二階のロフトに上がり、有賀は誰も使いたがらない地下室に降りた。だが地下室は、意外と快適だった。貸し別荘にするために、多人数が寝られるように改築されたのだろう。壁には壁紙が貼られ、床にもフローリングが施されている。八畳ほどの広さの部屋に、ベッドがひとつ。安物だが、いざとなればもう一人寝ることができるソファ・ベッドとテーブル。FFヒーターまで備えている。六年前にここで何が行われたのかさえ知らなければ、申し分のないスペースだった。

ベッドに横になり、有賀は様々なことを考えた。六年前のストーカー事件。筑波恒生大学の〝事故〟に始まった連続殺人。〝ダンサー〟と呼ばれる怪物。エレナ・ローウェンの研究と秋谷教授の秘密。それぞれのピースを組み合わせていくと、事件の全体像がおぼろげながら浮かび上がってくる。

だが、まだ欠けているピースがある。〝ダンサー〟の正体と、秋谷の目的。そして、雄輝の役割だ。

雄輝はこの山の中のコテージに残り、〝ダンサー〟と戦うつもりでいる。だが有賀は、雄輝を連れ戻そうとは考えなかった。

言っても無駄なことはわかっている。一度やろうと思ったことは最後までやり通せ。自分が〝飼った〟動物に関しては最後まで責任を取れ。そう教えたのは父親である有賀自身だった。

それにしても、〝ダンサー〟だ。いったい奴は、何者なのか。

体重が五〇キロを超えるヒヒのクローン。もしそれが事実だとしても、その存在は脅威だ。おそらく腕力、運動速度などの身体能力は、人間の数倍に達するだろう。しかも〝ダンサー〟は、人間に近い知能と、動物の本能を使い分ける能力を持っている。きわめて危険な相手だ。

雄輝が戦うならば、自分も戦わなくてはならない。それが父親としての義務だ。

雄輝はベッドに横になり、暗い天井のパイン材の節目を見つめていた。腕の中には夏花の温もりがある。耳元に、穏やかな寝息が聞こえてくる。

すべてが予想外の展開だった。父さんは、何を考えているのか。だが、訊かなくてもわかる。おそらく、ここに残るつもりだ。帰れと言っても、帰らないだろう。父親の性格は、息子である自分が一番よく理解している。

問題は、夏花だ。彼女だけはここに残すわけにはいかない。夏花は一週間の休みを取ってきたと言っていた。残り五日間。その間に、彼女を説得するのは自分の役目だ。あとは夏花が帰るまで、〝ダンサー〟がここに現れないことを祈るだけだ。

志摩子はロフトのベッドの上で寝返りをうった。もう何度も同じことを繰り返している。だが、眠れない。このコテージに来てからはいつもそうだった。

死んだニックと幹男。おぞましい青柳元彦と〝ダンサー〟と呼ばれる怪物の顔。目を閉じると、誰かが脳裏に出てきては志摩子の心の扉をたたき、眠りをさまたげようとする。

志摩子は、昼間は気丈に振る舞っていた。だが、無理をしていることを自分が一番よく知っていた。みんなが寝てしまい、一人になると、体の震えが止まらなくなる。

暗い窓を見た。闇の中に、〝ダンサー〟の顔が浮かぶ。幻だ。だがいつの日か、その幻が現実になる。

〝ダンサー〟は必ずここに来る。ニックや幹男のように、みんな殺される。そして自分は、六年前の青柳の時と同じように奴隷にされる……。

恐ろしかった。待ち受ける運命のことを想うと、不安と恐怖で押し潰されそうになる。

何度も、逃げ出したいという衝動に駆られた。だが、逃げられない。もし逃げたとしても、いつかは〝ダンサー〟に追い詰められ、捉えられる。

〝ダンサー〟は志摩子の生活のすべてを奪った。心を許せる唯一の仲間も。長年暮らしてきたささやかなアパートも。そして生きるための糧を与えてくれる仕事さえも。いまの志摩子には、逃げるべき場所はない。

せめてこの震える体を誰かが抱き締めていてくれたら……。

だが志摩子はその想いを、固く胸の中に閉じ込めた。

ジャックは外にいた。

人間が寝静まる前にドアを抜け出し、山の中に走りだしていった。急な斜面を駆け上がり、枯れた下生えの中を抜け、沢に沿って下った。清涼な樹木の精気の中で、老犬は少しずつ眠っていた本能を呼び覚ました。

風に揺れる梢(こずえ)。岩を伝う水の流れ。ここには様々な気配がある。そして、懐かしい幾多の匂いがあった。

ジャックが最初に探し当てたのは、野ネズミの匂いだった。匂いは、無数にあった。風下に回ると、やがてクマザサの群生の中に、無数の小さな影が動くのが見えた。息を殺し、飛び掛かった。だが野ネズミの群れは瞬時に四方に散らばり、落ち葉や倒木の陰に消えた。

次に見つけたのは、キツネの匂いだった。ジャックはその匂いの正体を知っていた。遠い過去に、何度か出くわしたことがある。自分と近い種類の動物。だが、けっして味方ではない。体は小さいが、侮(あなど)れない相手だ。

キツネは南へと向かっていた。ジャックは所々にマーキングを残しながら、その後を追った。匂いは沢を下り、ミズナラとクヌギの森を抜け、アスファルトの道路を横切ってさらに続いていた。

杉の植林地帯を抜けると、人里に出た。月光の中に、斜面に造られた畑と人家が並んでいた。ジャックはそこまで来ると、また別の匂いに行き当たった。

自分の仲間の匂い。甘く切ない匂いだった。

ジャックは、どちらの匂いを追うべきかを迷った。だが、本能を刺激する誘惑には勝てなかった。キツネの匂いを諦め、山を下り、人里へと向かった。

ジャックは走った。これほど走るのは、久し振りだった。闇にまぎれて畑の畦道を駆け抜け、迷うことなく一軒の家へと向かった。

広い庭のある農家だった。人は寝静まっていた。庭には軽トラックが一台あり、その奥に犬小屋が見えた。

犬小屋の前に、白い犬がいた。若い牝だった。他の犬の気配に気付き、警戒している。だが、ジャックが近付いていっても逃げようとはしなかった。

鼻先が触れるほどの距離まで来ると、白い犬は喉から低い声を出した。ジャックが、さらに一歩踏み出した。白い犬が飛び上がるように後ずさり、地面に体を伏せた。

だが、敵意は感じなかった。白い犬は、尾を振っていた。

ジャックはゆっくりと白い犬の周囲を回った。白い犬は、その動きを目で追った。だがやがて立ち上がると、今度は白い犬の方からジャックに近寄ってきた。

鼻先が触れ合った。どちらからともなく、甘い息が漏れた。

ジャックは朝早くコテージに帰ってきた。貪るように餌を食べると、デッキの日溜りの中で居眠りを始めた。

有賀はジャックの様子を注意深く観察した。異変はない。いつもと同じだ。

イギリスのジャーナリスト、デニス・バーデンスは、ある種の犬はESP（超感覚的知覚）を持つことを報告している。多くの飼い犬が地震を予知したり、飼い主の危険を察知して知らせるのはそのためだ。一九九五年の阪神淡路大震災の折にも、数時間前から町じゅうの飼い犬が騒ぎだし、周辺から野良犬が一頭残らず姿を消した。

かつて有賀は、ジャックの持つESPに幾度となく助けられたことがある。その能力は、絶対的に信頼できるものだ。もし〝ダンサー〟がここに近付いているとすれば、まずジャックがそれを察知する。少なくとも危険が迫っているのに居眠りをしているほど、ジャックの本能は衰えてはいない。

おそらくジャックは一晩中、山の中を歩き回っていたのだろう。自分の新しいテリトリーを確認し、それを見回るために。だがジャックはごく普通に家に戻り、餌を食べ、体を休めている。つまり、少なくとも現在は、自分のテリトリーの範囲内に危険な要素は迫っていないことを意味している。

まだ、大丈夫だ。〝ダンサー〟は近くにはいない。準備する時間はある――。

3

阿久沢健三は、有賀からのメールを副署長室で受け取った。

待ちわびていたメールだった。だが阿久沢は、そのメールの文面を読み進むうちに頭を抱（かか）えた。

いったい奴は、何を考えてるんだ……。

最初は阿久沢が有賀を利用するつもりだった。だが気が付くと、自分の方が有賀のペースに巻き込まれはじめていた。

内線を通じ、阿久沢は捜査二課の猪瀬を呼んだ。猪瀬を応接セットに座らせ、阿久沢は自分で二杯のコーヒーを淹（い）れた。

「へえ……。阿久沢さんがコーヒーを淹れてくれるなんて珍しいな。雨でも降らなきゃいいですけどね」

猪瀬がにやにや笑いながら言った。

「お察しのとおりだ。実はちょっと頼みがある」

阿久沢がソファに腰を下ろした。

「ほら来た。高くつきますよ」

猪瀬がコーヒーにミルクと砂糖をたっぷりと入れ、ゆっくりとすすった。

「ひとつはこの前のＤＮＡの解析結果だ。あのデータをすべて、ＣＤロムにコピーしてきてくれないか。ちょっとこちらでも調べてみたいことがあるんだ」

有賀はＤＮＡの解析結果を要求してきた。しかもプリントアウトしたものではなく、メールでだ。それを雄輝に見せれば、大学の研究室から逃げ出した動物の正体がわかるかもしれないという。最後に、雄輝のパソコンのメールアドレスが添付してあった。だが、警察のパソコンから直接送るわけにはいかない。送信記録が残ってしまう。

「それは厄介だな。最近はうちの署も捜査情報の漏洩にはうるさいからな……」

猪瀬が顔をしかめた。

「今度の金曜に、松寿司で一杯奢るよ。それでどうだ」

「わかりました。何とかやってみます。でも少し時間をください。他には？」

「もうひとつ。最近うちの管内で、男の変死体が出てないか。身元不明なら何でもいいんだが……」

「変死体ですか？　うちじゃないですね、最近は。五日ほど前に佐原署の方でホームレスの仏さんが出たそうですが……。身元照会の資料が回ってきてましたね」

「それでいい。その資料を持ってきてくれ」

「だけどそんなもの、どうするんです？」

「うまくいけば、大学の方に捜査令状を取れるかもしれない……」

阿久沢は、自分の考えていることを猪瀬に説明した。秋谷教授を、罠に掛ける。もちろんすべて有賀からの受け売りだ。

「そいつは傑作だ。しかし阿久沢さん、よくそんな悪いこと思いつきますね」

猪瀬が腹を抱えて笑い出した。

午後、阿久沢は私服に着換え筑波恒生大学に向かった。

秋谷教授には、すでに面会の約束を取りつけてあった。土浦署の副署長だと名乗ると、いとも簡単に会うという。よほどの自信家のようだ。

秋谷は研究室で待っていた。前に、アウディの新車のセダンが駐めてある。警察官には汚職にでも手を染めない限り、一生手に入れることのできない代物だ。

私室に通され、いきなり握手を求められた。身のこなしに隙がない。死んだエレナ・ローウェンとの関係が噂され、医学部の女子学生にも何人か手を付けていると聞いていた。この男ならば、有り得るだろう。

「それで、捜査の方は進んでますか」

秋谷がにこやかに笑いながら訊いた。

「捜査？　何の捜査ですか」

阿久沢がとぼけたように返した。

「おたくの署の方々が学生達にいろいろ聞き回っているそうですよ。しかし、あれは単なる事故です。事件ではない」

「ああ、その件ですか。あれはローウェン教授の事故とは直接関係ありません。実はあの事故の後、この大学の三浦雄輝という研究員が行方不明になってましてね。親御さんの方から捜索願いが出てるんですよ。その件だと思います」

「なるほど、そういうことですか。実は私の所にもお父様が一度お見えになりましたよ。確か、有賀さんと言ったかな。私も、三浦君のことでは心配してるんです。それで、今日はどのような御用件です？　副署長さんが直々にいらっしゃるとは、穏やかじゃありませんね」

「やはり三浦君の件です。実は五日前に、土浦市の霞ヶ浦の湖畔で身元不明の男性の遺体が発見されたんです。新聞で御覧になりませんでしたか？」

「いえ。見ていません。まさかそれが……」

「遺体は損傷が激しくて、最初は付近で生活するホームレスのものだと思われていたんです。しかし、ご親族に確認をお願いしたところ、三浦君に特徴が似ていると……」

「何ということだ……」

秋谷が天を仰ぎ、いかにも悲しそうな顔をした。まるでシェークスピアのハムレットのように。だが口元に、かすかな笑いがかすめたことを阿久沢は見逃さなかった。

「お悔やみ申し上げます。このような場合、辛い役目を申しつかるのは、いつも私の役回りでしてね……」

「それで副署長さんが。わざわざご親切にありがとうございました。それにしてもあの三浦君が……。彼は優秀な研究員でした。木田君があのような事故で亡くなり、今度は三浦君ですか。私は両腕をもがれたような心境です。これからどうすればいいのか……」

秋谷は完全に引っ掛かった。

白々しい芝居に夢中になり、自分が決定的なミスを犯していることに気付いていない。雄輝がなぜ死んだのか。その死因を阿久沢に訊こうとしない。

帰り際に、阿久沢は実験動物の管理棟を見学した。秋谷は雄輝のことなど忘れてしまったかのように、喜々として説明しながら内部を案内した。有賀の言うとおりだ。完璧な管理システム。さらにすべての証拠を湮滅（いんめつ）するべく徹底的に洗浄されている。

一頭の犬に目が止まった。ラブラドール・レトリバーだ。

「この犬は？」

阿久沢が訊いた。

「よく聞いてくれました。この犬こそ、現代医学の奇跡なんです。副署長さんは、異種移植という言葉を御存じですか」

「いえ、わかりません……」

「この犬には、豚の心臓が移植されているんです。トランスジェニック・ブタという遺伝子操作を受けた特殊な豚です。手術後、もう五〇日以上も生存している。世界記録は、六〇日ですから、あと数日でその記録を更新する」

阿久沢が檻の中に手を差し出した。犬が指先を舐め、弱々しく尾を振った。

「するとこの犬は、ずっとここで暮らしてるんですね」

「そうです。もう半年以上も前から。この研究所に来てからは、手術の時以外は一歩もこの管理棟の中から出ていません。他の雑菌に感染する恐れがありますのでね。それが何か？」

「いえ、別に。いや、それにしても素晴らしい……」

阿久沢が、穏やかに言った。

奴は、墓穴を掘った。

4

群馬県高崎市――。

佐藤直美は午後三時に愛車のヴィッツに乗り、住吉町の自宅のマンションを出た。毎日この時間になると、直美は一人娘の真美華を保育園に迎えに行く。

保育室に入っていくと、真美華はまだ友達と遊んでいた。顔見知りの保育士と挨拶を交わす。真美華が直美の顔を見つけ、遊んでいたブロックの玩具をその場に置き、あわてて自分の鞄を取りに行った。

保育園には母親が仕事を持っている子供が多い。この時間には、まだ誰も迎えには来ない。だが直美は、いつも真美華を送り出してしまうと心にぽっかりと穴が空いたように淋しくなる。少しでも早く、真美華のあどけない笑顔が見たくてたまらなくなる。

二人で手をつなぎ、誰もいない園庭を歩いて車に向かった。

「今日ね、絵を描いたんだよ」

真美華が直美の顔を覗き込みながら言った。

「上手に描けた？　何を描いたの？」

直美がいとおしそうに真美華を見つめた。

「トトロだよ。ほら」

そういって直美に丸めた画用紙を手渡した。広げてみる。つい先日、真美華が四歳になった誕生日に『となりのトトロ』のＤＶＤをプレゼントに買った。以来、真美華は、毎日のようにそれを見ている。だが画用紙に描かれていたのは、ミジンコとも宇宙人ともつかない奇妙な生き物だった。

「へえ。上手に描けたね。先生にほめられた？」

「うん、ほめられたよ」

「今日もおやつ持ってきたからね。帰りに公園で遊んでいこうね」

「うん」

真美華の大きな瞳が輝いた。小さな、紅葉(もみじ)のような手の温もりが直美の指を握(にぎ)り締めた。覚えたばかりのスキップで体を弾(はず)ませると、リボンで結んだお下げが秋風に揺れた。国道から脇道に入り、いつもの倉賀野(くらがの)緑地に向かった。烏(からす)川の河川敷(かせんしき)に造られた、小さな公園だ。ここで一時間ほど真美華を遊ばせ、帰りに駅前の髙島屋(たかしまや)で食材を買って帰る。それが直美の日課だった。

川沿いの駐車場に車を置き、ポットと小さなランチ・ボックスを持って芝の丘に登った。丘の上に、一本脚の茸(きのこ)のような形をした東屋(あずまや)がある。ベンチに座り、ランチ・ボックスを広げた。他には誰も人がいない。

直美は自分で焼いたクッキーの小さな袋と、紙パックのオレンジジュースを真美華に渡した。自分にはポットからコーヒーをカップに注ぐ。小さなほっぺたを膨(ふく)らませたりへこませたりしながらストローで懸命にジュースを吸う真美華の様子を、直美は優しげな笑顔で見守った。

自分の娘という存在は、どうしてこれほど心に安らぎを与えてくれるのだろう。私の分身。何ものにも代(か)え難(がた)い宝物……。

そして夜になれば、優しくて堅実な夫が帰ってくる。平穏で、何ひとつ不自由のない人生。この幸せが、永遠に続くことを願わずにはいられない。

ジュースを飲み終えると、真美華がおしゃまな口調で言った。

「私、遊んでくるね。ママはどこにも行かないでね」

「大丈夫。ここで見てるから。気を付けてね」

真美華がクッキーの袋を手にし、丘を下っていく。午後の斜光の中を走るその姿は、まるで絵本から飛び出してきた天使のようだ。

東屋からは、それほど広くはない公園のほとんどが見渡せる。直美はコーヒーを飲みながらうっとりと真美華が遊ぶ姿に見とれ、読みかけの本を開いた。公園の先には、山から秋の気配を運ぶ烏川がゆったりと流れていた。

真美華はフェンスで囲まれた児童公園に向かった。

ここには真美華のお気に入りの遊び道具がいくつかある。中央に大きな苺(いちご)が載ったシーソー。リスやアヒルの形をしたプラスチックの木馬。ここでは保育園と違い、遊び道具を友達と取り合いになることもない。

真美華は一番好きなアヒルの木馬に乗った。体を弾ませると、木馬を支えている太いスプリングがたわみ、心地良く揺れた。

丘の上の東屋の下に、母親の姿が見えた。

「ママ――」

大きな声を出して母親を呼び、手を振った。でも、ママは本に夢中になっていて、気が付かない。

次はシーソーに乗った。苺の両側に、白と茶の二頭の馬が向かい合わせに付いている。真美華のお気に入りは、白い馬の方だった。

馬にまたがり、小さな体を揺すった。だがシーソーは、一人では動かない。

真美華は保育園の仲の良い友達を思い浮かべた。ヨウコちゃんがいたらいっしょに遊べるのに……。

真美華はクッキーの袋を開け、中からチョコレート色のかけらをひとつ取り出して口に入れた。ココアとバターの香りが口の中いっぱいに広がると、もうヨウコちゃんのことは忘れていた。

つまらないな……。

ふと、隠れんぼをしようと思いついた。ママがオニで、自分が隠れる役……。

白い馬から降りて、木造の管理小屋の裏に回った。管理小屋には誰もいない。しばらく小屋の外壁から顔を半分出し、母親を見ていた。気がついていない。真美華は口に小さな手をあて、楽しそうに笑った。

その時、声が聞こえた。

「グフ……」

振り返った。管理小屋と植え込みの間に、何かがうずくまっていた。汚れた服を着ている。だが、見たこともないような面白い顔をしていた。

真美華はクッキーを持ったまま〝ダンサー〟に近付き、その前に立った。毛に覆われた褐色の顔の中で、灰色のガラス玉のような目が見つめている。

「あなたは人間？　それとも犬なの？」

真美華が訊いた。だが〝ダンサー〟は何も言わない。

「わかった。トトロね。あなたはトトロでしょ？」

「……トト……ロ……？」

〝ダンサー〟が奇妙な声を出した。

「やっぱりトトロだ」

真美華がさらに〝ダンサー〟に近付き、その前にしゃがんだ。

「怪我をしてるの？」

そっと手を出し、頭を撫でた。〝ダンサー〟は動かない。

「お腹が減ってるのね。そうなんでしょ？　クッキーならあるわよ。ママが焼いてくれたの。とってもおいしいのよ」

　クッキーの袋を開け、ひとつ取り出した。口元に差し出すと、〝ダンサー〟の鋭い牙が
それをゆっくりと銜えた。

　嚙み砕く音。それを呑み下した。

「グフ……」

「おいしい？」

「グフ……おいしい……」

「それなら全部あげるわ。私はまたママに焼いてもらうから」

　クッキーの袋を、〝ダンサー〟の前に置いた。

「それからこれもあげる。お友達のしるしよ」

　真美華がそういって、上着のポケットから何か光るものを取り出した。ゴムの輪にピン
クのビーズを通した髪飾りだった。手の上に載せ、〝ダンサー〟に差し出した。

「……グフ……」

　真美華の紅葉のような小さな手を、〝ダンサー〟の歪な指がそっと摑んだ。

　直美は区切りのいいところまで本を読み、ページに枝折りをはさんだ。冷めたコーヒー

を飲み、あたりを見渡した。だが、真美華の姿がない。

どこに行ったのだろう……。

ベンチを立ち、歩いた。いつも真美華が遊んでいる児童公園の木馬やシーソーが見えた。だが、そこにも真美華はいない。

「真美華——」

声を出して、呼んだ。しばらくすると、管理小屋の陰からひょっこりと真美華が顔を出した。

直美がその姿を見つけ、手を振った。頭の両側のお下げを揺らし、スキップをしながら向かってくる。まるで悪戯（いたずら）な天使のような笑顔で。直美は腰を落として両腕を広げ、その小さな温もりを胸に受け止めた。

「真美華、あんなところで何をしてたの」

「隠れんぼしてたの。ママがオニよ。見えなかったでしょ」

「うん、見えなかった。真美華、上手に隠れたね」

直美が笑いながら言った。

「そしたらね、トトロがいたんだよ。お腹がすいてたから、クッキーあげたの」

「トトロが？　良かったね。真美華はトトロ見たんだ」

「うん。まだきっといるよ。ママも見に行く？」

「ママはいいの。トトロは大人には見えないの。子供にしか見えないのよ」

「そうなんだ……」

「晩御飯のお買物しなくちゃいけないから、もう帰ろうね」

「うん」

二人は手をつなぎ、車に向かった。あたりを黄昏（たそがれ）が包みはじめていた。

5

何事もなく、平穏な日々が過ぎた。

秋は、忍び寄るように深まっていく。昨日まで青かった樹木の葉が、一夜明けると色付きはじめている。コテージの周辺にある何本かのモミジやカエデも、いつの間にか赤く染まっていた。

四人の奇妙な共同生活は続いていた。雄輝は常に夏花と二人で過ごし、志摩子はほとんどコテージの中に閉じ籠（こも）っていた。有賀は暇があればジャックを連れて山を歩き、周囲の様子を探った。

コテージを囲む森は別荘地ということもあり、樹木はそれほど密集していない。だが、森は森だ。デッキの正面は多少開けてはいるが、背後には深い山が切り立ち、北東の高岩(たかいわ)山へと連なっている。

〝ダンサー〟はどこから来るのか。日中に正面から向かってくるようなことでもなければ、目視による確認は難しいだろう。

おそらく奴は、夜の闇にまぎれてここにやってくる。背後の山を越えてくるのか。南東の森を抜けてくるのか。それとも西の渓(たに)を上がってくるのか。予想することは不可能だ。

有賀は車の中から五〇〇メートル巻きの釣り糸を持ち出し、周囲の森に張り巡らした。その一端をコテージに引き込み、数個のビールの空き缶につないだ。

雄輝が言うには、〝ダンサー〟は視力が弱い。もし〝ダンサー〟が釣り糸に触れれば、空き缶が鳴って近付いたことを知らせる仕掛けだ。風に影響されないように太い木の幹を選び、地上二メートルほどのところに釣り糸を張った。だが、仕掛けがまともに機能してくれるかどうかはわからない。

頼りになるのはむしろジャックの本能だ。いまのところジャックの様子に変化はない。午前中はほとんど居眠りをして過ごし、午後は有賀とともに山を歩く。夕刻に餌を食べてひと眠りすると、夜になってまた出掛けていく。

いまもジャックは有賀の前を歩いている。山に駆け登り、何かの臭いを探し、また森の中を駆け抜ける。ごく普通の犬のように。

だが有賀は、ジャックのかすかな変化に気付いていた。ここ数年の、年老いてからのジャックとは明らかに動きが違う。俊敏(しゅんびん)だった。〝何か〟を予知し、来たるべき時に備え体を鍛(きた)えているかのようだ。

ここ数日で、ジャックの体は明らかに引き締まっていた。若返っているようにさえ見える。ジャックは知っているのだ。危険が迫っていることを――。

時折、ジャックが有賀に走り寄り、意味もなく甘えた。尾を振り、何かを言いたげな目で有賀を見つめた。だが、犬は言葉を話せない。そんな当たり前のことがもどかしい。

〝ダンサー〟はやがてここにやってくる。だが、どのようにして戦うべきか――。

山を歩く時に、有賀は常に腰に一本の叉鬼山刀(またぎさんとう)を下げている。秋田の阿仁(あに)又鬼、西根正剛(にしねまさたけ)という刀工が造ったフクロナガサだ。刃と一体になった鉄の柄(つか)の部分が袋状になっていて、そこに木の棒を差し込めば槍(やり)としても使える。刃渡りは約三〇センチ。阿仁又鬼は、実際にこのフクロナガサで熊と戦うと伝えられる。キャンプや山歩きの時に使うために、車に常備してあったものだ。有賀が持つ〝武器〟らしきものは、それだけだ。

雄輝は様々な武器を用意していた。スタンガンが二基。英国製の強力なクロスボウ。巨大なサバイバル・ナイフ。そしてストロボ機能の付いたLEDライト。

その中でも有賀が興味を持ったのはLEDライトだ。〝ダンサー〟は、強い光を恐れる。それが唯一の弱点だ。有賀もLEDライトをひとつ持っていた。スーパーファイアーのSF-101というタイプだ。光は強力だが、ストロボ機能は付いていない。

いずれにしても、LEDライトはダンサーを追い払うことはできても仕留めるための決め手にはならない。その他の武器も、どれだけ相手に通用するのか未知数だ。雄輝のクロスボウにはレーザー・サイトが付いているが、暗闇で素早く動き回る標的を捉えるのは難しい。しかも〝ダンサー〟は人間の二倍——もしかしたら三倍以上——の身体能力を持っている。

だが、運命は確実に時を刻んでいる。いまは軽井沢を離れることはできない。手持ちの武器で戦うしか方法はない。

コテージに帰ると、夏花が一人でデッキに座っていた。有賀を見ると、笑顔で手を振った。だが、うかない表情をしている。いままで泣いていたかのように、目を赤く腫らしていた。

「いい天気だ。山は紅葉がきれいだな」

有賀がそう言って夏花の横に座った。手に、長い木の棒を持っている。つい先程、山で拾ってきたものだ。先端をフククロナガサの柄の太さに合わせ、削りはじめた。

「何かあったのか」

有賀が何くわぬ顔で訊いた。

「ううん。何でもない……」

夏花が取り繕うように笑った。だが両方の目から、いまにも涙がこぼれそうだ。

「雄輝と喧嘩でもしたのか」

「違うの。喧嘩じゃない。ただ意見が合わなかっただけ……」

なるほど、そういうことか。夏花は大学に一週間の休みを取って軽井沢に来ている。その休みが、明日で終わる。だが帰るのか。それともここに残るのか。まだその答えを出していない。

「今日はこれから町に買い物に行こう。四人で、信州牛の上等な肉を買ってこよう。君の最後の夜だ。このデッキでバーベキューをやるんだ」

だが、夏花の頬に涙が伝った。

「私、帰りたくない……」

「雄輝は何て言ってるんだ」

「帰れって。私がいると、足手まといだって……」

「雄輝はしょうがない奴だな……」

有賀は木を削りながら語りはじめた。昔のこと――自分がまだ若かった頃のことを。

自分は学生時代、まだ二一歳の時に結婚した。夏花と雄輝と同じように、相手は大学の同級生だった。その一年後、雄輝が生まれた。だが、二人はうまくいかなかった。

原因は自分だ。家庭を顧(かえり)みることなく、いつも好き勝手なことをやっていた。妻を待たせ、心配を掛け、淋しい思いをさせた。やがて雄輝の母親は、有賀を待つことに耐えられなくなった。

「悪いのはおれだ。雄輝も同じさ。似てるんだ。親子だからな。女に甘え、心配を掛け、待たすことを当然だと思ってる。とんでもないろくでなしだ」

「ユウちゃんは違うわ。普段はとても優しいもの……」

「いや、違う。騙(だま)されちゃだめだ。あんなに自分勝手な奴はいない。早いとこ別れちまった方がいい。父親のおれが言うんだから間違いない」

「そんなことはない。ユウちゃんは話せばわかってくれるわ」

夏花が強い口調で言った。

「無駄さ。あいつの性根(しょうね)をたたき直すには痛い目に遭(あ)わすしかないんだ」

「そんなことを言ったらユウちゃんが可哀そう」

少しずつ夏花がむきになる。

「雄輝のことをかばうことはない。このままだと君は、一生待ち続けることになるぞ」

「大丈夫よ。私はいくらでも待てるわ」

「なんだ、待てるのか。それなら簡単じゃないか。一度、筑波に帰って、雄輝の帰りを待てばいい」

夏花が、ふと気が抜けたように笑った。

「私、有賀さんにうまく乗せられちゃった……」

有賀は削り終えた木の先端にフクロナガサを差し、満足そうに眺めた。

「君が帰っても、おれがここに残る。おれは雄輝の父親だ。君以上にとは言わないが、少なくとも同等には奴を理解しているし、愛している。大丈夫だ。おれが自分の命に換えても雄輝の命を守る。約束するよ」

「うん……」

夏花が小さく頷いた。

「よし。そうと決まったら買い物に行こう。雄輝と志摩子を呼んできてくれ」

ささやかな宴だった。

有賀は少し無理をしてステーキの肉を四枚と、ジャックの好物の骨付きソーセージを買った。雄輝と二人でバーベキューのための炭を熾している間に、夏花と志摩子は地元の茸をふんだんに入れた芋煮を作った。デッキに運び、最後にひと煮立ちさせて下仁田葱を入れる。椀から立ち昇る湯気を吹きながらすすると、冷えた体と心が芯まで温まった。

最初に肉を二枚焼き、切り分けた。塩と胡椒で味付けをしただけだが、凜とした森の大気と昼間の汗が最高の調味料になる。よく冷えたビールがさらに肉の味を際立たせた。

有賀は、自分の皿からステーキの一番いいひと切れをジャックに与えた。ここではジャックが長老だ。しかも四人の命は、ある意味でジャックの能力に託されている。最高の肉を味わう権利がある。

ビールの後で、酒をワインに換えた。オーストラリアのバロッサ・ヴァレー産の赤だ。糖度が低く癖のない味が和牛に合う。だが有賀は、飲むペースを抑えていた。いま、この平穏なひと時にも、〝ダンサー〟はここに向かっている――。

ジャックの様子を見守った。変化はない。牛肉をひと口で呑み下した後、骨付きソーセージに夢中でかぶりついている。だが、やはり歯が弱くなった。芯に入っている骨を噛み砕くのに苦労している。

人間は不思議だ。旨いものを食べ、腹が満ちた分だけ心が軽くなる。美味い酒を飲み、喉を潤した分だけ饒舌になる。いつの間にか雄輝と夏花の間の蟠りも融け、会話が弾んでいた。

だが、志摩子だけは違った。三人の会話に耳を傾け、取り繕うように笑顔を見せるが、どこか上の空だ。自分の世界に閉じ籠っている。ワインの後、一人だけ酒をタンカレーのジンに換えた。ロックで呷るようにグラスを空ける。味わうというよりも、自分を壊そうとするかのような飲み方だった。

突然、志摩子が奇妙なことを言いはじめた。

「ねえ……。変なこと、訊いていい？」

目が酔っていた。

「何だい」

有賀が言った。

「有賀さんと雄輝君、二人ともゲイじゃないよね」

その言葉に、有賀と雄輝が顔を見合わせた。

「まさか。僕はゲイじゃないよ。夏花という恋人もいるし……」

雄輝が言った。

「おれにはもっと確かな証拠があるぜ。結婚して、雄輝という息子がここにいるんだから。でも、なぜそう思ったんだ？」

有賀が言った。

「そうだよね。でも、おかしいんだ……。私、ゲイの男の人じゃないと安心できなかったの。普通の男の人が、怖かったの。でも有賀さんと雄輝君だけは、なぜか平気なの。怖くない。逆に、二人がいてくれると安心できるの……」

三人が顔を見合わせた。

「何日もいっしょにいたからだろう。馴れちゃったのさ」

有賀が言った。自分で言っておいて、間の抜けた理屈だと思った。

「そうかもね。でも、理由なんてどうでもいいの。今夜は楽しいね。私、踊りたくなっちゃった……」

志摩子が席を立ち、ふらつきながらコテージに入っていった。しばらくすると、カセットデッキを持って戻ってきた。深紅（しんく）のスパンコールの衣装に着換えていた。

カセットデッキのスイッチを入れた。アコースティック・ギターの心を掻（か）き乱すような音が鳴った。やがて志摩子は両腕を羽のように広げると、ギターの音色（ねいろ）に合わせて踊りはじめた。

コールマンのランタンのわずかな光の中で、志摩子は怪しげにサパティアを踏んだ。ギターとビオラが激しく鳴る。ピルエット・ターンで巻きスカートを翻し、妖艶な視線を有賀に向けた。

まるで近くに誰かもう一人のダンサーがいるかのようだ。その影に抱かれるようにアダジオのステップを踏んだ。

三人は、息を呑んだ。呆然と志摩子が踊る姿に見とれた。

志摩子がプロのダンサーであることは知っていた。だが、いま目の前でサパティアを踏む彼女は、三人が知る志摩子とは全くの別人だった。この世の光景とは思えないほど妖艶で、気高く、美しかった。

その時、志摩子のヒールがデッキの板の隙間に挟まった。体がよろけ、尻餅をついた。

有賀と雄輝が席を立ち、助け起こした。

「大丈夫か?」

有賀が言った。

「平気。私、ちょっと酔ったみたい……」

「そうだな。少し飲みすぎだ。もうやめた方がいい」

志摩子が、うつろな目で有賀と雄輝の顔を見た。そして言った。

「ねえ、二人とも、死んだりしないわよね……」

「どうして？　僕らが死ぬわけないじゃないか」

雄輝が言った。

「それならいいの……。何か楽しいことがあると、私の好きな人が二人死ぬの。お父さんとお母さんの時がそうだった……。ニックと幹男の時も……。今日も楽しかったから。ごめんね、変なこと言って……」

「おれ達は死なない。そして、君もだ」

有賀が言った。

「そうだね。死んだらお酒も飲めなくなっちゃうもんね……。私、酔っちゃった。もう寝るね……」

志摩子がふらつきながらコテージに入っていった。夏花がカセットデッキを持ち、後についていく。志摩子は階段の手すりに摑まりながらロフトに登ると、スパンコールの衣装のままベッドに倒れ込むように横になった。

「志摩子姉さん、どうしちゃったんだろう……」

雄輝がワインを飲みながら言った。

「まあ、誰でもそういう時があるさ。おれだって酒で潰れたくなることもある。この歳になっても、な」

「僕が前に手紙を出した時とか？」

「お前、また殴るぞ」

有賀が言うと、雄輝がいかにも楽しそうに笑った。

有賀がもう一本、袋からソーセージを出してジャックに与えた。ジャックは好物を目の前にしてしばらく考えていた。だがやがてそれを銜えると、有賀の顔を一瞥し、森の中に走り去った。

なるほど、そういうことか……。

「ジャックも変だよね。ここに来てから、毎晩出掛けていく。どこに行くんだろう」

雄輝が言った。

「〝女〟でもできたんだろう」

「女？　だってジャックはもう一五歳だよ」

「人間も犬も同じさ。死ぬまで現役だ。あいつはジゴロなんだ。おれが連れて行ったアラスカやオーストラリアにも〝女〟がいた。多分、世界中に遺伝子を残してるはずだ」

「やるな、あいつ……」

二人が目を合わせ、また笑った。

ジャックは大丈夫だ。まだ本能を失ってはいない。危険が迫れば、誰よりも先に察知してくれるだろう。静かな夜が更けていった。

宴が終わり、有賀は地下室に降りた。ベッドの冷たさがいつになく身に染みた。酒は飲んだが、頭の芯はまだ醒めていた。明かりを小さくし、闇を見つめた。自分達は、いつまでここにいることになるのだろう。あれ以来、阿久沢からは何も連絡はない。

ドアをノックする音が聞こえた。雄輝だろうか。

「誰だ?」

有賀が言うと、ドアがきしみながら開いた。誰かの影が、階段を降りてくる。雄輝ではない。志摩子だった。

小さな明かりの中で、志摩子がベッドの横に立った。まだ深紅のスパンコールの衣装を身に着けていた。

「ここで寝かせて」

志摩子が言った。

「それはかまわないが……」

有賀が志摩子を見つめながら言った。

志摩子が服を脱ぎはじめた。スパンコールの衣装の下には、何も身に着けていない。

「ちょっと待て……」

だが、志摩子はベッドの中に体を滑り込ませてきた。

「愛している女性、いるの？」

志摩子が訊いた。

「いや、いまはいないけど……」

「それならいいじゃない。女に恥をかかせるものじゃないわ」

「ちょっと……」

何かを言おうとした有賀の口を、志摩子の熱い唇が塞いだ。

6

〝ダンサー〟は湖のほとりにいた。

周囲を山と森に囲まれた小さな湖だった。

誰もいない。湖面が月明かりに光り、妙義山の切り立った岩壁が影を投げかけていた。

対岸に、鮮やかな鴇色をした眼鏡橋が掛かっている。だが〝ダンサー〟は、その色を感じることはできない。

首を傾げた。遠い昔、どこかで見た記憶があるような風景だった。

だが〝ダンサー〟は筑波恒生大学の研究室で生まれた。以来、一度も檻の外に出されたことはない。この湖の風景を見るのも、初めてだった。

ごみ箱の中から観光客が捨てた釜飯の残りを拾った。それを、手摑みで口の中に押し込んだ。

「グフ……」

腹が減っていた。そして、凍えていた。

〝ダンサー〟は、寒さが苦手だった。研究室の中では、常に二五度に保たれた檻の中で飼われていた。このような寒さは、経験したことがない。標高が上がるにつれて、寒さは厳しさを増している。

だが〝ダンサー〟は、北西に向かっていた。何かに憑かれたように。それが自らに課せられた義務であるかのごとく。

〝ダンサー〟は左腕を見つめた。ニックとの戦いで負った怪我は、まだ治っていない。自由に動かすこともできない。

手首に、ピンク色のビーズが光っていた。〝ダンサー〟は、それをそっと撫でた。

「グフ……。……かわ……いい……」

彼方を見上げた。妙義山が険しく聳えている。その時、頭の中で声を聞いた。

急げ——あの山を越えろ——。

月が雲に隠れ、また顔を出した。

〝ダンサー〟の姿が、湖畔から消えた。

7

翌日、柴田夏花は南軽井沢のコテージを発った。

いつもと同じように朝食を摂り、仲間達との何気ない会話を楽しみ、一週間分の思い出とともに荷物をバッグに詰め込んだ。

外に出ると、雲が山の稜線まで降りてきていた。今日は久し振りに天気が崩れそうだ。山には今年初めての雪が舞うかもしれない。色鮮やかな紅葉も、いまは霞む大気の中に沈んでいた。

有賀、雄輝、志摩子の三人が軽井沢駅のホームまで見送った。夏花は一人ずつと握手を交わし、弁当を買い、最後に雄輝と抱き合ってお互いの体温を確かめた。

「気を付けて……」

「大丈夫だ」

「連絡してね……」

さして意味もない会話の後で、ホームに滑り込んできた東京行きの新幹線に乗った。観光地なら、日常的にどこででも見かけるような風景だった。窓際の席に座り、手を振った。列車が走り出し、三人の仲間の姿が見えなくなるまで夏花は笑顔を保つことができた。

三人は帰りに南口のショッピングモールに寄った。スタンガンとLEDライトのために予備のバッテリー、食料、そして新聞を一部買った。カフェに入り昼食を摂りながら、有賀は新聞を広げた。公共工事をめぐる贈収賄汚職、いじめによる自殺連鎖、北朝鮮の核実験関連のニュース。情報を閉ざされた山の中で生活している間にも、社会は確実に時を刻み続けている。

社会面を開く。そこに見たことのある顔と名前が載っていた。秋谷等だ。有賀はコーヒーを飲みながら、その記事にざっと目を通した。

「秋谷が引っ掛かってきた」

有賀が言った。

「どうしたの、父さん……」

「この記事を読んでみろよ」

有賀が新聞を雄輝に渡した。

一〇月一七日、読売新聞——。

〈——16日、筑波恒生大学医学部の秋谷等教授（47）が二つの研究成果について記者会見を開いた。秋谷教授は臓器の異種移植における国内の第一人者として知られるが、この日トランスジェニック・ブタの心臓を移植された犬（牝・二歳）の生存期間が術後61日に達し、これまでの世界記録の60日を上回った。
さらに秋谷教授はヒヒの成体の体細胞からES細胞株の樹立に成功したことを発表した。これまでのES細胞株の樹立はマウスで記録されているのみで、もちろんヒヒは世界初。秋谷教授はこの二つの研究成果により「人類医学における異種移植と再生医療に画期的な進歩をもたらすことになる」と宣言した。なお二つの研究内容の詳細は英サイエンス誌の２００７年２月号に発表される予定——〉

記事を読み進むうちに、雄輝の顔が怒りで青ざめていく。

「あの野郎……」

雄輝が、新聞を握り潰した。

「どうしたの？」

志摩子が訊いた。

「今回の一連の事件の黒幕は、雄輝の大学の秋谷という教授だ。それがわかったのさ」

「なぜ秋谷はこんなことを……。確かに犬の心臓の異種移植は秋谷がやったことだ。しかし、ヒヒのES細胞株の樹立はローウェン博士の研究じゃないか。あいつ、それを横取りしやがった……」

「簡単なことさ。エレナ・ローウェンがヒヒのES細胞株の樹立を目指していることを知っていたのは、四人だけだ。ローウェン博士本人と、秋谷。あとは死んだ木田隆二と、お前だ。しかしあの事件でローウェンと木田の二人が死んだ」

有賀が言った。

「しかも秋谷は、僕も死んだと思っている……」

「そういうことさ。そうなれば、ローウェン博士の研究のことを知っているのは秋谷一人だ。自分のものにしても、誰も文句は言わない」

「死人に口なし、か……」

「お前に〝ダンサー〟を追えと言ったのは？」

「秋谷だよ。青柳元彦の周辺を洗えと言ったのも秋谷だった……」

秋谷は〝ダンサー〟がきわめて危険な存在であることを承知していた。もし雄輝が一人でそれを追おうとすれば、何が起こり得るのかも。これほど筋書きどおりに事が運ぶと予想していたかどうかは別として、未必(みひつ)の故意があったことに変わりはない。

「そこまで考えれば、〝ダンサー〟がなぜ逃げたのか。誰が逃がしたのかもわかるだろう」

「秋谷、か……」

「あの電磁ロックは瞬間的な停電では外れない。もし外れても、機械式のロックがある。誰かが故意に機械式のロックを解除し、電源を切らなければ、いくら〝ダンサー〟でもあの檻からは逃げられない」

おそらく、それも未必の故意だ。動機はエレナ・ローウェンの研究を奪う目的だけではなかっただろう。彼女と木田に対する嫉妬(しっと)もあったのかもしれない。

「秋谷が、二人を殺したのか……。そう考えれば、すべてに辻褄(つじつま)が合うね。あの動物管理棟は、完璧なセキュリティ・システムで管理されてたんだ。あの建物に自由に出入りできるカードを持っていたのはローウェン博士と秋谷、あとは木田君と僕だけだった……」

「ここまでうまくいくとは考えてなかっただろうけどな」

「だけど、それをどうやって証明する？」

「おれ達の役目じゃない。阿久沢にまかせておけばいいさ」

有賀は携帯を開き、阿久沢にメールを打った。今回の一連の事件の構図。筑波恒生大学の研究室から逃げた〝ダンサー〟と呼ばれる怪物のこと。今回の新聞記事の内容。すべての黒幕は、秋谷教授であること。そして最後に付け加えた。

〈DNAの解析結果を、早く送ってよこせ！〉

カフェの窓の外には、山から吹き降ろす風の中に粉雪が舞いはじめていた。

8

阿久沢は読売新聞の記事を読んだ。

豚の心臓を移植された二歳の犬とは、この前、研究室で見たラブラドール・レトリバーのことだろう。あの犬は縋（すが）るような目で阿久沢を見つめていた。秋谷が、あと数日で世界記録に達すると自慢していたことを覚えている。

だが、それ以外のことは皆目理解できない。ヒヒのES細胞株？　再生医療？　英サイエンス誌？　いったい何のことだ？

確かなのは有賀がメールで報告してきたとおり、一連の事件の〝犯人〟が研究室から逃げた〝ダンサー〟と呼ばれる実験動物だということ。そしてその黒幕が秋谷教授であるということだけだ。

阿久沢は内線で猪瀬を呼んだ。

「この前に頼んだこと、やっておいてくれたか」

阿久沢が猪瀬に訊いた。

「はい、これ」

猪瀬が阿久沢にCDロムを渡した。プリントアウトした時のあの膨大な資料が、この一枚のプラスチックの円盤の中に入っている。これも阿久沢の感性では理解できないことのひとつだ。

〝犯人〟のDNAの解析結果は手に入った。だが、問題はまだ残っている。データを署内のパソコンから送信することはできない。

「ふう……」

阿久沢が溜め息をついた。

「用件はそれだけ？」

猪瀬が訊いた。

「いや、もうひとつ。今日の朝刊は読んだか。秋谷の記事だ」

「ええ、一応。まあちんぷんかんぷんですけど。ようするに秋谷は三浦雄輝が死んだという話を信用して研究成果の発表に踏み切った。引っ掛かったということでしょう」

猪瀬が阿久沢の前に立ったまま言った。

「そういうことだ。奴は、こちらの思惑(おもわく)にはまってきた。一両日中に、捜査令状を申請してくれ。署長はおれの方で説得する」

「しかし、物証が出るんですか。あの動物管理棟は、洗濯機で洗ったみたいに洗浄されてるんでしょう」

「大丈夫だ……」

阿久沢が、考えていることを猪瀬に説明した。話を聞くうちに、猪瀬の猿のような顔に不敵な笑いが浮かんだ。

「なるほど……。阿久沢さん、頭いいっすね」

「あとはそっちで適当にやってくれ。副署長は現場には口を出さない」

「もうさんざん口も手も足も出してるじゃないですか」

猪瀬が軽く敬礼をして部屋を出ていった。

阿久沢はデスクに置かれたＣＤロムを手に取った。問題は、これをどうするかだ……。

その日、阿久沢は、いつもより早く土浦署を出た。七時前に自宅に戻ると、妻の良江が驚いたような顔で出迎えた。

「あら、あなた。どうしたんです、こんなに早く。体の具合でも悪いの」

「おい、人を勝手に病人にするなよ」

考えてみると、阿久沢が七時前に署から帰ることなど、一年に一度あるかどうかだ。

「大変だ。ビール冷えてたかしら。それにあなたのおかず、なんとかしなくっちゃ」

「飯は何でもいい。それより詩織は帰ってるか」

詩織は、短大に入ったばかりの阿久沢の長女だ。もう一人前に色気づいている。

「二階の自分の部屋にいますけど……」

良江が不思議そうな顔で言った。

階段を上がると、薄い板が阿久沢の体重に耐えかねてきしんだ。家は安普請(やすぶしん)の建て売りだ。もう築二〇年近くになる。子供が二人もいると、金が掛かる。リフォームをするのは退職金が入ってからになるだろう。

詩織の部屋の前に立ち、ドアをノックした。

「誰？」

中から声が聞こえた。

「父さんだ。入っていいか」

「ちょっと待って。いいと言うまで入らないでよ」

ドアの前で待たされた。何で自分が建てた家で、自分の娘の部屋に入るのにこれほど気を遣わなくてはならないのか。時代も変わったものだ。

五分近くも待たされて、詩織の声が聞こえた。

「どうぞ。もう入っていいわよ」

阿久沢がドアを開けた。

この世に自分の娘の部屋ほど神秘的な空間は存在しない。コバルトブルーのカーテン、淡いピンクのベッドカバー、女風呂に忍び込んでも誰も気が付かないような顔をした若い男性タレントのポスター。甘ったるい女の臭い。髪を茶色く染めた若い女が——よく見れば確かに自分の娘だ——ベッドの上に熊の縫いぐるみを抱いて座っている。

「久し振りだな。元気か」

我ながら間の抜けた言葉だった。とても同じ家に暮らす自分の娘に対する挨拶とは思えない。

「何か用？」

詩織が、上目遣いに阿久沢の顔を見た。阿久沢が上着のポケットからＣＤロムとメモを書いた紙を出し、渡した。

「このデータをその紙に書いてあるアドレスに送れないかな。急ぐんだ」

「いいよ。やってあげる」

詩織がそう言って右手を出した。

「有料かよ」

「当然」

阿久沢は仕方なく財布を出し、詩織の手の平に千円札を三枚置いた。阿久沢はパソコンが苦手だ。弱者は常に搾取（さくしゅ）される。

「やっておくから下で待ってて」

「頼んだぞ」

娘の部屋を出て、大きく息を吸った。なぜだかはわからないが、娘と二人で話をすると最近はいつも酸素が欠乏（けつぼう）する傾向がある。

居間で待っていると、五分もたたないうちに詩織が降りてきた。

「終わったのか？」

「うん、終わったよ。でもあのメール、何なの。AとかGとかCとかTとか変なアルファベットが延々と並んでてさ。警察官が他の人のパソコンに迷惑メールなんか送ったら、問題になっちゃうわよ」

「お前はわからなくていい」

娘が自分の部屋の前で父親を待たせるのが五分。あれだけのデータをメールで送るのに五分。ともかく詩織は、僅か一〇分足らずで三〇〇〇円を稼いだことになる。人件費も高くなったものだ……。

食事中に、雄輝のパソコンがメールを受信した。

「夏花だろう」

雄輝がそう言って箸を置き、席を立った。

パソコンを見た。メールの差し出し人の欄に名前がない。用件も書かれていない。見馴れないメールアドレスが並んでいた。

一瞬躊躇し、メールを開いた。一行目に〈☆検体Ⓐ、Ⓑ、Ⓒ、Ⓓに関するPCR解析結果〉という文字が浮かび上がった。ページを送る。アルファベットのA、G、C、Tの四文字が延々と羅列されている。

「どうした。夏花からか」

有賀が秋刀魚を頬張りながら訊いた。ある程度の年齢になると、人間の体は二日続けて肉を受け付けなくなる。

「いや、夏花じゃない。阿久沢さんらしい」

雄輝が言った。

「例のＤＮＡ解析結果か」

「そうみたいだ。ちょっと他のサンプルと照合してみる」

「先に飯を食っちまえよ」

「まったく父さんは呑気だなあ。そうはいかないよ」

雄輝がパソコンをインターネット回線から引き抜き、自室に入った。その様子を見て、有賀と志摩子が顔を見合わせた。

「〝ディーエヌエー〟とかってそんなに大変なことなの？」

志摩子が言った。

「あいつは学者だからな。ハンバーガーを食べてるタイガー・ウッズの前にゴルフボールが飛んできたようなものなんだろう」

「全然説明になってないわ」

「そうだな……」

二人はまた秋刀魚を食べはじめた。

雄輝は、メールで送られてきたＤＮＡ配列を食い入るように見つめていた。どうやら、ミトコンドリアＤＮＡをＰＣＲ法で解析したもののようだ。

これが〝ダンサー〟のＤＮＡか……。

だが、漫然と眺めているだけでは何もわからない。雄輝はパソコンに入っている他のＤＮＡサンプルとの照合作業を開始した。

まずは研究室で飼われていた牡のヒヒ、トミーだ。もし〝ダンサー〟が秋谷の言うとおりトミーのクローンだとすれば、理論的には二つのＤＮＡ配列は一〇〇パーセント一致しなくてはならない。

だが、思っていたとおりだった。〝ダンサー〟とトミーのＤＮＡの一致は九九・七六パーセント。両者の遺伝的距離は親子ほど近いが、一〇〇パーセントではない。少なくともこれで、〝ダンサー〟がトミーのクローンではないことは明らかになった。

ＤＮＡは不思議だ。例えば人間とチンパンジーの遺伝的距離は二百万年もの時間差があるにもかかわらず、ＤＮＡ配列は九九パーセント近くが一致する。

それにしても奇妙だ。

九九・七六パーセント——。

〝ダンサー〟は明らかにヒヒの形質を受け継いでいる。もしクローンではないとすれば、考えられるのはヒヒの受精卵に何らかの遺伝子を導入したトランスジェニック動物という可能性だ。だがマイクロ・インジェクション法により送り込める遺伝子の量は限られている。逆に〇・二四パーセントものDNAの差が生じるはずがない。

試しに雄輝は牝のヒヒのサリーのDNA配列を照合してみた。〝ダンサー〟とサリーとの一致率は九九・七七パーセント。〇・〇一パーセントの僅かな差だが、〝ダンサー〟はトミーよりもむしろサリーに近い。二頭の間にできた受精卵に遺伝子操作を施したとすれば、むしろ想定の範囲内だ。だが、やはり〝ダンサー〟とは〇・二三パーセントもの差がある。つまり、トランスジェニックではない……。

遺伝子を導入するとすれば、考えられるのは人間だ。雄輝は任意の人間のDNA配列のサンプルを選んだ。大学の実習で解析を行った時の自分自身のDNA配列だ。これを〝ダンサー〟のものと照合した。

一致率は、九九・五九パーセント——。

なんということだ……。

いた。

しかも〝ダンサー〟と人間のＤＮＡの塩基配列は、本来なら有り得ない箇所が一致して
〝ダンサー〟の遺伝的距離は、ヒヒと人間とほとんど変わらない――。

一九八七年、カリフォルニア大学の分子人類学者レベッカ・キャンは、「現代人は二〇万年前にアフリカに住んでいたイヴという一人の女性を始祖とする」という論文を『ネイチャー』誌に発表した。いわゆるミトコンドリア・イヴ説だ。

〝ダンサー〟は、現代人と同じように、イヴと共通のミトコンドリアＤＮＡを持っているということか――。

奴はトランスジェニックではない。ましてヒヒのクローンなどでもない。

〝ダンサー〟は、キメラだ――。

9

渡辺清吾は天井を見上げ、遠くなった耳を傾けた。

近くを通る碓氷バイパスのトラックの音にまざり、先程から何か動物が天井裏を歩き回るような奇妙な音が聞こえてくる。

目の前で老妻の信代が茶をすする手を休め、同じように天井を仰いでいた。

「何かいるんですかねえ……。変な音がしますね……」

信代が、おっとりと言った。

「また、あれだろう。何とかっていう、ほら、前に変な動物が入り込んだじゃないか」

清吾がそう言って炬燵から手を出し、薄く切ったリンゴを口の中に入れた。

結婚して、すでに五〇年以上になる。二人はその長い時間を、ほとんどお互いの顔を眺めながら過ごしてきた。子供はいない。結婚してすぐに男の子が一人生まれたが、成人する顔を見る前に病で亡くなった。

結婚をする前に建てられた古い家だ。以前は茅葺きの屋根だったが、もう何年も前にトタンに張り換えた。造りが古いので、妻壁の隙間からよく動物が屋根裏に入り込んで巣を作る。天井から、鳥の雛が落ちてきたこともあった。

数年前にも、何か動物が入り込んだ。あまりにもうるさいので大工を呼んで調べさせると、天井裏から何とかという動物の糞が見つかった。そう言えばその頃、夕暮れ時に、庭で狸によく似た動物を何度か見かけたことがあった。長くたっても出ていかないようなら、また大工を呼べばいい。

古い柱時計の鐘が鳴った。

「もう九時ですよ……」

信代が言った。

「そうか。そろそろ寝るとするか」

清吾が炬燵の上を片付け、隣りの部屋に布団を敷いた。妻の信代は農作業の長い重労働がたたり、足を痛めている。いつの頃からか、家事もすべて清吾の役割になった。

寝間着に着換え、明かりを消した。布団に入ると、信代が唐突に言った。

「思い出した。確かハクビシンですよ」

「そうだ、ハクビシンだ。また大工を呼ぶさ」

「いいじゃないですか。動物だって寒いんでしょうし。この冬の間はいさせてやりましょうよ」

「そうだな。どうせこの家には二人しかおらんのだし……」

しばらくすると、どちらからともなく寝息を立てはじめた。

〝ダンサー〟は天井裏の柱によりかかって座っていた。何日か、凍てつく谷急山の中で迷っていた。麓まで下りてきた所で一軒家を見つけ、天井裏に潜り込んだ。階下からストーブの熱が立ち昇り、冷えきった体が温まってきた。

「……グシュ……」

〝ダンサー〟が鼻をすすり、泥にまみれたスウェット・パーカーの袖(そで)で拭(ぬぐ)った。

体はぼろぼろだった。風邪(かぜ)をひき、熱がある。怪我をした左手が痛んだ。手や足はいたる所が擦(す)り切れ、血が滲(にじ)んでいた。痩(や)せて肉が落ち、見る影もないほどにやつれていた。

〝ダンサー〟は研究室で生まれ、そこから一歩も外に出ることなく育てられた。温度は完璧な空調システムによって管理され、一日に二度の栄養バランスの取れた餌を与えられていた。

確かに、体は頑健(がんけん)だ。だが、厳しい自然環境に適応することには馴れていない。

「グフ……」

空腹だった。それでも〝ダンサー〟は、天井板の隙間から漏れる光が消えてもしばらく動かなかった。

人間の数倍の聴力を持つ耳をそばだてた。下からかすかな寝息が聞こえてくる。他に音はしない。寝息が人間二人のものであることを確かめ、天井板をそっとずらした。

茶の間に飛び降りた。ほとんど音は立てなかった。

そのまま息を殺し、周囲の気配を探った。闇の中に目をこらした。炬燵の上に、様々な食べ物があった。リンゴ、最中(もなか)、煎餅(せんべい)……。

「グフ……」

〝ダンサー〟はリンゴを手に取り、貪った。鋭い歯が、皮ごと嚙み砕いた。汁が溢れ、芳香が立ち昇った。呑み下し、また嚙んだ。瞬く間にひとつを平らげ、さらに次のリンゴに手を伸ばした。

次に最中に手を出した。袋を喰い破り、中身を一口で口に押し込む。

動きが止まった。それまで一度も経験したことのない奇妙な味だった。だが、嫌いではない。しばらく考え、〝ダンサー〟はまた口を動かしはじめた。

腹が満ち足りると、〝ダンサー〟は部屋の中を歩いた。まだ熱の残るストーブ。古いテレビとラジオ。壊れかけた低い茶簞笥。柿渋で黒く塗り固められた小さな仏壇の中に、黄ばんだ子供の写真が飾られていた。

古い柱時計が一〇時の時報を打った。

〝ダンサー〟は一瞬、体を強張らせた。だが、何も起こらない。

隣りの部屋に通じる襖をそっと開けた。豆電球の小さな光の中で、老夫婦が顔を並べて眠っていた。

「グフ……」

襖を閉めた。〝ダンサー〟は炬燵の上の食べ物をありったけポケットに詰め込み、かわりにブリキの自動車の玩具をそこに置いた。

「グフ……」

音もなく飛び上がり、天井板の隙間に消えた。

〝ダンサー〟は柱の上で眠った。熟睡するのは久し振りだった。だが明け方になって風向きが変わり、目を覚ました。

妻壁から屋根に上がった。東の雲間から朝日が昇り、西の高岩山の山肌を赤く染めはじめていた。

〝ダンサー〟に色彩の感覚はない。光は嫌いだった。だが目の前に広がる風景が、なぜか美しいもののように感じられてならなかった。

西の山から吹き下ろすかすかな風が、懐かしい匂いを運んできた。

「……サル……サ……」

〝ダンサー〟は近くのコナラの木に飛び移り、幹を滑り下りた。左腕を胸に抱え、足を引き摺りながら、高岩山に向かって歩み去った。

清吾が目を覚ましたのは、朝六時半だった。

石油ストーブに火を入れ、炬燵に入ってしばらくすると、どこかが変だと気が付いた。

昨夜は目の前にあったはずのリンゴが消えている。よく見ると、最中や煎餅もなくなっていた。

「おい、婆さんよ。お前、夜中にリンゴを食ったか」

清吾が訊いた。

「食べませんよ。どうしたんです？」

信代が寝惚け眼(ねぼけまなこ)をこすりながら起きてきた。

「リンゴがねえんだよ。昨夜はここにまだ三個あったはずなのに。最中も、煎餅もだ」

「あら本当だ。どうしたんだろ。ハクビシンに食われちまったのかね」

「これは、何だ？」

清吾がブリキの自動車の玩具を手に取った。

「こんなもの、うちになかったがね……」

信代が首を傾げながら言った。

「こりゃあ、ハクビシンの仕業(しわざ)なんかじゃねえな」

「そうですね……。座敷童(わらし)かもしんねえ」

「リンゴの礼に、置いていったんだろうか」

二人は顔を見合わせて、声を出して笑った。

10

南軽井沢から山道を下り、国道二五四号線を佐久(さく)の方面に向かうと、『荒船(あらふね)の湯』という温泉がある。近年、地方の市町村に増えているような何の変哲もない共同浴場である。観光地にあるような名湯と違い、昼間は閑散(かんさん)としている。だが設備の整った内湯に静かな露天の岩風呂があり、周囲に気遣うことなくくつろぐことができる。

温泉に行きたいと言いだしたのは、志摩子だった。あの夜以来、志摩子は変わった。憑(つ)き物が落ちたように明るくなり、表情から険しさが抜けた。

有賀と視線が合うと、含羞(はにか)むように笑う。志摩子は、自分でも気付いていた。胸の中にあった重く硬い岩が、少しずつ溶けはじめていることを。

「時間はどのくらい？」

有賀が湯の暖簾(のれん)の前で訊いた。

「そうね、一時間半くらいかな。長すぎる？」

志摩子が笑みを浮かべながら言った。

「大丈夫。ゆっくりしてこいよ」

雄輝は二人のやり取りを半ば呆れながら見ていた。男湯の脱衣場にはいると、有賀に言った。

「父さん、僕は一時間半も風呂になんか入ってられないぜ」

「まあいいじゃないか。女というのは風呂と買い物には時間をかけるものだ。お前もいまにわかる。それよりいっしょに風呂に入るなんて何年振りだ？」

「一〇年振りくらいかな。前に釧路でキャンプした時に温泉に入って以来だから……」

「もう毛は生えたか？」

「当たり前だろう」

有賀は高笑いをすると、手拭いを肩に引っ掛けて風呂場に向かった。雄輝が慌ててその後を追った。

父親の背中を見た。まったく衰えていない。その広く、大きな背中を見た時、雄輝は一瞬、自分が子供に戻ったような錯覚を覚えた。

有賀は浅い露天風呂の湯の中で体を伸ばし、秋空を見上げた。

白い雲が、のんびりと流れていく。視線を落とすと、目の前に若かりし頃の自分の姿がある。息子の雄輝だ。

平穏な風景だった。つい先日までは、自分の人生に想像すらできなかった風景でもあった。

「〝ダンサー〟は今頃どこにいるんだろうな……」

有賀がのんびりと言った。

「わからない。奴がまっすぐここに向かっているとすれば、もう来てもいい頃だ。あの別荘はあと二週間借りてるから。僕はそれまでは待ってみるよ」

〝ダンサー〟の足跡は、ぷっつりと途絶えている。阿佐谷でニックと幹男を殺して以来、何も事件を起こしていない。

「もし〝ダンサー〟が来なかったら、その後はどうするつもりだ」

「警察に出頭するよ。僕は、何も悪いことはやっていない」

「そうだな。何も逃げ隠れする必要はないさ。ところで、〝ダンサー〟だ。お前は奴の正体がわかったと言ったよな。キメラだと。しかし、おれにはどうもよくわからない。そのキメラと、トランスジェニック動物というのはどう違うんだ？」

「トランスジェニック動物というのは、単にマイクロ・インジェクション法で異種の遺伝子を導入した動物を意味するんだ。キメラというのは……」

キメラ――。

学術的に簡単に説明するならば、キメラは二個以上の胚(はい)に由来する細胞集団から形成された個体を指す。その名称は、ギリシャ神話に登場する伝説の生物〝キマイラ〟に由来する。キマイラは神が創造した異種同体の怪物で、頭が獅子、上半身が山羊、下半身が蛇という特異な体を持つとされている。ギリシャ神話によると、勇士ベレロポーンは王の命令によりペガサスを駆り、キマイラを退治したと伝えられる。

現在、遺伝子工学を用いた再生医療や異種移植、もしくは畜産を目的として、人為的に遺伝子操作を施された動物は世界じゅうで日常的に〝作製〟されている。その中でも代表的なものが、初期受精卵に異種の――主に人間の――DNAをマイクロ・インジェクション法により注入されたトランスジェニック動物である。トランスジェニック・マウスやトランスジェニック・ブタがこれに当たる。

だがこのマイクロ・インジェクション法は、作製技術が飛躍的に進歩した現在も多くの問題を抱えている。最も一般化しているトランスジェニック・マウスでも、その発生率は全受精卵の数パーセントに止まっている。近年異種移植のドナーとして注目されるトランスジェニック・ブタではさらに確率が低く、全受精卵の二百から三百個に一つの割でしかその発生が確認されない。

さらにマイクロ・インジェクション法は、前核期の受精卵に「強引に」異種のDNAを注入する技術である。そのために送り込める遺伝子の絶対量が限られるだけでなく、受精卵のどの部分に入ってしまうか予測できないという欠点を持っている。

「つまり、トランスジェニック動物には技術的な限界があるということか……」

「そういうこと。そのトランスジェニック動物の問題点を補う方法として近年注目を集めているのが、キメラなんだ……」

キメラ動物の研究は、一九八〇年代にまで遡る。最初は二種類のマウスの受精卵を試験管内で培養し、それを凝集させてキメラ・マウスを発生させる実験からはじまった。以後二〇年間にキメラの作製技術は格段の進歩をとげて現在に至っている。近年は医学分野だけでなく、トランスジェニック動物と同じように畜産や農業の品種改良の分野でも実用化されている。

「キメラというのはそんなに簡単にできるものなのか」

有賀が訊いた。

「簡単と言えば簡単かもしれない。僕も実習で何度か作ったことはあるよ。歴史的にもトランスジェニック動物よりもむしろ古いしね」

現在、キメラ動物の作製技術は二つの方法が一般的になっている。以前から知られている集合キメラ法と、近年実用化された注入キメラ法である。

集合キメラ法は、主に体外受精された八細胞期の胚を用いる。AとBの二種類の胚を用意しておき、まず酸素処理により一方の胚の透明帯と呼ばれる外郭膜（がいかくまく）を除去して割球（かっきゅう）を作る。これをもう一方の胚と凝集させることにより、ＡとＢ二種類の遺伝子を共有するキメラを作製する。電子顕微鏡を用いた手作業に頼るために熟練を要するが、発生率はトランスジェニック動物よりもはるかに高い。

一方の注入キメラ法は、胚性幹（ＥＳ）細胞の樹立が必要条件になる。ＥＳ細胞は体のあらゆる細胞に分化する全能性を有している。これを受精卵の胚盤胞（はいばんほう）の中に埋め込むことにより、より確実にキメラを作製することが可能になる。

トランスジェニック動物を「遺伝子移植を受けた動物」とするならば、キメラ動物は「核移植を受けた動物」と考えると理解しやすい。マイクロ・インジェクション法ではごく微量のＤＮＡしか注入できないが、集合キメラ法と注入キメラ法では大量の遺伝子を送り込むことが可能になる。黒と白、二種類のマウスのキメラを作製すれば、黒と白のブチのマウスが生まれてくることはよく知られている。極論を言えば、ＡとＢ二種類の異種遺伝子を半々ずつ共有する新種——伝説のキマイラと同じ異種同体——を作り出すことも可能だ。

「しかし、そんなものが本当に作られてるのか」

さすがにぬる湯でも、長いこと入っているとのぼせてきた。有賀は湯から出て岩に上がり、溜め息をついた。

「父さんも研究室で見ただろう。背中に人間の耳の形をした突起があるマウスを。あれは人間とマウスのキメラだよ」

雄輝は、平然と言う。まるで人間と他の動物のハイブリッドが当然であるかのように。

「わかった。そこまでは理解できた。つまり〝ダンサー〟はトランスジェニックではなく、ヒヒと人間のキメラなんだな」

「そういうこと」

「しかし、まだわからないことがある。問題はその方法だ。もしヒヒと人間の体外受精卵を使ったとすれば……」

「僕は違うと思う。体外受精卵だけでは、〝ダンサー〟は生まれない」

「それならES細胞を使ったのか」

「もちろんその可能性は考えてみたよ。確かにローウェン博士はヒヒのES細胞株の樹立に成功していた。しかしそれは、ごく最近のことだと思う。〝ダンサー〟が生まれたのは四年前、牝のヒヒの妊娠期間などを加えると五年近く前ということになる。時間が合わないんだ……」

雄輝の言うとおりだ。〝ダンサー〟の誕生にヒヒのES細胞が使われた可能性は、有り得ない。

「それならどんな方法を使ったんだ」

「もうひとつ方法がある。羊のドリーさ。クローン技術だよ」

「〝ダンサー〟はクローンではないと言ったじゃないか」

「そうじゃないんだ。つまりこういうことさ……」

雄輝は自分が構築した理論を説明した。

エレナ・ローウェンはES細胞の研究の第一段階として、あらゆる動物の成体から全能性を持つ体細胞を抽出する技術を日常的に駆使していた。もし仮に、人間の成体から体細胞を抽出したとする。これを育成すれば、人間のクローンができる。だがローウェンは一方でヒヒの受精卵を用意しておき、その割球を人間の体細胞に凝集させて、キメラを作製した。

「人間の体細胞というのは、青柳元彦のものだな」

「イエス」

「ヒヒの受精卵というのはトミーとサリーか」

「そういうこと。ローウェン博士は青柳元彦の体の一部から全能性を持つ体細胞を抽出した。それにトミーとサリーの受精卵を凝集させ、代理母としてサリーの体内に戻したんだ。ローウェン博士ほどの知識と技術があれば、それほど難しくはない。ただ倫理的に、科学者の間の暗黙の了解としていままで誰もやらなかっただけさ」

トランスジェニック、キメラ、クローン……。

考えていると、頭が痛くなってくる。まるでSF映画だ。だが、そのような動物が世界じゅうの研究施設に氾濫(はんらん)していることはもはや現実だ。

「もうひとつ教えてくれ。エレナ・ローウェンは、なぜあんな怪物を作ったんだ?」

「おそらく、ヒトES細胞の樹立に関連しているんじゃないかと思う。マウスではES細胞が樹立できるのに、なぜ人間では無理なのか。そう考えるとわかりやすいかもしれない。問題は、細胞を培養する培養液のレシピなんだ。マウスには使えても、それが人間に使えるとは限らない。そこでローウェン博士は、ヒヒを使ってステップアップを考えた」

「まずヒヒのES細胞を作る。次にヒヒと人間のキメラ。そして最後に人間か……」

一九九八年一一月、ジェームズ・トムソンは体外受精卵からヒトES細胞を分離、増殖することに成功した。だがトムソンは、それより三年前にアカゲザルによるES細胞の樹立に成功していた。まったく同じ手法だ。

「そういうことさ。体細胞からヒトES細胞を作るデータを得るために、ローウェン博士は〝ダンサー〟を作ったんだよ。しかし、大学側にはもうひとつの思惑があったと思う

「……」

「と言うと？」

「青柳元彦さ。父さんは、再生医療って知ってるだろう。もし〝ダンサー〟の体細胞からＥＳ細胞を分離することに成功すれば、それを青柳の脳に移植して再生医療を施すことにより植物状態から救うことが可能になる。あくまでも理論だけどね」

「なるほどね……。そんなとんでもないプロジェクトが、あの研究室で進行していたわけか……」

「僕は先に出てるよ」

雄輝が湯から上がり、体を拭いて脱衣所に向かった。有賀はまた首まで湯に沈み、秋空を見上げた。

再生医療、か……。

ＥＳ細胞は人体のあらゆる細胞や組織、臓器に分化する万能性を有している。疾患を持つ心臓や腎臓、膵臓などにＥＳ細胞を植え込めば、やがてこれが分化して失われた組織を修復し、機能が回復する。

脳も同じだ。国内でもすでに、植物状態の患者の脳にトランスジェニック・マウスのＥＳ細胞を埋め込む治療が試みられている。だが、その効果は限定的なものだった。

青柳元彦は、脳挫傷（のうざしょう）により昏睡（こんすい）状態に陥（おちい）っている。もし現代医学で彼を救う方法があるとすれば、ＥＳ細胞による再生医療だけだ。もし青柳自身の遺伝子を持つ〝ダンサー〟のＥＳ細胞が樹立され、それを脳の再生医療に用いたとすれば……。青柳はかなりの確率で脳の機能を回復することになるだろう。

大学とエレナ・ローウェン、さらに秋谷教授との関係もわかってきた。

なぜ筑波恒生大学がエレナ・ローウェンを招聘（しょうへい）したのか。彼女が来日したのは五年前、青柳元彦が事故を起こした直後だった。彼女はアメリカの新たな細胞研究の法律に追われ、行き場所を探していた。大学側は理事長の息子、青柳元彦を再生する方法論を模索していた。両者の利害関係は寸分の狂いもなく合致する。

考えてみれば、大学の遺伝子工学研究室と実験動物管理棟の設備は異常だった。あまりにも金を掛けすぎている。たとえそれが青柳恒生薬品の利益に直結するとしても、明らかに常識の範疇（はんちゅう）を超えていた。

そして、秋谷だ。秋谷は、元々は遺伝子工学の専門家ではない。むしろ異種移植の権威だ。その秋谷が、なぜあの研究室の責任者となったのか。

再生医療は、広義において異種移植の発展型だ。そう考えれば、すべてがつながってくる。青柳恒生薬品から出ている莫大（ばくだい）な研究費。遺伝子研究の大家エレナ・ローウェン。異種移植を専門とする秋谷等。あの研究室で行われていたのは、最初から「青柳元彦再生プロジェクト」だったのだ。

だが秋谷は再生プロジェクトを放棄(ほうき)した。奴の目的は最初から自分の研究と学者としての名誉であり、理事長の息子の命などはどうでもよかったということか——。

有賀は湯から出た。もう限界だ。一時間半は、男が風呂に入る時間としては確かに長すぎる。

昼食を終えて別荘地に戻ると、ジャックがコテージの前で待っていた。車から降りると、斜面を全速で駆け下ってきた。有賀にまとわりつき、飛びついた。膝を落とし、有賀はその体を受け止めた。

「どうしたんだ、ジャック」

体を抱き、撫でた。

「クウ……」

ジャックが、小さな声を出した。尾を振っている。だが、様子がおかしい。何かを気にしているようだ。

有賀は、ジャックを観察した。目が、自分を見ていない。視線が、森から森へと小刻みに移動する。時折、周囲の物音を気にするように耳を立てた。

警戒している……。

「どうしたの、父さん」

雄輝が訊いた。

「どうやら〝ダンサー〟が来たらしい」

有賀が言った。

11

研究室を出て、秋谷等は車に乗った。

アウディA6。二一世紀の科学と工業技術の粋を集めた芸術だ。キーを回すと、V6、三・二リットルの精密なエンジンが目覚め、静かに鼓動を刻みはじめる。

コンピューターで完璧に制御されたクワトロ・システム。正確無比なパドル・シフト。体を心地良く包み込む上質なレザー・シート。人生の勝者にふさわしい車だ。

秋谷は六速のA/TミッションをRに入れた。だがバックミラーを見ると、車の周囲に何人かの男達の姿が映っていた。

またマスコミの奴らの待ち伏せか？　いまや私は時の人だ。日本が生んだ天才科学者。

次期ノーベル医学・生理学賞の候補。マスコミに追われるのは仕方がない。だが、少し様子がおかしい。マスコミの人間は、あんなに薄汚れた灰色のコートは着ていない。

エンジンを切り、車を降りた。男達が、車を取り囲むように近付いてくる。その中の一人に、見覚えがあった。小柄で猿のような顔をした男。あの事故の時に、土浦警察署から来ていた捜査官の一人。自分に事情聴取をしたあの刑事だ。

「秋谷先生、お久し振りですな。土浦署の猪瀬です。覚えていらっしゃいますか」

猪瀬が一歩、前に出た。

「もちろんです。それで今日はまた、どんな御用件ですか」

秋谷が手を握り、笑顔を崩すことなく言った。

「実はこんなものが出ていましてね」猪瀬がコートの内ポケットから書状を出した。「捜査令状です」

秋谷の顔が一瞬、強張った。だが、それでも穏やかな口調で言った。

「わかりました。それでは私が所内を御案内いたしましょう」

ＩＤカードを使い、秋谷が研究室の鍵を開けた。猪瀬が合図を送ると、他の刑事や鑑識員がその後に続いた。

「新聞で拝見しましたよ。先生の研究が、世界初の偉業を成し遂げたとか」

猪瀬が歩きながら言った。他の署員が、研究所の各部屋に散っていく。

「まあ、長いことやっていればそういうこともあります……」

「豚の心臓を移植された犬が、術後生存期間の世界記録を更新したそうですね」

「ほう……。やはり刑事さんもあの犬に興味がおありですか。そうです。私がこの手で心臓移植を施した犬が、術後六〇日を経過してもまだ生きている。これは、現在の医学界にとって画期的なことなんです。御覧になりますか」

「できれば」


秋谷は、饒舌だった。異種移植の素晴らしさと、今後の医学の展望について歩きながら力説した。豚の心臓を、人間に移植する。マウスの細胞を、人間の脳に埋め込む。猪瀬には、何を聞いてもSF映画の中の話のようで、実感が湧かなかった。

犬は、処置室にいた。ベッドの上に縛りつけられ、人工呼吸器で酸素を送られながら、前肢に点滴を打たれていた。

他の若い医師が、二人付き添っていた。猪瀬と顔を合わすと、若い医師は不思議そうな顔をして頭を下げた。

人の気配に気付いたのか、犬が薄目を開け、かすかに尾を動かした。猪瀬にはその目が、泣いているように見えた。

「それで、刑事さん。御用件は何なんでしょう。以前の件は、事故として片付いているはずでしたが」

秋谷が言った。

「ええ。今回の捜査は、以前の事故の件だけではありません。実はいま、我々は別の殺人事件の捜査をしておりましてね」

「ほう……」

秋谷が、冷静に頷いた。

「ここで事故があった翌日に、取手市内の小貝川沿いでトラック運転手が殺されました。その後、東京の西新宿で一人。阿佐谷で二人。それぞれの現場に残っていた体毛のDNA解析を行ったところ、同一犯であることが確認されたわけです」

「なるほど」

秋谷が猪瀬を見つめている。

「その犯人、いや、正確には〝動物〟と言うべきでしょうか。我々はそれが、この研究所から逃げた何らかの実験動物ではないかと考えているわけです」

「興味深い仮説ですな。根拠がおありなんですか」

「実は先生にお伝えしなくてはならないことがあります。ここの研究員の三浦雄輝君が生きていたことがわかりましてね。連絡があったんです」

「ほう……。三浦君が生きていた。それはよかった……」

秋谷の視線が、うろたえたように動きだした。

「それから、この犬です」

猪瀬がそっとラブラドール・レトリバーの頭を撫でた。

「そういうことですか……」

秋谷は、醒めた目を閉じた。だが、口元だけはかすかに笑っていた。

「先生にはまだ他にお訊きしなければならないことがあります。あの動物が、なぜここから逃げたのか。署に御同行願えますか。もちろん任意ですが」

猪瀬が言った。

秋谷は遠くを見るような目で、威厳を保ちながら頷いた。

外は日が暮れはじめていた。研究所の前に白いバンが停まり、猪瀬が後部座席のドアを開けた。秋谷がバンの前に立ち止まり、言った。

「自分の車で行くわけにはいきませんか」

「うちの署員に運転させましょう。その方が安全です」

「わかりました。まだ新車なんです。気をつけるように言ってください」

秋谷がキーホルダーからアウディの鍵を外し、猪瀬に渡した。

12

床の上に武器を並べた。

クロスボウが一丁、スタンガンが二基、サバイバル・ナイフ、LEDライト、フクロナガサ。さらにバッテリーやロープ、釣り糸に至るまで、使えそうなものはすべてだ。

「車にスポットライトが二個積んである。取ってこよう」

有賀がコテージの前に停めてあるメルセデスの230GEに向かった。ジャックがついてくる。一時も有賀の近くを離れようとしない。

キャンプ場などで使う全天候型のスポットライトだ。安物だが、クリップでどこにでも固定することができる。有賀はひとつをデッキからコテージの正面の庭に向けて設置し、残るひとつを背後の山に向けた。

五〇〇ワットの光の中に、森の樹木の影が幽遠に浮かび上がった。〝ダンサー〟は光を避けて向かってくるだろう。進入経路が限定されれば、いくらかでも優位に戦いを運ぶことができる。

雄輝は迷彩服の上下に着換え、サバイバル用ベストのポケットにスタンガンやLEDライトを収めていく。有賀はその姿を見て、思わず苦笑した。まるで子供の戦争ごっこだ。だが、雄輝の顔は真剣だった。現実的な意味において、〝ダンサー〟の脅威を知るのは雄輝だけだ。

志摩子は飯を三合炊き、それをすべて握り飯にした。湯を沸かしてポットに入れ、その周囲にカップ麵やインスタントの味噌汁を並べた。今夜はのんびりと夕食を味わう暇はないだろう。

三人が、ストーブの前に集まった。ジャックもまるで人間のように、周囲の話に耳を傾けている。

「いま、午後七時だ。奴が来るとすれば深夜か……」

有賀がそう言って雄輝の顔を見た。

「おそらく、そうだと思う。奴は光が苦手だ。それに頭もいい。闇にまぎれて襲った方が有利だということを理解しているはずだ」

雄輝の言うとおりだ。筑波恒生大学、小貝川、西新宿、そして阿佐谷。これまで〝ダンサー〃が人を殺したのは、すべて深夜だった。

ジャックは夜になっても出掛けようとしない。〃ダンサー〃はすでにこの近くに潜んでいるということか。襲ってくるのは、今夜か。それとも明日の夜か——。

「いまからでも遅くはない。阿久沢に連絡すれば、奴は応援をよこすだろう。ここまでやったんだ。警察にまかすのもひとつの方法だ」

有賀が言った。

「父さん、それはだめだ。警察には何もできない。ここに大挙して押し寄せてきたら、奴は近付かない。山狩りをしても絶対に摑まらないだろう。逃げればまたどこかで人を殺す。僕たちだけでやるしかないんだ。今日か、明日か。これが奴と決着をつける最初で最後のチャンスなんだ」

雄輝は有賀に似て頑固(がんこ)だ。一度言いだしたら絶対に引き下がらない。

「志摩子はどう思う?」

有賀が訊いた。

「私もここに残るわ。〃ダンサー〃は私を追ってるのよ。自分のことは自分で決着をつける。もう何かの影に怯(おび)えながら暮らすのは嫌……」

志摩子の瞳に、ストーブの炎が映っていた。やはり雄輝と同じように、有賀が何を言っても聞かないだろう。

「わかった。三人でやろう。しかし漫然と待っていても埒があかない。完全に受け身では不利だ。役割分担を決めておこう」

「どうやって？」

「まずおれと雄輝だ。交替で外を見回る。もう一人は家の中にいて、志摩子を守る」

「一人じゃ危険よ。ニックも幹男もあっという間に殺られたのよ……」

志摩子が言った。

「大丈夫だ。ニックも幹男も〝ダンサー〟が来ることを知らなかった。しかしおれたちは知っている。それに、ジャックがいる」

「クウ……」

自分の名前を呼ばれ、ジャックがうれしそうに尾を振った。

「ジャックはわかってるのかな」

雄輝が言った。

「わかってるさ。もしわかっていなければ、とっくに夜遊びに出ていく時間だ。ジャックを連れて見回れば、少なくとも不意をつかれる心配はない」

「私は何をすればいいの？」

志摩子が訊いた。

「君は地下室にいた方がいい。あとはおれ達にまかせておけ」

「いやよ。地下室はいや」

きっぱりと志摩子が言った。

「どうして？　志摩子姉さん、それが一番安全だよ」

雄輝が言った。

「安全？　そんな言葉に騙されないわ。あの地下室に一人でいるのだけはいやよ。もしあなたたち二人に何かあったら、私はどうなるかわかってるの。あの地下室から一歩も出られなくなる。六年前と同じじゃない。私はあの地下室に二ヶ月も閉じ込められてたのよ。水と餌だけを与えられて、青柳に飼われてたのよ……」

「わかった、もういい……」

「よくないわ。あなたたちは何もわかっていない。私が二ヶ月間、どんな目にあったと思うの？　青柳に何をされたと思うの？　週刊誌に書いてあったことなんてほんの一部よ。知りたい？　教えてあげましょうか。全部話してあげるわよ。しかも今度の相手は〝ダンサー〟なのよ」

志摩子がソファから立った。目が、恐怖と怒りで滲(にじ)んでいる。

「もういい。やめるんだ」

有賀が志摩子の体を抱き締めた。

「放して」

志摩子が有賀の体を突き放した。ダイニングに向かう。一人で大きなテーブルを壁際に寄せ、その上にカセットデッキを置いた。有賀と雄輝は、それを呆然と眺めていた。

志摩子が言った。

「私はダンサーよ。ここが私の舞台。最後までここで戦うわ。私にも何か武器になるものを貸して」

「好きにするさ……」

志摩子がリビングに戻り、コーヒーテーブルの上から円筒状のものを手に取った。

「これは何？」

「暴徒鎮圧(ちんあつ)用のスタンガンだ。先端を相手に押し付けてスイッチを押せば、五〇万ボルトの電流が流れる」

雄輝が説明した。

志摩子がスイッチを押した。電流が流れる音と同時に、先端の二ヶ所の接点の間に青い閃光が疾(はし)った。

「私はこれを使うわ」

ダイニングに戻り、スタンガンをテーブルの上に置いた。椅子を床の中央に置いて座り、そして言った。

「私はここを一歩も動かない……」

有賀は握り飯をひとつ手に取り、かぶりついた。

「よし、これで役割は決まったようだな。旨いぜ、この握り飯」

志摩子がその言葉を聞き、力が抜けたように笑った。

「どうする、父さん。そろそろ見回りをはじめようか」

「そうしよう。最初はおれが行くよ」

有賀がダウンパーカーを着て、襟元にマフラーを巻いた。ジッパーを、上まで閉める。過去に起きた事件では、〝ダンサー〟は相手の首を狙う習性があるようだ。マフラー一枚でどの程度の効果があるかわからないが、ないよりはましだろう。

頭に毛糸のワッチキャップを被り、ヘッドランプをつけた。手には革の手袋をはめる。

雄輝の格好を笑えない。自分も完全装備だ。LEDライトを腰のベルトに差し、レッドウィングのワークブーツを履いた。フクロナガサで作った槍を握り、ドアの前に立った。

「父さん、クロスボウを持っていけよ」

雄輝が言った。

「いや、いらない。飛び道具は苦手だ」

外に出ると、思ったとおりジャックがついてきた。

吐く息が白い。見上げると、満天の星空が降臨するような錯覚におそわれた。二基のスポットライトが、コテージの前後の森を照らし出している。樹木の白い幹が光の中に折り重なり、蠢く動物の影のように見えた。

「さてジャック、行くか」

「クゥ……」

ジャックが小さな声を漏らした。有賀を先導するように、森の中に分け入る。時折、背後を振り返りながら。どうやら自分の役割を完全に理解しているようだ。

有賀は歩きながらジャックの行動を注視した。明らかに、周囲を警戒している。だが、それほど緊迫した様子を感じ取ることはできない。

ジャックはコテージを中心に、ほぼ半径五〇メートルを円を描くように回った。周囲を監視するにはちょうどいい距離感だ。北側の山の斜面に登ると、スポットライトの光を放つコテージの全景を一望できた。まるで戦国時代の砦のようだ。有賀はその光景を頭の中に焼き付けた。

立ち止まり、考えた。もし自分が〝ダンサー〟ならば、この砦をどこからどう攻めるかを——。

やはり光軸の中は攻め込み辛い。あらゆる戦いにおいて、光は背負う側が有利になる。理屈ではない。〝ダンサー〟もそのくらいのことは、本能で察知するはずだ。

光を避けるとするなら、〝ダンサー〟はどこから来るのか。東側の森か。それとも西側の渓か。渓からは、急な登りになる。だが、身を隠すには有利だ。

いずれにしても、スポットライトがもっと必要だ。周囲に光軸を張り巡らせ、一ヶ所だけ空けておけば、〝ダンサー〟をその方向におびき寄せることが可能かもしれない。

周囲には、三号の釣り糸で結界が張ってある。だが、暗闇の中では有賀自身にもラインを発見できなかった。うまく掛かってくれれば、少なくとも〝ダンサー〟が近付いてきたことを知ることはできる。

携帯が鳴った。高台に登ったことで、電波状況が良くなったようだ。阿久沢からのメールだった。

〈——秋谷は今日の午後、確保した。あとは研究室から逃げたダンサーという動物だけだ。お前はいま、どこにいるんだ。まさか雄輝君と二人で戦おうというのじゃあるまいな。至急連絡を乞う。

阿久沢健三――〉

有賀は返信を打った。

〈――秋谷を確保したなら事件は解決したも同然だな。あとはこちらにまかせてくれ。これはおれ達親子の問題だ。好運を祈る。

有賀雄二郎――〉

携帯を閉じた。

「クゥ……」

ジャックが小さく鳴いた。

「よし、先を急ぐか」

有賀はフクロナガサで枝を払い、西の渓に向けて下りはじめた。

雄輝は時計を見た。

午後九時三〇分――。

有賀が見回りに出てからすでに二時間近くになる。窓から覗いても、見えるのは暗い森だけだ。どこにいるのかもわからない。

これは作戦上の重大な欠陥だ。コテージにいる者と外部にいる者との間で、まったく連絡を取る手立てがない。戦力が分断されてしまう。

突然、デッキで物音が聞こえた。雄輝はクロスボウの弦をコックし、矢を番えた。間もなく外灯の明かりの中に、有賀の姿が現れた。雄輝が矢を外し、ドアを開けた。

「ふう……。寒いな。かなり冷えてきたよ」

有賀が槍を立て掛け、靴を脱いだ。ジャックはその横をすり抜けて部屋に上がり、ストーブの前で体を伸ばした。ダウンジャケットのジッパーを開けてソファに座ると、志摩子がその前に熱いコーヒーを置いた。

「どうだった、父さん」

雄輝が言った。

「いまのところは異変はないな。何か紙とペンはないか」

「はい、これ」

志摩子がショッピングモールでもらってきたチラシとサインペンを持ってきた。有賀がチラシの裏に、周辺の見取図を描いた。

「ここがこの家だ。周囲に何軒かの別荘が建っている。南側に下っていくと、ここが県道だ。東側には森。北側は山。西に二〇〇メートルほど行った所に渓がある」

「釣り糸の結界の位置は？」

雄輝が訊いた。

「だいたいこのあたりだ。コテージを中心にして、目算で半径五〇メートルくらいの位置だな」

有賀がペンを赤いボールペンに換え、見取り図の中に結界の円を描き加えた。さらに南と北の方角に、スポットライトの光軸を入れる。

「かなり広いな。二人で守るのは難しいね」

「確かに、そうだ。もし今夜〝ダンサー〟が来なければ、明日ショッピングモールに行ってスポットライトを何個か買ってこよう。周囲に光軸を張り巡らして、東側の森だけを空けておくんだ。そこにおびき寄せる。うまくいくかどうかはわからないが、少なくとも抑止力にはなる」

「それからもうひとつ。ここを守る者と外部を巡回する者との間で連絡が取れない。何かいいアイデアはないかな……」

有賀は鮭の握り飯を齧り、半分をジャックに与えた。

「トランシーバーだな」

「今頃そんなものが手に入るかな」

以前は大きな電気屋に行けば、トランシーバーくらいはどこにでも置いてあった。だが、携帯電話の普及とともに、いつの間にか姿を消した。

「よし……それはここを借りた津久美リゾート開発の親父に聞いてみよう。持ってるかもしれない」

「あの親父が？」

「そうさ。昔、携帯電話が普及する前に、地方の不動産屋はみんなトランシーバーくらい持ってたんだ。山の中で土地を探したりするのに、あれがないと不便だったのさ」

「なるほど……」

時計が一〇時を回った。いよいよゴールデンタイムだ。雄輝が迷彩服の上にベストを身に着け、クロスボウを持った。

「今度は僕が行ってくる」

「気を付けろよ。ジャックも結界とほぼ同じ位置にマーキングしてテリトリーを張っている。その外には出ない方がいい」

「了解。でもどうやってその結界の位置を知ればいい？」

「ジャックが教えてくれるさ」

雄輝が外に出ると、ジャックがその後を追った。ヘッドランプの光が闇に揺れながら、森の中に溶け込むように消えた。

有賀の横に、志摩子が座った。

「あんたたち、変な親子だね」

志摩子が言った。

「どうしてさ」

「いきなり殴り合いの喧嘩をはじめたかと思えば、言葉以上にわかり合ってるようなところもあるし……」

「当たり前だ。親子なんだから」

「でも、心配じゃないの？　雄輝君を一人で外に出してさ。いまにも〝ダンサー〟が来るかもしれないでしょう」

「大丈夫さ。おれは奴を信頼している。父親が息子を信頼できなくて、いったい何を信頼すればいいんだ。それに、ジャックがついている」

「ジャック、か……。あんたとジャックの絆って、凄(すさ)まじいものがあるよね。もしかしたら人間同士以上みたい。他人には立ち入れない世界があるような気がする」

「おれはジャックと一五年も暮らしてるんだ。その間、ずっと〝二人〟で旅をしてきたんだ。奴はおれの親友であり、同志であり、唯一の家族なんだ。ある意味でジャックは、雄輝以上に信頼できる」

「私は？　信頼できる？」

志摩子が訊いた。有賀が、志摩子の目を見た。

「ああ、信頼している」

有賀の腕の中に、志摩子が体を預けた。

「話しておきたいことがあるの……」

「なんだ？」

「青柳とのこと。まだ誰にも話していない。でも、もう、自分の心の中に仕舞っておくのが辛くなってきた……」

志摩子は話しはじめた。有賀の胸に顔を伏せたまま、消え入りそうな声で。

青柳元彦との出会い。変貌（へんぼう）していく人格と、耐え難い恐怖。拉致、そして監禁。この貸し別荘の地下室で繰り広げられた、二ヶ月にも及ぶ狂気の世界を。

有賀は、黙ってその言葉に耳を傾けた。胸が締めつけられるように苦しく、心臓の鼓動が高まり、自分自身の体が切り刻まれるような痛みを覚えた。全身が強張り、いつの間にか両腕で志摩子の体をきつく抱き締めていた。

気が付くと、有賀の胸は志摩子の涙で濡（ぬ）れていた。

窓の外に、青い月が光っていた。

13

仕事の帰りに、阿久沢健三はいつものバーに寄った。

『夜叉（やしゃ）』という奇妙な名前のバーだ。あえて和風にアレンジされたインテリアに、小川芋銭（おがわうせん）の河童（かっぱ）の画が飾られている。学園都市の他のショット・バーに比べて値段が高く、いい意味で客層が限られている。

静かなカウンターに座り、顔見知りのバーテンダーにマッカランのオン・ザ・ロックを注文した。一二年物だ。副署長に出世しても思い切って一八年物を指名できないところに、警察官としての悲哀を自覚して苦笑した。

カウンターに置かれたグラスをしばらく眺め、口をつけた。心地良い芳香と熱が口の中に広がった。身分相応の味だった。

ポケットから携帯を取り出して、開いた。もう何度も読んでいる有賀からのメールを読み返した。

これはおれ達親子の問題だ、か……。

いかにも有賀らしい。阿久沢は携帯を閉じ、マッカランを口に含んで笑いを浮かべた。すべては阿久沢の思い描いた計画どおりに進んでいる。いや、「唯一の不確定要素を除いては」というべきか。

阿久沢は直接現場には関知しない。だが、それはあくまでも建前だ。部下にそれとなくアドバイスを与え、捜査の誘導はする。

阿久沢は、有賀を利用した。

友人であるという立場を利用し、あえて私情をはさむ振りをして捜査情報を流した。もちろん有賀もそれを知っている。わかっていても、口には出さない。その間には、長年付き合ってきた男同士ならではの阿吽（あうん）の呼吸がある。

有賀は阿久沢が想定していた以上の働きを見せた。失踪していた雄輝を探し出し、〝ダンサー〟の正体を突き止め、事件全体の構図と秋谷等の役割を暴き出した。阿久沢の目論（もくろ）見（み）は、見事に当たった。

だが、その有賀自身が不確定要素でもあった。奴はいま、息子の雄輝と二人で〝ダンサ

―"と決着をつけようとしている。おそらく阿久沢が何を言っても聞く耳は持たない。いや、それとも有賀のいまの行動も、最初から阿久沢の潜在意識の中では想定の範囲内だったのか――。

有賀か……。しょうがない奴だ……。

ウィスキーを口に含み、間接照明だけの薄暗い店内を見渡した。客は疎らだ。カウンターの隅に、若い女が一人で座っている。派手さはないが、美しい女だった。自分の娘の詩織よりも歳が少し上だろうか。そんなことを考えながら、阿久沢は女の横顔にうっとりと見とれていた。

柴田夏花は一人で『夜叉』というバーで飲んでいた。

いつか、雄輝の父親の有賀雄二郎と来た店だ。目の前にジン・トニックのグラスを置き、無色透明の液体の中に浮き上がる小さな泡を見つめていた。

グラスの中に、雄輝の顔が浮かんだ。筑波に帰ってからはいつもそうだ。大学にいても、自分の部屋に帰っても、すべてを忘れるためにバーに飲みにきても、常にどこかに雄輝の顔が浮かんでくる。

今頃、何をしているのだろう……。

いつも同じことを考える。もうコテージで寝てしまったのだろうか。それとも三人でグラスを傾けながら、話しているのだろうか。〝ダンサー〟は、もう来たのだろうか……。

夕刻、連絡を入れた。あのコテージは携帯が繫がらない。雄輝のパソコンにメールを送ったが、返事はなかった。

冷たい奴だ。人がこれだけ心配しているのに、いつも勝手なことばかりやっている。自分は、本当に雄輝を待ち続けることができるのだろうか……。

夏花は有賀の顔を思い描いた。雄輝と同じように身勝手で、やんちゃな男。しかし、なぜか有賀といると奇妙な安心感のようなものがあった。

雄輝も本当に大人になれば、有賀のような男になるのかもしれない。そう考えると、いまの雄輝を少しは許せるような気がした。

待ってみるのも悪くはないか……。

ジン・トニックを口に含んだ。想いを打ち消すようにタバコに火をつけた。だが、その煙の中に、また雄輝の笑顔が浮かんだ。

二杯目のマッカランを飲み干し、阿久沢が席を立った。バーテンダーに一万円札を渡し、小さな声で言った。

「あちらの娘さんの分も」

「はい、ありがとうございます。お伝えしますか?」

バーテンダーが怪訝(けげん)そうな顔で言った。

「いや、いい。美しい横顔に心を和(なご)ませてもらった。それだけだ」

釣りを受け取り、外に出た。風が冷たかった。

明日からはコートがいるな。

ふと、そう思った。

見上げると、雲間に青い月が浮かんでいた。

14

〝ダンサー〟は高岩山の中腹に到達していた。

紅葉に染まる梢(こずえ)の間から、青い月が見えた。

だが、〝ダンサー〟にはその色がわからない。

先日の雪で白く染まった尾根を越えた。いまはゆっくりとした足取りで西の稜線を下っていた。

体が凍え、自由に動けない。後肢の指が凍傷に冒され、激痛が疾った。時折立ち止まり、体を丸め、両足の指を舐めた。

そしてまた歩き続けた。一歩ずつ、這うように山を下った。

「……グフ……」

途中で高いミズナラの木を見つけ、登った。幹の叉で一度休み、さらに上を目指した。

やがて落葉が始まりかけた枝の間を抜けると、目の前に冷気に曝された暗い視界が開けた。背後を振り返ると、東側の稜線が白みはじめていた。

眼界を見下ろした。深い森の影が山の斜面に広がり、数キロ先の遥か彼方の闇の中に〝何か〟が見えた。

不自然な、小さな光だった。二本の光軸が前後の樹木を照らし出している。その光を見て、〝ダンサー〟は首を傾げた。

西から吹き上げる風が、匂いを運んできた。

「……サル……サ……」

貫くような冷気を含む風に体を吹き曝しながら、〝ダンサー〟はしばらく光を見つめていた。だがやがて寒さに耐えられなくなり、幹を伝って下りはじめた。その動きはひどく緩慢で、かつての躍動感は影を潜めていた。

あと少しで地面に届くというところで、手を滑らせた。落ちた。枯れ葉の上にたたきつけられ斜面をころがり、倒木にぶつかって止まった。

「……イ……タ……イ……」

ゆっくりと起き上がった。そしてまた斜面を下りはじめた。

雑木(ぞうき)の森を抜け、杉の植林地帯に入った。冷たく、命の気配の存在しない空間を延々と歩いた。

やがて、古い林道に出た。〝ダンサー〟はそれを南に下った。

しばらく行くと、道ばたに錆(さ)びた古い軽トラックが乗り捨ててあった。ガラスが土埃(つちぼこり)で汚れ、中が見えない。ドアノブに手を掛け、引いた。何かが壊れるような音がして錆びが落ち、ドアが開いた。狭い運転席の中に、ダンボールや古い毛布、空き缶などのごみが散乱していた。

〝ダンサー〟は冷たい毛布の中に潜り込み、ドアを閉じた。寒さに震えていた。だが、しばらくすると、体が少しずつ温まりはじめた。

「……グフ……」

上着のポケットから、潰れた最中を出した。袋を開け、中身を口に入れた。

意識が遠のいていく。〝ダンサー〟は会ったこともない母親の夢を見た。

やがて、深い眠りに落ちた。

15

静かな夜が明けた。

結局、何も起こらなかった。

有賀は三度目の見回りから帰り、槍を戸口に立てかけた。ストーブの前に座る雄輝が、軽く右手を挙げた。志摩子はソファに横になり、毛布を被って眠っている。

ポットから熱いコーヒーを淹れ、バーボンを注ぎ、ストーブの前に座った。ワッチキャップを脱ぎ、手袋を取った。冷えた手を炎にかざした。

「首尾は？」

雄輝が小声で訊いた。

「何も。ジャックにも変化はない」

ジャックは絨毯（じゅうたん）の上に横になり、もう眠りはじめている。

「〝ダンサー〟は来なかったね」

「ああ。もう夜が明けている。今日は来ないな……」

コーヒーを飲んだ。ほのかな熱が、冷えきった体と緊張を溶かしていく。

「さて。じゃあ次は僕が見回りに行くか」

雄輝が立ち、体を伸ばした。

「いや、やめた方がいい。ジャックも寝ちまったし。しばらくは奴は来ないということだろう。それよりも交替で少し眠っておこう」

「そうだね。それじゃあ父さんから寝なよ」

「いや、おれはまだいい。もう少しストーブの前にいたい。お前が先に寝ろ。三時間たったら起こす」

「わかった。何かあったら、その前にでも起こして……」

雄輝が寝室に入った。

ストーブのローディング・ゲートを開き、薪を足した。炎を眺める。苦いコーヒーを口に含むと、無性にタバコを吸いたくなった。そう言えば、雄輝に再会してからまだ一本も口にしていない。

ダウンパーカーのポケットを探った。潰れたラークの箱に、一本だけ残っていた。

口に銜え、マッチで火をつけた。煙を吸い込むと、一瞬、頭が重力を失ったような感覚があった。

ラークの空箱を、ストーブの中に放り込んだ。セロファンが熱で溶け、箱にからむ。やがてすべてが黒く変色して膨れ上がり、燃えつきた。

静かだ。あまりにも静かすぎる……。

〝ダンサー〟は本当に来るのだろうか。有賀はジャックを見た。何事もなかったかのように、軽い寝息をたてていた。

午後になり、天候が崩れはじめた。風向きが変わり、北の山から忍び寄るように降りてきた雲が厚く空を覆った。

間もなく、白いものがちらつきだした。軽井沢の冬は早い。今年、二度目の雪だ。

有賀は昼過ぎに目を覚まし、三人で軽井沢の町に出掛けた。大手の家電販売店に入り、スポットライトを五灯買った。一〇〇ワットの小さなものしか手に入らなかった。だが、ないよりはましだ。トランシーバーはやはり置いていなかった。

帰りに津久美リゾート開発に寄った。思ったとおり古いトランシーバーを持っていた。もう何年も使っていないという。だがバッテリーを入れ換えれば、なんとか使えそうだ。

コテージに帰ると、ジャックが森の中から走り出てきた。有賀に飛びつく。異変はない。だが、明らかに警戒している。やはり、何かが起ころうとしている……。

雪が強くなりはじめた。前回は積もらなかったが、今回は山を白く染めるかもしれない。

有賀と雄輝は、雪の中でスポットライトを設置した。五〇〇ワットのスポットで南北を固めたまま新しい五灯のうちの三灯を西側に配置し、残る二灯を北東と南東に向けた。

東側は空けておく。森とコテージの間には、三棟並んだ貸し別荘のための、広い庭がある。有賀は長い槍を使う。雄輝はクロスボウを使う。なるべく開けた場所で戦った方が有利だ。

豚汁と握り飯を作り終えた志摩子が外に出てきた。黄昏が忍び寄る森を、七本の光軸が照らし出す。光の中に、粉雪が舞った。

「きれいだね。まるで屋外ステージみたい」

志摩子が呑気なことを言った。有賀と雄輝は顔を見合わせて笑った。

トランシーバーのバッテリーを換えた。スイッチを入れると、二つの端末が生き返ったように音を発しはじめた。有賀と雄輝がトランシーバーをひとつずつ手にし、左右に走った。五〇メートルほどの距離を置き、有賀が話し掛けた。

「こちらチェックメイト・キング2。聞こえますか、どうぞ――」

古いテレビ番組の『コンバット』のコードネームを真似(まね)た。すぐに雄輝からの返信があった。

「こちら本部。聞こえます、どうぞ――」

二人が飛び跳ねながら戻ってくる。その姿を見て、今度は志摩子が笑った。この親子は、まるで子供のようだ。

家に入り、食事を摂った。熱い豚汁と、握り飯を腹に詰め込んだ。ジャックにも体力を付けさせるために、豚のモツを煮込んだものを与えた。

窓の外を見た。外灯の光の中で、デッキの板がうっすらと白くなりはじめていた。

「まるで忠臣蔵（ちゅうしんぐら）だな……」

有賀が何気なく言った。

「それは困るな。だとしたら、待ってる方が負けちゃうじゃないか」

雄輝が笑った。

「そろそろ見回りに行くか」

「今度は僕の番だね。ジャック、行くぞ」

餌を食べ終えたジャックが体を伸ばし、大きなあくびをした。雄輝はサバイバル・ベストを身に付け、空いているポケットにトランシーバーを入れた。

「気を付けろよ」

有賀が言った。

「わかってる。何かあったら、トランシーバーで連絡するよ」

雄輝がクロスボウを手に取り、矢を番えた。

「少し周回する範囲を狭めた方がいい。半径四〇メートルくらいの所を回るんだ。もし釣り糸に掛かれば、空き缶が鳴る。鳴ったらトランシーバーで知らせる。異変が起きたら、まずコテージまで戻るんだ。森の中では奴と戦えない」

「わかった。そうするよ」

雄輝がジャックを連れて外に出た。

闇の中に、ライトアップされた白い森が浮かび上がった。ジャックが光の中に走る。雄輝は足早にその後に続いた。

〝ダンサー〟は風下に迂回していた。

南側の県道を渡り、コテージとは反対側の山の斜面に身を潜め、気配を殺していた。距離はすでに二〇〇メートルしか離れていない。

「グフ……」

正面の森の中に、何軒かの人家が見えた。だが、明かりが灯っているのは一軒だけだ。

家の周囲には光が張り巡らされている。〝ダンサー〟は、光が苦手だった。

雪まじりのかすかな風の中に鼻を突き出し、匂いを探った。

「……サル……サ……」

だが、他の人間の臭いが混ざっていた。二人の男だ。一人は知っている。もう一人は知らない……。

もうひとつ、臭いがある。犬、だ。

犬は嫌いだ……。

また光を見た。風上側には強い光がある。近寄れない。家の東側には暗い森があった。

闇が、〝ダンサー〟を誘った。

だが、本能が告げている。風上は危険だ。風下を離れるな——。

考えた。寒さに耐え続ける〝ダンサー〟の体力はすでに限界に達しようとしていた。

行け——。

その時、命令を聞いた。

迷った末に、〝ダンサー〟は東側の闇に向けて移動を開始した。

雄輝は森の中を歩いていた。

誰もいない別荘の建物。樹齢一〇〇年を超える老木。山から低く降りてきた雪がすべてを包み込み、拡散する光と闇が視界の中に交錯する。幾度となく、樹木の影が襲いかかってくるような幻影を見た。

先程から、ジャックの姿が見えなかった。森の中に走り去ったまま、戻ってこない。

「ジャック——」

声を殺して呼んだ。だが、応答はない。雄輝はクロスボウのセイフティを外し、レーザー・サイトのスイッチをオンにした。闇と雪の舞うスポットライトの光軸の中に、赤い小さなレーザー光線が揺れ動いた。

左手にLEDライトを持ち、闇を探った。光軸が靄の中で反射し、大気中に吸い込まれていく。視界が悪い——。

側面に、気配を感じた。〝何か〟がいる。振り向き、LEDライトを向けた。

光軸の中で影が動いた。ジャックか？

違う。クロスボウのストックを肩に当て、構えた。

強い光に驚き、タヌキが走り去った。

「ふう……」

息を吐き、胸を撫でおろした。

「ジャック――」

呼んだ。だが、やはり応答はない。

小雪の舞う森の中を歩いた。膝が小刻みに震え、力が入らない。

恐怖ではない。寒いからだ。

雄輝は、自分にそう言い聞かせた。

16

有賀は窓から外を見ていた。

五〇〇ワットのスポットライトの光の中に、雪が舞っている。だが、その先の風景が見えない。光は白い闇に阻(はば)まれて方向を失い、大気の中に吸い込まれていく。

霧が出てきている。悪い兆候(ちょうこう)だ。

「雄輝君、遅いね……」

志摩子が言った。時計を見た。すでに九時を回っていた。

「もう少し待ってみよう」

有賀が槍を手に取った。柄の部分に、ＬＥＤライトをガムテープで固定した。スイッチを入れる。槍の刃先と光軸が重なり、一本の光の剣のように見えた。霧の中で戦うには絶好の武器だ。

「誰かが来るわ」

外を見ていた志摩子が言った。光の中に人影が現れ、少しずつ輪郭(りんかく)がはっきりしてくる。雄輝だった。

ドアを開け、雄輝が入ってきた。顔が強張っている。ジャックの姿が見えない。

「どうした。何かあったのか?」

有賀が訊いた。

「雲が降りてきた。視界が悪い……」

志摩子が熱いタオルを手渡すと、雄輝がそれを顔に当てて息を吐いた。

「ジャックはどうした?」

「いなくなった。もっと森の奥にいるみたいだ。時々気配は感じるんだけど、呼んでも帰ってこない」

おそらくジャックは、自分のテリトリーを回っているのだろう。何かの気配を察したのかもしれない。

「大丈夫だ。ジャックはおれが見つける」

有賀が手袋をはめ、槍を手に取った。

「それ、いいね」

LEDライトを取り付けた槍を見て雄輝が言った。

「スター・ウォーズのジェダイの剣みたいだろう」

有賀がそう言って親指を立てた。

「そう言えば〝ダンサー〟は、ダースベイダーに似てるよ。どことなく、ね」

「ほう……」

外に出た。一瞬で冷気が体を包み込む。

闇の中に槍を振ってみた。光が大気を切り裂く。なかなか具合がいい。

有賀はまず北側の斜面に向かった。別荘地の敷地を外れ、さらに登っていく。落葉に埋もれた地面が、雪で白く染まっていた。

背後の山を登った。前日と同じ斜面の中腹に立ち、眼下を見下ろした。幻想的な風景だった。コテージを中心にして、無数の光軸が広がっている。すべてが霧に包まれ、闇の中に霞んでいる。まるで巨大な宇宙ステーションを見ているようだ。

ジャックのテリトリーに沿って、東に進路を取った。昨夜とは逆回りだ。途中で立ち止まり、指笛を鋭く鳴らした。

間もなく下生えを踏む足音が聞こえてきた。槍を構え、先端を向けた。霧の中を、何かが走ってくる。ジャックだった。

ジャックが足元で止まった。

「クゥ……」

低く、鳴いた。

尾を振っている。だが、落ち着きがない。警戒心を露にしながら、毛を逆立てている。

「どうした、ジャック。何か見つけたのか」

「クゥ……」

膝を落とし、頭を撫でた。だがジャックは有賀を見ていない。背後を振り向き、闇の中を注視している。

〝ダンサー〟が、近くにいる――。

「わかった。好きなようにやってこい」

有賀が立つと、ジャックの温もりが手の中から離れていった。

走り去る。だが数歩先まで行くと立ち止まり、有賀を振り返った。

ジャックが、有賀を見つめている。何かを言いたそうに。

悲しげな表情だった。なぜか有賀は、その姿を白く透明な存在のように感じた。

やがてジャックは有賀から視線を逸らし、走り去った。有賀の視界の中で、後ろ姿が暗い霧に紛れて消えた。

有賀は不安を断ち切るように踵を返した。森の中で戦うのは不利だ。コテージの東側の開けた場所を目指し、足早に斜面を下った。

雄輝はストーブの前で体を温めていた。先程から、幾度となく時計を見ている。有賀が見回りに出ていってから、まだ三〇分しかたっていない。

静かな夜だ。だが、昨夜とは何かが違う。胃の中に鉛を呑み込んだような不安が居座り、出ていこうとしない。

〝ダンサー〟は、今夜やってくる。理屈ではなく、確信に近い予感があった。おそらく奴は、近くでこの家を見張っている――。

LEDライトのバッテリーを交換し、クロスボウのボルトを締めなおした。

「何か食べない？」

志摩子が言った。

「いや、いい。まだ腹が減ってないんだ」

嘘だった。腹は減っていた。だが、いまは体が食物を受け付けない。

時計を見た。最後に見てから、まだ五分もたっていない。

重い空気を打ち破るように、突然梁(はり)から吊してある空き缶が鳴った。

「〝ダンサー〟だ……」

ベストのポケットからトランシーバーを出し、スイッチを押した。

「父さん、聞こえる？　いま家の中の空き缶が鳴った」

すぐに応答があった。

――わかってる……ジャックが何かを見つけた……いま家の東側に向かってる――。

雑音が入るが、聞き取れる。

「僕はどうしたらいい？」

――とりあえず……そこで志摩子を……守れ……いつでも出られる準備を――。

「了解」

トランシーバーを切った。

「〝ダンサー〟が来たのね」

志摩子が訊いた。

「どうやらそうらしい」

「私にできることは？」

「明かりを消してくれ。この家の中は全部だ。外から中の動きが見えない方がいい」

「わかった……」

志摩子がリビング、ダイニング、さらに二階のロフトの照明を消して回った。雄輝は東側の窓を少し開けた。窓の外に向けてクロスボウを構え、レーザー・サイトのスイッチを入れた。

息を吐き出し、闇の中に狙いを定めた。

ジャックは森の中で気配を探していた。

所々に奇妙な臭いが残っていた。人間か。それとも他の動物なのか。それまで一度も遭遇したことのない臭いだ。

いずれにしても〝何か〟が自分のテリトリーに侵入した。ジャックの本能はそれを〝敵〟と認識した。危険要因は排除しなくてはならない。

風向きを探った。北西から弱い風が霧を運んでくる。だが、風の中に〝敵〟の臭いはない。ジャックは足音を忍ばせて風下に回り込み、地面や樹々の幹に残るかすかな臭いを頼りに気配を追尾した。

いまはもう、有賀のことも忘れていた。本能だけがすべての行動を支配した。

足を止め、耳を立てた。目の前の落ち葉の上を、ノネズミの群れが横切った。ノネズミはジャックには目もくれずに後方に走り去った。

〝敵〟が近い。前方の木の陰だ。

「グワァ……」

声を発し、走った。追った。〝何か〟が木の陰から飛び出した。

〝敵〟が逃げる。追った。樹木の間をすり抜け、交錯した。

ジャックの牙が、相手の肉を捉えた。だが一瞬で振りほどかれ、離れた。〝敵〟はころがるように地面を走り回り、幹に飛びついて駆け上がった。

樹上を見上げ、牙を剥いて吠えた。落葉のはじまった梢の陰から、灰色の双眸がジャックを見下ろした。

〝ダンサー〟はジャックを見ていた。太腿に、鈍痛を感じていた。鋭い牙を受けて肉が裂け、血が滲み出ている。

右手で傷口を探り、血を舐めた。

「……グフ……」

スウェットのポケットから牛刀を出した。赤く錆びつき、刃がこぼれている。

刃を下に向けて牛刀を握り、飛び下りた。

ジャックは〝敵〟の動きを見ていた。

瞬間、体をかわした。牙が〝敵〟の左腕を捉えた。

「ギャッ」

〝ダンサー〟が絶叫した。

牙が肉を抜き、骨に達した。噛み砕け。ジャックの本能が命じた。振り回した。だが、顎に力が入らない。全身から、力が抜けていった。

左腕から牙を振りほどき、ダンサーが立った。右手に握る折れた牛刀の柄を投げ捨て、離れた場所から犬を見下ろした。左腕が、力なくたれ下がっている。

ジャックは倒れたまま、〝敵〟を見ていた。ぼやける視界の中に影が歩き去っていく。

体を起こし、追おうとした。だが数歩も進まないうちに四肢がもつれ、また倒れた。背中に牛刀の刃が刺さっていた。だが、不思議と痛みは感じなかった。ただ、自分の体の自由が利かないことだけが不快だった。

「ガハッ……」

雪の上に、大量の血を吐いた。ジャックは、それが何を意味するかを理解した。

体が痙攣をはじめた。遠ざかる意識の中で、だが、なぜかジャックは有賀の顔を思い浮かべた。

「……クゥ……」

闇を凝視したまま、尾がかすかに動いた。

有賀は闇の中でジャックの声を聞いた。やはり、東側の森からだ。

ジャックが〝ダンサー〟と遭遇した。吠え声からそれがわかった。だが、声はそこで聞こえなくなった。

森の中で何かが起きている。ジャックが〝ダンサー〟と戦っているのか。奴を追っていったのか。もしくは……。

闇に静寂が戻った。同時に、胸を締めつけるような不安が足元から這い登ってきた。

間もなく森を抜け、開けた場所に出た。コテージが見えた。

室内の明かりが消えている。二本の光軸の谷間の闇の中に立ち、森を振り返った。

霧が深い。何も見えない。有賀は槍を立て、柄に固定したLEDライトのスイッチを入れた。

耳に神経を集中させた。かすかな音が聞こえた。〝何か〟が向かってくる。

ジャックか？　違う。〝ダンサー〟だ。

自分の呼吸を数え、間合いを測った。奴が迫っている。

いまだ！

気配に向けて、槍を構えた。鋭い光軸が、霧の中に吸い込まれていく。その光の中に、〝ダンサー〟が現れた。

「シャー！」

右手に握った棒を振り上げ、〝ダンサー〟が宙に舞った。有賀はその動きに合わせ、槍を払い上げた。頭上で棒と刃先が交わり、骨を砕くような音を立てた。

〝ダンサー〟が雪の上に着地した。間髪（かんはつ）を容（い）れず、また背後から向かってきた。

「シャー！」

振り返った。刃先を返し、光軸とともに横に払った。

「ギャ！」

薄い手応えがあった。〝ダンサー〟は雪の上をころげ回り、逃げた。

コテージに向かっていく。まずい――。

有賀は〝ダンサー〟を追いながらトランシーバーを握った。

「〝ダンサー〟が現れた。東側からそっちに向かっていく」

——了解——

〝ダンサー〟がコテージの裏手に回り込むのが見えた。LEDライトの光軸でその動きを捕捉（ほそく）しながら、追った。だが、霧の中に〝ダンサー〟の姿が消えた。

いつの間にか有賀はスポットライトの光の中にいた。立ち止まった。何も見えない。音も聞こえない……。

「シャー！」

突然背後から声が聞こえた。振り返った。スポットライトの強い光の中に、粉雪とともに〝ダンサー〟の影が舞った。

まずい。逆に光を利用された。だがそう思った時は遅かった。〝ダンサー〟が棒を振り上げ、有賀の側頭部にたたきつけた。

一瞬、意識が飛んだ。気が付いた時には、雪の上に仰向（あおむ）けに倒れていた。胸の上に〝ダンサー〟が馬乗りになっている。目の前で棒が振り上げられる光景を、有賀は朦朧（もうろう）とした視線で眺めた。

雄輝はドアの前に立ち、闇の中に志摩子を振り返った。

「私は一人で大丈夫。行ってあげなさい……」

志摩子が言った。

クロスボウを手に、雄輝が外に出た。先程、〝ダンサー〟と有賀がスポットライトの光の中を横切るのが見えた。

方向はわかっている。建物の背後に回り、西に向かって走った。

霧の中に〝二人〟の姿が見えた。有賀の上に〝ダンサー〟が馬乗りになり、棒を振り上げている。

「〝ダンサー〟！」

叫んだ。〝ダンサー〟が振り返った。走りながらクロスボウを構えた。レーザー・サイトが〝ダンサー〟を捉えた。

有賀に当たるかもしれないということは考えなかった。躊躇なくトリガーを絞った。雪の舞う霧の中に矢が放たれ、〝ダンサー〟に吸い込まれていく。

反射的に、〝ダンサー〟が身をかわした。

「ギャ！」

当たった。確かに手応えがあった。だが〝ダンサー〟は雪の中をころげ回り、西の渓に向けて森の中に消えた。

「父さん、大丈夫？」

雄輝が有賀に駆け寄った。

「おれは平気だ……。それより奴は……」

「西に逃げた。矢が当たってる。僕は奴を追う」

雄輝が次の矢を番え、西に向かって走り去った。

「まて。そっちには渓が……」

有賀が起き上がろうとして、また崩れ落ちた。顔に降りかかる雪を見ながら、意識が遠のいていった。

雄輝はＬＥＤライトの光を頼りに、〝ダンサー〟を追った。雪で白く染まりはじめた地面に、転々と血痕が残っている。

奴は深手を負っている。そう速くは逃げられない。

思ったとおり、〝ダンサー〟の気配との距離が詰まっていく。間もなく、光軸が後ろ姿を捉えた。

動きがぎくしゃくしている。体を曲げ、足を引き摺っている。奴はもう走れない。仕留められる。そう思った。

〝ダンサー〟が振り返った。雄輝の姿を視認し、走る速度を上げた。

雄輝が斜面を駆け下る。ＬＥＤライトの光をストロボに切り換えた。激しく点滅する光の中を、〝ダンサー〟が逃げる。だが、逃がさない。

ストロボ光に驚き、〝ダンサー〟が低い枝に飛び移った。しめた。追い詰めた。走りながら、クロスボウの狙いを定めた。だが次の瞬間、足元の地面が消えた——。

「うわ!」

体が、宙を泳いだ。岩や木の幹に、幾度となく体が打ちつけられた。

気がつくと雄輝は浅い水の中にいた。自分が渓に落ちたことがわかるまで、しばらく時間がかかった。

体を起こした。肩と足首に激痛が疾った。足をくじいている……。

クロスボウが手の中から消えていた。LEDライトが川の流れの中で点滅を繰り返していた。雄輝は手を伸ばしてそれを凍るような水の中から拾い上げ、普通のライトに切り換えた。

頭上に向けた。渓に被る太い梢の上に〝ダンサー〟が座り、見下ろしている。

「……グフ……。ユウ……キ……」

〝ダンサー〟が何かを言った。口元が、笑っている。やがて、光の中から姿を消した。

痛みをこらえ、立った。周囲を切り立った崖に囲まれていた。雄輝は上がれる場所を探し、足を引き摺りながら渓を下った。

17

〝ダンサー〟はしばらく動かなかった。

息が荒い。雪に、血が滴っている。

満身創痍だった。左腕と右の太腿に、犬の牙を受けた深い傷がある。すでに左腕は、完全に機能を失っていた。脇腹を槍で突かれ、肩には深々と矢が刺さっている。

「ガハッ……」

血を吐いた。だが、それでも〝ダンサー〟は起き上がった。

よろけながら、歩いた。右腕で体を支え、バランスを取りながら斜面を登る。いつもなら駆け上がれるほどの斜面が、だがいまは気が遠くなるほど長く、険しく感じた。

自分がどこに向かうのか。なぜそこに向かわなければならないのか。〝ダンサー〟には理解できなかった。そして、なぜ自分はこの世に生まれてきたのか……。

心が折れそうになると、命令が聞こえた。

〝行け〟――。

誰かが、頭の中で叫ぶ。〝ダンサー〟はその声が嫌いだった。だが、逆らうことができない――。

〝ダンサー〟は泣いていた。灰色の双眸に涙が溢れ、頬を伝って雪の上に落ちた。スポットライトの光の中に、雪が舞っていた。雪と涙で、視界が滲んで見えた。

気がつくと〝ダンサー〟はコテージの前にいた。明かりが消えている。音もしない。誰もいない……。

〝ダンサー〟は鼻をひくつかせ、匂いを探った。

「……サル……サ……」

まだ動く右手で石を拾い、デッキに上った。窓から中を覗いた。何も見えない。

〝ダンサー〟は石を窓にたたきつけた。ガラスが砕け散った。窓枠に残るガラスを払いのけ、中に滑り込んだ。

心地良い熱気が、〝ダンサー〟の凍える体を包み込んだ。闇の中で、薪ストーブの穏やかな炎が燃えていた。胸の奥にある小さな氷が急速に溶けはじめた。

〝ダンサー〟は、滲む目をこすった。視界の中に、ぼやけた人影が見えた。

志摩子は闇の中に立っていた。

「〝ダンサー〟ね……」

静かに、言った。

「……グフ……」

〝ダンサー〟が声を漏らした。

「あなたは、青柳元彦ね……」

志摩子が訊いた。

「……」

〝ダンサー〟が無言で志摩子の影を見た。

「待っていたわ。あなたが、ここに来るのを……」

「……サル……サ……」

「そう。私は、サルサ。見せてあげるわ」

志摩子が照明のスイッチを入れた。ダイニングに、明かりが点った。淡い白熱球の光の中に、深紅のスパンコールの衣装を身に纏った志摩子の姿が浮かび上がった。

志摩子は、赤いルージュを引いていた。髪はシニョンに結っている。カセットデッキのスイッチを押した。同時にフラメンコギターの弦が哀愁の音色を奏で、チック・コリアの『スペイン』が流れはじめた。

かつて、相棒のニックとともに幾度となく踊った曲だ。だが、ニックはもういない。これからは志摩子がこの曲を一人で踊らなくてはならない。

ギターのソロが、次第に激しさを増す。そこに、情熱のビオラの音が絡む。

志摩子は右腕を頭上にかかげ、左手で黒いフリルの付いた巻きスカートを持った。疾走するリズムに合わせ、力強くサパティアを踏んだ。

ピルエット・ターンで体を回す。背中を反らせ、右手を蛇のようにくねらせて誘う。妖艶な眼差しで、〝ダンサー〟を見つめた。

ピルエット・ターンで回り、サパティアを踏む。体を素早く切り返す。ギターとビオラが、たたみかけるように鳴り続ける。

〝ダンサー〟は、呆然とその光景に見入っていた。金縛りにあったように動かなかった。

志摩子は誘惑した。眼差しで誘い、サパティアを踏み、腕と指先をくねらせた。だが、それでも〝ダンサー〟は動かない。

ニックの幻影を見た。いまニックは、ここで私といっしょに踊っている。

ギターが哀愁を奏でる。優しく。そして悲しげに。

ビオラが咽び泣く。激しく。そして掻き立てるように。

志摩子にはそれが心の叫びのように聞こえた。

ピルエット・ターンで体を回し、志摩子は巻きスカートを外した。同時に、真紅の裏地が翻った。

下には黒いシルクサテンのツンしか身に着けていない。網タイツと黒のガーターベルトの中に、スタンガンを挟んでいた。

巻きスカートで隠しながら、スタンガンを抜いた。サパティアを踏み、真紅の裏地を返してケープのようにかざした。

おいで、〝ダンサー〟。私がほしいんでしょう……。

足を踏み鳴らし、誘った。ケープの下でスタンガンを握り、〝ダンサー〟を見つめた。

ギターが鳴り続けている。

「……グフ……」

〝ダンサー〟が体を伸ばした。

肩に矢を突き立てたまま、突進した。

「オーレ!」

体を回転させ、ケープで躱した。目標を失い、〝ダンサー〟が壁に突っ込んだ。だがすぐに体勢を立て直し、また向かってきた。

「オーレ!」

躱した。〝ダンサー〟は止まることができず、床の上にころがった。

動きが鈍い。〝ダンサー〟は、弱っている……。

〝ダンサー〟が起き上がった。だが、これで最後だ。志摩子はケープの裏で、スタンガンのスイッチに親指を添えた。

妖艶な瞳で〝ダンサー〟を見据えた。ケープを構える。ギターの弦に合わせ、足を踏み鳴らした。

「おいで……」

ルージュを引いた口元が、かすかに笑った。

「……グフ……」

〝ダンサー〟が体を低くした。そして、突進した。

志摩子はその動きを見ていた。ケープを投げ捨て、跳んだ。剣で刺し貫くように、〝ダンサー〟の背にスタンガンを突き立てた。

一瞬、青白い電光が疾った。

「ギャッ!」

〝ダンサー〟の体が、ポップコーンのように弾けた。壁際にころがり、蹲(うずくま)った。

志摩子が後を追った。

「死ね」

スタンガンを〝ダンサー〟の腹に押しつけ、スイッチを入れた。

「ギャア！」

〝ダンサー〟がころがった。部屋の中を逃げまどい、割れた窓から飛び出して消えた。

どこからか音楽が聞こえてくる。

有賀は心地良いギターの音色を耳の奥で聞きながら、目を開いた。

スポットライトの光の中に、雪が落ちてくる。夢ではない。いつか志摩子が踊っていたチック・コリアの曲だ。

体を起こし、顔の雪を払った。何が起きたのか思い出そうとすると、頭が割れるように痛んだ。

そうだ。〝ダンサー〟だ。だが、周囲には誰もいない。コテージを見た。部屋に明かりが点っている……。

槍を握り、立った。ふらつきながらコテージに向かった。デッキの前まで来た時、大気を裂くような悲鳴を聞いた。

誰だ？　志摩子か？

だが、次の瞬間、思いがけない光景が目に入った。〝何か〟が、ガラスの破片とともに窓から飛び出した。〝ダンサー〟だった。

〝ダンサー〟はデッキを飛び越え、雪の中を走った。だがよろめき、倒れ、また起き上がった。

有賀はその後を追った。

「シャ――！」

〝ダンサー〟が反転し、牙を剝いて向かってきた。有賀は渾身の力を込め、槍を振った。

「ギャ……」

肉を捉える確かな感触があった。雪の中に、血飛沫が舞った。

それでも〝ダンサー〟は止まらなかった。有賀に背を向け、闇を目指して逃げた。槍を手に、有賀がそれを追った。

だが、〝ダンサー〟の足がもつれた。胸を抱えながら、体が大きく揺らいだ。雪の上に崩れるように、大の字に倒れた。

有賀が追いつく。〝ダンサー〟を見下ろして立った。槍の柄を持ち換え、刃先を〝ダンサー〟の体に向け、振り上げた。

だが、有賀はそこで止めた。

〝ダンサー〟が見つめている。灰色の双眸で、有賀を見上げている。すでにその瞳からは、火が消えかけていた。

胸が、大きく喘いでいる。笛の音のような息を吐く度に、〝ダンサー〟の口に血の泡が溢れ出た。

「……コロ……セ……」

〝ダンサー〟が言った。

だが有賀は、槍を下ろした。目の前に横たわる動物は、怪物でも何でもなかった。ただ少し大柄で、歪な頭をした、一頭のヒヒにすぎなかった。

ぼろぼろだった。長い旅で痩せ衰え、いたる所の体毛が抜け落ち、後肢の指は凍傷で腐っていた。肩には矢が深々と刺さり、左腕が奇妙な形に捩じれ、ぼろ布のようなスウェットの下に肉が露出していた。有賀の槍を受けた脇腹は大きく裂け、止めどなく血が溢れ続けている。

いつの間にか、有賀の横にダウンのコートを着た志摩子が立っていた。何も言わなかった。海の底のように深い色の瞳で〝ダンサー〟を見守り、有賀の手をそっと握った。

しばらくして、雄輝も足を引き摺りながら戻ってきた。全身が濡れ、震えていた。

「〝ダンサー〟だ……。しばらく見ないうちに、ずいぶん歳をとったみたいだ……」

雄輝が言った。

「ここまで来る間に、いろいろあったんだろう」

スポットライトの光の中に、三人は立ちつくした。〝ダンサー〟の体が、雪でうっすらと白くなりはじめていた。

〝ダンサー〟は志摩子を見つめていた。

「……サ……ル……サ……」

掠(かす)れた声で言った。

「私ね。私を呼んだのね」

志摩子が雪の上に跪(ひざまず)いた。

「……サル……サ……」

〝ダンサー〟が喘ぎながら言った。

右手を動かした。その動きはひどく弱々しく、いまにも止まってしまいそうだった。そして自分の左腕をまさぐり、手首から光るビーズの髪飾りを外すと、それを志摩子に差し出した。

志摩子がそれを受け取り、掌(てのひら)の中に握った。左手で、そっと〝ダンサー〟の頭を撫でた。冷たかった。

〝ダンサー〟が、一瞬笑ったように見えた。

やがて、すべてが停止した。

18

三番のランプが、赤く点滅している。

心電図の管理システムが、異状を知らせるブザーを鳴らし続けていた。

西田京子は、恒生大学病院の六階ナース・ステーションで夜勤に入っていた。先程から、六〇七号室の患者のモニターを呆然と眺めていた。

すでに脳波が消えてしばらくたつ。血圧も急激に下がりはじめた。いまは心電図の反応もほとんどゼロに近くなっていた。だが、足がすくんで動けない——。

そこに、婦長の吉村久枝（よしむらひさえ）が戻ってきた。

「どうしたの？」

久枝が訊いた。京子は無言でモニターを指し示し、久枝の顔を見た。度の強い眼鏡を指先で上げ、久枝がモニターを見た。

「あら大変。あなた、何をしてるの」

「はい……」

「早く病室に行きなさい。私は先生に連絡するから」

「はい……」

久枝が慌てて内線の受話器を取った。途中で京子を見て、また言った。

「西田さん、どうしたの。いいから早く行きなさい」

「はい」

やっと体が動いた。京子は看護記録簿と注射器を手にすると、暗い廊下に飛び出した。踵(かかと)を鳴らし、突き当たりの六〇七号室へと急いだ。

『青柳元彦殿』――。

名札を見て、息を整えた。病室に入り、ベッドの周囲のカーテンを開けた。枕元の小さな明かりの中に、体じゅうに配線を施された青柳の肉塊(にくかい)が横たわっていた。

青柳は、薄く目を開けていた。だが、生体反応はない。ただ人工呼吸器だけが、肉の風船に空気を送り続けている。

京子はカンフル剤のアンプルを手にし、中の透明な液体を注射器に注入した。青柳の白く浮腫(むく)んだ腕に、静脈(じょうみゃく)を探した。だが手が震え、注射針がうまく刺さらない……。

やっと静脈に針を入れ、ポンプを押した。モニターを見る。心電図の脈に、かすかな反応があった。だが、それも一瞬だった。脈の間隔が、見る間に遠くなっていった。

久枝が病室に入ってきた。

「どう?」

息を切らせながら、訊いた。京子が、首を振った。

「だめみたいです……」

二人がモニターを見守った。心電図には、すでに微細な反応しか残っていない。やがてその波動が完全に直線になると、小さな信号音が鳴った。

久枝が人工呼吸器を止め、腕時計を見た。

「一〇月二七日、二二時五七分——」

静かに、言った。京子はそれを、看護記録簿に書き止めた。

二人が黙禱(もくとう)した。

19

雪はいつの間にか降り止んでいた。

有賀は指笛を鳴らした。だが、いくら鳴らしてもジャックが戻ってこない。

「おかしい。あいつ、どうしたんだ……」

　また指笛を吹いた。森は静まり返っている。

「最後にジャックに会ったのは？」

　雄輝が訊いた。

「北側の山の斜面だ。ジャックのテリトリーのラインに沿って、東側に下ったところで会った」

「その後は？」

　志摩子が言った。

「あいつはおれと別れて、東の森に向かった。そこで〝ダンサー〟と遭遇したはずだ。雄輝の連絡を受けてここに戻る途中で、ジャックの吠え声が聞こえた……」

　有賀が暗い森を見た。

「何かあったのかもしれない。それ以来、誰もジャックを見ていない……」

　雄輝が志摩子を見た。

「東側の森ね。三人で探しましょう」

　志摩子が言った。

　手分けしてスポットライトを集め、すべて東側の森に向けた。有賀はヘッドランプを志摩子に渡し、自分はＬＥＤライトを手に持った。

「トランシーバーは？」

有賀が雄輝に訊いた。

「だめだ。水に濡れて使えない」

「わかった。何か見つけたら大声で叫べ。ライトを振るんだ。三人で扇型に広がろう」

雄輝と志摩子の顔を見た。二人が頷いた。

中央を志摩子が歩き、少し離れて有賀と雄輝が左右を固めた。間もなくコテージの前に広がる開けた庭を横切り、森の中に入った。

スポットライトの光は、森の奥にまで差し込んでいた。霧に白く反射し、樹木の黒い影を投げかけていた。有賀はひとつひとつの影にLEDライトの光を当て、丹念に探りながら進んだ。

指笛を鳴らし、ジャックの名を呼んだ。だが、何も反応はない。

右手に、志摩子の姿が見える。その影は少しずつ有賀から遠ざかり、やがて霧の中に消えた。

気がつくと有賀は、暗い森の中で一人になっていた。自分の近くにジャックがいないことが、不思議だった。

ジャックと暮らしはじめてから、もう一五年になる。ジャックは広大な沼のほとりで生まれた。最初は、野良犬だった。やがて地元の川漁師に拾われ、その老人から有賀がもらい受けた。

当時有賀は、離婚してまだ間がなかった。仔犬にジャックと名付け、家族として飼いはじめた。

そう、確かにジャックは、有賀の唯一の家族だった。

体は頑健で、利発だった。水辺で生まれたせいか、肉よりもむしろ魚を好んだ。有賀が釣ったブラックバスやフナを煮てやると、それを喜んで食べた。

見る間に、大きくなっていった。若い頃はやんちゃで、よく悪戯をしては有賀を梃子摺らせた。だが有賀は、そんなジャックがたまらなく好きだった。

〝二人〟でよく旅をした。北海道、沖縄、アメリカ、オーストラリア――。

有賀が行くところには、必ずジャックがついてきた。ユーコン川を〝二人〟でカヌーで下ったこともある。南海の孤島で〝二人〟で泳いだこともある。凍えるような雪山では、〝二人〟で同じシュラフにくるまって眠ったこともあった。

あれから一五年、か……。

時がたつのは早い。有賀も、ジャックも、いつの間にか歳をとった。だが有賀は心のどこかで、永遠にジャックと一緒にいられるものと信じていた。

有賀は冷たい地面にＬＥＤライトの光軸を向けた。下生えの中や倒木の陰を探した。有賀にはわかっていた。ジャックの身に何が起きたのかを――。

もう、指笛は鳴らさなかった。ジャックはこの森の中にいる。凍える大地に横たわり、有賀が来るのを待っている。ジャックには、もう指笛は聞こえない……。

うっすらと雪を被る、落葉の絨毯が続いた。その上に、唐突に盛り上がる場所があった。光を向けた。ジャックだった。

有賀はその場に跪いた。ジャックは四肢が痙攣を起こしたように伸びたまま、硬直していた。背から心臓を貫くように、牛刀の刃が刺さっていた。雪の上に、大量の血を吐いた跡が残っていた。

苦しかっただろう……。痛かっただろう……。淋しかっただろう……。

雪で白く染まるジャックの亡骸の上に、有賀の涙が落ちた。

声が出なかった。何も言葉にならなかった。有賀はただ懸命に手に持つライトの光を振った。間もなく、志摩子と雄輝が駆けつけた。

「ジャックを褒めてやってくれ……。こいつは、おれたちを守るために、最後まで戦ったんだ……」

有賀が、ジャックの冷たい体を抱いた。雪をそっと払い、頭を撫でた。

「おれは、こいつと一五年も暮らしてきた……。ずっと親友だった……。体の一部だった……。唯一の家族だったんだ……」

有賀がジャックの顔を抱き締め、頬をすり寄せた。

「父さん。家族なら、僕がここにいるじゃないか……」

雄輝が有賀の肩を抱いた。

「私だっているよ……」

志摩子も、肩を抱いた。

二人の温もりが、有賀の冷えた体を優しく包み込んだ。

第六章　復活

年が明けて、二月――。

有賀はメルセデスの230GEで関越自動車道を北上していた。

遠くに見える山々の稜線は、凍えるように白く染まっている。冬は、まだ終わっていない――。

あれから、いろいろなことがあった。

有賀は〝ダンサー〟の死を阿久沢健三に報告した。だがその遺体を警察には引き渡さず、高岩山の山腹の見晴らしのいい森の中に埋葬した。その場所を知っているのは、有賀と雄輝、そして志摩子だけだ。

そのかわり有賀は、ダンサーの体毛の一部と彼が着ていたスウェットの上着を持ち帰った。DNA解析の結果、体毛は四件の事件の現場に残されていたものと一致。さらにスウェットは小貝川で殺された井沢久育のものであることが家族によって確認された。

スウェットには、ダンサーの血液が大量に染み込んでいた。彼の死を証明するには、それで十分だった。あえていまさらその体を人の手に委ね、解剖に付し、尊厳のすべてを切り刻む必要はない。

ダンサーは自らの意志には関係なく、人間の自我によってこの世に生を受けた。せめて死後は、安らかに眠る権利がある。

筑波恒生大学の秋谷等教授は、逮捕後も事件への関与を否認しつづけた。〝ダンサー〟の存在そのものすら認めなかった。だが逮捕から三日後に、秋谷の手によってトランスジェニック・ブタの心臓を移植されたラブラドール・レトリバーが死亡。その遺体を土浦警察が押収、解剖され、呼吸器や消化器中から〝ダンサー〟の体毛の一部が発見された。これが大学と〝ダンサー〟を結びつける物証となった。

秋谷は決定的な物証を目の前に突きつけられ、逃げ場を失った。後に、すべてを自白した。研究室から〝ダンサー〟を解き放ったのも、やはり秋谷だった。おそらく〝ダンサー〟がエレナ・ローウェンと木田隆二に危害を加えるであろうことまでは予想していたが、あれだけ厳重なシステムを掻い潜って屋外に出ることは、秋谷の想定の範囲外だったという。

これは後にわかったことだが、一連の事件の黒幕ではないかと目された筑波恒生大学理事長の青柳恒彦は、〝ダンサー〟が解き放たれる一ヶ月前に脳梗塞で倒れていた。青柳の病状は重く、いまも病床に臥したままだ。結果として青柳恒彦が倒れたことが、一連の事件の引き金になったといえるかもしれない。

雄輝は事件を機に、遺伝子操作による家畜の品種改良という夢を捨てた。土浦署の阿久沢のもとに出頭した後、大学も辞めた。

いまは有賀の旧友のコリン・グリストという男を頼り、カナダのバンクーバーに住んでいる。バンクーバー大学の農獣医学部で研究助手として働きながら、年度末には大学院への編入を目指している。主にグリズリーの生態行動学について学び、将来はカナダかアラスカの自然公園でレンジャーとして働くのが夢だという。

雄輝が日本を離れる時、有賀は空港まで見送った。別れ際に、雄輝は有賀に言い残した。やはり人間は、神にはなれない、と——。

その一ヶ月後、柴田夏花もまたカナダへと旅立った。いまは雄輝とともにバンクーバーで暮らしている。間もなく、雪のマッキンリーを背後に二人で肩を寄せ合う写真が、有賀のもとに送られてきた。

ジャックは有賀が千葉の岬町に連れ帰った。いまは潮騒の聞こえる静かな庭の一角に眠っている。有賀とジャックは、永遠に離れることはない。

メルセデス２３０ＧＥのエンジンは、淡々と正確無比な鼓動を繰り返す。

「軽井沢は、まだ寒いだろうね……」

助手席で周囲の山並みを眺めながら、志摩子が言った。

そうだ。志摩子がいる。

高村志摩子はサルサの芸名に戻り、ダンサーとして踊り続けている。だが東京に戻って二週間ほどしたある日、天沼の住み馴れたアパートを引き払い、ささやかな荷物とともに有賀のもとにころがり込んできた。

理由を聞くと、「ジャックがいなくなってあなたが心配だから」と答えた。以来、三ヶ月、仕事が入るとふらりと出ていき、一週間ほど戻らないことはあるが、またいつの間にか岬町の家に戻ってくる。

軽井沢に行きたいと言いだしたのは志摩子だった。理由を訊いても、何も言わない。おそらくあの場所にもう一度立つことにより、自分の過去と決別したかったのだろう。有賀も、それ以上は深く追及しなかった。

高速を松井田妙義のインターで下り、そこからは一般道を走った。国道一八号線を西に向かい、途中の横川で名物の釜飯を食べ、旧碓氷峠を軽井沢に向けてのんびりと上がっていく。

道は、静かだった。標高が増すと、山の陰にアイスバーンがまだ残っていた。

有賀はこの道が好きだ。この時期、スキー客の車で混み合うこともない。周囲の情景が、日常と非日常との適度な隔りを感じさせてくれる。

その日は何気ない観光に終始した。雪の浅間山を見て、温泉に浸かり、駅前に新しくできたシティー・ホテルに部屋をとった。

こんなにのんびりとした旅は久し振りだった。夜はタクシーで旧軽井沢銀座に出て買い物を楽しみ、小ぢんまりとしたフランス料理店に入り夕食を摂った。

志摩子は安物のワインをよく飲んだ。酔いが回るほどに饒舌に話し、屈託なく笑った。ホテルに戻ると志摩子はいつになく大胆に振る舞い、お互いに熱い肌を求め合って眠った。

翌朝、有賀は志摩子とともに南軽井沢に向かった。プリンス通りを外れ県道四三号線を下り、八風平の別荘地へと入っていった。

人間の感性は不思議だ。そして、記憶は曖昧だ。

あれからまだ三ヶ月と少ししか経っていない。だがその風景を目の当たりにすると、こんな場所だったのかと思うのと同時に、忌まわしい記憶は水が引くように薄れていく。逆に、懐かしさが込み上げてくる。

フィンランド・ログの小さなコテージは、まだその場所に建っていた。"ダンサー"が石で割った窓には新しいガラスが入れられていたが、他は何も変わっていない。

「上がってみるか」

有賀が言った。

「うん……」

志摩子が小さく頷いた。

車をコテージの前に停め、二人は靴をトレッキング・シューズに履き替えた。有賀はメルセデスの荷台を開け、用意してきた二つの小さな花束を取り出した。

コテージに通じるゆるやかな斜面を登った。空は心地良く晴れわたっている。だが、周囲にはまだわずかに雪が残っていた。

デッキに上がり、窓から室内を覗いた。三人が夕食を摂ったダイニングセットも、夜を徹して語り合ったソファも、絶えず温もりを与え続けてくれた薪ストーブも、そのままだった。

有賀は何かの気配を感じたように思い、振り返った。森の中から、有賀を見つけて走り寄るジャックの姿が見えたような気がした。

だが、誰もいない。すべては幻だ。森は、何事もなかったように静まり返っている。

「森に行ってみましょう」

志摩子が言った。

「そうしよう……」

有賀が志摩子の肩を抱き、東の森に向かって歩きだした。いまはもう、落葉（らくよう）は雪解けの水を含み土に戻りはじめている。所々に残る雪を踏むと、トレッキング・シューズの靴底から春の訪れを告げる小さな音が聞こえてきた。

ジャックが倒れていた場所は、なかなか見つからなかった。確か、近くに大きな木があったはずだ。

だが森には大きな木などいくらでもある。どの木も同じように見えた。

あの頃はまだ梢（こずえ）に紅葉した葉が残っていた。いまは葉はすべて落ちて、枝の先には小さな芽が息吹きはじめ、陽光が燦々（さんさん）と降り注いでいる。霧に包み込まれた暗鬱（あんうつ）な森と、目の前に広がる早春の森は、まったく別な場所のように見えた。

「このあたりかな……」

有賀が言う。

「もっと向こうじゃないかしら……」

志摩子が言う。

だが有賀は、視界に広がる森のいたる所にジャックの気配を感じた。あいつは広いテリトリーを持っていた。いまにも落葉の中を駆けるジャックの姿が見えるような錯覚があった。もしジャックの魂がこの地に宿るとするならば、奴は好奇心に溢れる目で森全体を見渡しているだろう。

適当な場所を選び、花束を置いた。手は合わせなかった。ただ一言、有賀は心の中で、ありがとうと呟いた。

もうひとつの花束を手に、有賀と志摩子は山に登った。いつ、誰がつけたのかわからない山道は、森を抜け高岩山の中腹へと続いていた。

しばらく登ると、風景が開けた場所に出た。眼界を見下ろすと、遥か彼方に別荘地に並ぶ小さな屋根が見えた。

落葉に覆われた土が、かすかに盛り上がっていた。そこに、かつて有賀が槍の柄に使った棒が立っていた。

ここだ。ここに〝ダンサー〟が眠っている。

志摩子が、土盛りの上に花束を置いた。

有賀は心の中で、青柳元彦が死んだことを告げた。

あれからしばらくして、有賀は阿久沢から奇妙な話を聞いた。青柳が死んだのは一〇月二七日の午後一〇時五七分。その一時間前までは何事もなく正常に推移していたのに、突然容体が急変したという。〝ダンサー〟がこの地で有賀たちと戦い、三人に見守られながらわずか四年の命を閉じたのも、ちょうど同じ日の同じ時刻だった。

偶然であったのかもしれない。もしくは、必然であったのかもしれない。

いま振り返ってみると、〝ダンサー〟は紛れもなく青柳元彦のクローンであり、同じ遺伝子を共有する体の一部だった。この世に生を受けたときから自分の意志を持つことを許されず、すべては遺伝子の命ずるままに生き、抗うこともできずに運命に翻弄され続けた。そして、命を閉じた。それを宿命の一言で断ずるのは、あまりにも哀れだった。

だが〝ダンサー〟は、青柳とは異なる人格も持っていた。

志摩子は言う。〝ダンサー〟は青柳元彦ではなかったと。最後にビーズの髪飾りを手渡された時、その瞳の中に、手の温もりの中に、まったく異なる体温を感じたと。それは理屈ではない。一人の人間の直感として、ひとつの真実だった。

科学は万能ではない。時として科学者は、自らの予測の範囲を超えた存在をこの世に産み出してしまうことがある。科学者は、けっして神にはなれない。

あの時〝ダンサー〟は何を考えていたのか。それは永遠に謎だ。だが、それでいい。やがてすべての記憶は風化し、土に帰っていく。

二人は山を下った。森を抜け、コテージの前を通り、車へと向かった。どちらからともなく足を止め、振り返った。春まだ浅い日射しの中に、無人のコテージがつくねんと佇(たたず)んでいた。

ここに来ることはない。もう二度と、訪れることはないだろう。

どこからか、キツツキが穴を穿(うが)つ音が聞こえてきた。

車を走らせた。二人とも、無言だった。

県道を鏑(かぶら)川に沿って下り、夫婦岩の前を通りすぎた。標高が低くなるにつれて、寒々とした風景が少しずつ和(やわ)らいでいく。間もなく山が開け、のどかな農村の風景が広がった。

「車を停めて」

突然、風景を眺めていた志摩子が言った。

「どうしたんだ?」

有賀が車を路肩に寄せた。

「いま犬がいたの。仔犬が見えたのよ……」

車をターンさせ、志摩子に言われるがままに県道を逸(そ)れた。細い農道を進むと、目の前に古い農家が見えた。

広い庭の日溜(ひだま)りの中に、数匹の仔犬が遊んでいた。茶の仔犬が二匹に、白い仔犬が一匹。その傍(かたわ)らで、母親なのだろうか、一匹の白い牝犬(めす)が優しげな眼差(まなざ)しで仔犬たちを見守っていた。

有賀は車を降り、庭に向かった。歩きながら、自然と一匹の茶の仔犬に視線が引き寄せられた。

他の仔犬よりもひと回り体が大きい。四肢(しし)が太く、頑健(がんけん)そうな体型をしていた。鼻面が黒く、好奇心を湛(たた)えた目はいかにも利発そうだ。有賀が膝(ひざ)を落とすと、仔犬はしばらく首を傾(かし)げて考え、そのうち体を弾(はず)ませながら駆け寄ってきた。

どこかで見たことのある光景だった。遥か昔の、忘れかけていた記憶が鮮やかに蘇った。これは、ジャックだ。一五年前の、ジャックそのものだ——。

「犬が好きなのかね」

顔を上げると、いつの間にか老人が立っていた。老人は、有賀の手に戯(たわむ)れる仔犬を見ながらおっとりと笑った。

「ああ、犬が好きなんだ。いい犬だ……」

仔犬は土の上に寝ころがり、有賀の指に歯を立てて無心に遊んでいる。

「困ったものさ。去年の秋頃だったか、うちのシロのところに茶色の大きな犬が来てよ。

追い返したんだが、気がついたらこのざまさ……」

有賀が振り返った。志摩子と顔を見合わせ、どちらからともなく吹き出してしまった。

茶色の大きな犬。ジャックだ。あのろくでなしのドンファンめ。夜中にいそいそと出掛けていくと思ったら、こんな土産を残していきやがった。

「でもいい仔犬じゃないか。特にこの牡は、いい面構えをしている」

有賀が仔犬を撫でながら言った。

「うちのは甲斐犬の純血種なんだよ。だけど、雑種の仔犬じゃあ……」

「この犬、どうするんだい？」

「なあに、ほしい奴がいたらくれてやるさ。うちじゃあもう飼えねえ。五匹生まれて白の牝から二匹は貰い手がついたんだが、茶の牡は引き取り手がなくて困ってんだ。あんた、一匹どうかね」

「本当に、いいのか？」

「ああ、かまわねえよ。もう生後五〇日を過ぎてるから、親と離しても心配ねえ。それにあんたみたいな犬好きに貰われたら、この犬も幸せさ」

老人がまた、おっとりと笑った。

有賀は仔犬を抱き、車に戻った。掌の中に、小さな命がある。柔らかな毛の感触がいとおしい。顔を近付けると、仔犬が有賀の口を舐めた。かすかに、懐かしいミルクの匂いがした。

母犬が吠えた。その声を聞くと、仔犬もまた鼻から悲しげな声を出した。別れは辛いものだ。だが、別れを経験することによって誰もが強くなっていく。やがてはお前も、逞しい牡犬に成長する時がくる。

車に乗り、助手席の志摩子に仔犬を渡した。志摩子は仔犬に頬をすり寄せ、その胸に優しく抱いた。

「名前、何てつけようか……」

志摩子が言った。

「ジャックだ。ジャックに決まっているだろう」

有賀が言った。

〈了〉

（本作品はフィクションであり、実在の個人・団体などとは一切関係がありません）

（この作品は平成二十二年四月、文藝春秋より刊行された文庫版『ＤＡＮＣＥＲ　ダンサー』に著者が加筆・修正したものです）

DANCER

一〇〇字書評

切り取り線

購買動機（新聞、雑誌名を記入するか、あるいは○をつけてください）	
□（　　　　　　　　　　）の広告を見て	
□（　　　　　　　　　　）の書評を見て	
□ 知人のすすめで	□ タイトルに惹かれて
□ カバーが良かったから	□ 内容が面白そうだから
□ 好きな作家だから	□ 好きな分野の本だから

・最近、最も感銘を受けた作品名をお書き下さい

・あなたのお好きな作家名をお書き下さい

・その他、ご要望がありましたらお書き下さい

住所	〒				
氏名		職業		年齢	
Eメール	※携帯には配信できません	新刊情報等のメール配信を 希望する・しない			

この本の感想を、編集部までお寄せいただけたらありがたく存じます。今後の企画の参考にさせていただきます。Eメールでも結構です。

いただいた「一〇〇字書評」は、新聞・雑誌等に紹介させていただくことがあります。その場合はお礼として特製図書カードを差し上げます。

前ページの原稿用紙に書評をお書きの上、切り取り、左記までお送り下さい。宛先の住所は不要です。

なお、ご記入いただいたお名前、ご住所等は、書評紹介の事前了解、謝礼のお届けのためだけに利用し、そのほかの目的のために利用することはありません。

〒一〇一－八七〇一
祥伝社文庫編集長　坂口芳和
電話　〇三（三二六五）二〇八〇

祥伝社ホームページの「ブックレビュー」からも、書き込めます。
www.shodensha.co.jp/bookreview

祥伝社文庫

DANCER（ダンサー）

令和 2 年 5 月 20 日　初版第 1 刷発行

著　者　柴田哲孝（しばたてつたか）
発行者　辻　浩明
発行所　祥伝社（しょうでんしゃ）
東京都千代田区神田神保町 3-3
〒 101-8701
電話　03（3265）2081（販売部）
電話　03（3265）2080（編集部）
電話　03（3265）3622（業務部）
www.shodensha.co.jp
印刷所　堀内印刷
製本所　ナショナル製本
カバーフォーマットデザイン　芥 陽子

Printed in Japan ©2020, Tetsutaka Shibata　ISBN978-4-396-34628-7 C0193